리스터데일 미스터리

애거서 크리스티 추리 문학 67

리스터데일 미스터리

유인숙 옮김

AGATHA CHRISTIE MYSTERY AGATHA CHRISTIE MYSTERY AGATHA CHRISTIE MYSTERY AGATHA CHRISTIE MYSTERY AGATHA CHRISTIE MYSTERY AGATHA CHRISTIE MYSTERY AGATHA CHRISTIE MYSTERY

해문

■ 옮긴이 유인숙

　　이화여자대학교 졸업.
　　현재 전문 번역인으로 활동하고 있음.

리스터데일 미스터리

초판 발행일	1989년 01월 15일
중판 발행일	2009년 03월 25일
지은이	애거서 크리스티
옮긴이	유 인 숙
펴낸이	이 경 선
펴낸곳	해문출판사
주 소	서울시 마포구 합정동 392-2 써니힐 202호
TEL/FAX	325-4721~2 / 325-4725
홈페이지	http://www.agathachristie.co.kr
출판등록	1978년 1월 28일 (제3-82호)
가격	6,000원
ISBN	978-89-382-0267-3 04840
	978-89-382-0200-0(세트)

※ 잘못된 책은 바꾸어 드립니다.

차 례

리스터데일 경의 수수께끼

1

세인트 빈센트 부인은 숫자들을 더하고 있었다. 그녀는 간간이 한숨을 내쉬며 지끈거리는 이마를 손으로 짚었다. 그녀는 숫자 계산하는 것을 언제나 싫어했다. 그런 그녀의 생활이 요즘은 전적으로 한 가지 계산, 그것도 꼭 필요한 지출 항목을 더해 보고 또 더해 보는 일로 거의 하루를 보내다시피 된 것은 매우 불행한 일이다. 지출을 모두 합해 봤자 그 합계가 그녀를 놀라게 하거나 긴장시키지도 못하는 숫자인데도 말이다. 분명히 그렇게 나올 수가 없었다!

그녀는 다시 계산을 계속했다. 펜스 단위에서 좀 틀린 부분이 있었으니 그 밖에는 모두 맞았다. 세인트 빈센트 부인은 또 한숨을 쉬었다. 머리가 정말 너무나 아팠다.

그녀가 고개를 쳐들자 문이 열리면서 딸인 바바라가 방 안으로 들어왔다.

바바라 세인트 빈센트는 매우 예쁜 아가씨였다. 그녀는 어머니의 우아한 모습도 갖췄고 반듯한 이마의 곡선도 닮았으나, 눈은 어머니의 푸른 눈을 닮지 않고 검은색이었다. 입도 어머니와는 달리 뾰로통한 붉은 입술이었으나 그런 대로 매력적이었다.

"오! 어머니. 아직도 그 지긋지긋한 지나간 계산서들을 붙들고 계세요? 모두 불 속에나 던져버리세요."

그녀가 소리쳤다.

"우리가 지금 처해 있는 상황을 잘 알아야 해."

세인트 빈센트 부인은 확실치 않게 말했다.

딸은 아무래도 좋다는 듯이 어깨를 으쓱했다.

"우리는 항상 같은 신세잖아요." 그녀가 냉랭히 말했다.

"이 지긋지긋한 가난. 언제나 돈 한 푼도 없잖아요."

세인트 빈센트 부인은 긴 한숨을 내쉬었다.

"내가 바라는 것은……."

그녀는 뭔가 말하려 하다가 그만두었다.

"내가 일자리를 구해야겠어요." 바바라가 힘주어 말했다.

"그것도 빨리 구해야겠어요. 난 속기와 타이핑 코스를 마쳤잖아요. 하지만 그 과정을 마치고 여기저기서 몰려오는 아가씨들이 한 백만 명 정도는 되는 것 같아요! '무슨 경험이 있으시죠?' '없습니다. 그러나……' '오! 알았어요. 괜찮아요. 우리가 알려 드리도록 하죠.' 그래 놓고는 한 번도 연락이 없는 거예요! 아무래도 다른 일거리를 찾아야 할까 봐요. 무슨 일이라도 말이에요."

"아직은 괜찮다, 애야. 조금만 더 기다려 봐라."

어머니가 달래듯이 말했다.

바바라는 창가로 가서 우두커니 밖을 내다보고 서 있었다. 그러나 맞은편 쪽에 즐비하게 서 있는, 어딘지 모르게 더러운 집들이 그녀의 눈에는 들어오지 않았다.

"가끔 말이에요." 차분한 어조로 그녀가 말했다.

"지난겨울 에이미 사촌이 나를 이집트로 데려가지 말았어야 했다는 생각이 들어요. 오! 그땐 얼마나 즐거웠던지, 그렇게 즐거웠던 적은 처음이었어요. 아니, 어쩌면 죽을 때까지 두 번 다시 그런 즐거움은 없을 거예요. 그러나 그 즐거움은 매우 짧은 순간의 일이었어요. 하지만 내가 말하고 싶은 것은 지금은 '여기'에 이렇게 되돌아와 있다는 거예요."

그녀는 한 손을 크게 흔들면서 방을 가리켰다. 세인트 빈센트 부인은 그 모습을 눈으로 따라가다 주춤했다. 그 방은 싸구려 가구가 딸린 전형적인 셋방이다. 먼지투성이의 엽란(葉蘭), 거친 장식이 붙어 있는 가구, 군데군데 색이 바랜 야한 색의 벽지. 게다가 집 안에는 집주인의 인품과 세든 사람의 인품이 서로 맞지 않음을 나타내는 곳이 몇 군데 더 있었다.

한두 점 있는 도자기는 여기저기 금이 가고 땜질해서 값은 단 한 푼도 나가지 않을 것이다. 또한 소파 등받이에 걸쳐진 수놓아진 커버. 20년 전에 유행했던 옷을 입은 소녀를 그린 수채화. 이런 것들은 세인트 빈센트 부인의 추억이 담긴 물건들이었다.

바바라가 계속해서 말했다.

"만일 말이에요. 우리가 처음부터 이런 생활을 했었더라면 문제가 될 게 하나도 없을 거예요. 그렇지만 앤스테이스 저택만 생각하면……."

그녀는 갑자기 입을 다물었다. 몇 세기 동안 세인트 빈센트 가(家)의 소유였던, 그러나 지금은 다른 사람의 손으로 넘어가 버린 그 아름답고 사랑스러운 집을 또 입에 담고 있는 자기 자신이 어처구니가 없었다.

"만일 아버지가 투기에 손을 대지 않았어도, 남에게 돈만 빌리지 않았어도……."

"얘야. 너희 아버지는 어느 면으로 보나 사업가 타입은 아니시다."

세인트 빈센트 부인이 아주 단호하면서도 우아한 어조로 말했다. 그러자 바바라는 어머니에게 다가와서 가볍게 입을 맞추었다.

"가엾은 어머니. 앞으론 아무 말도 않겠어요."

세인트 빈센트 부인은 다시 펜을 잡고 책상으로 몸을 굽혔다.

바바라는 창으로 되돌아가서 말했다.

"어머니, 오늘 아침에……, 짐 매스터턴이 한 말인데요, 그 사람이 우리 집에 한번 와보고 싶대요."

세인트 빈센트 부인은 펜을 내려놓고서 날카롭게 고개를 쳐들었다.

"여기에 말이냐?" 그녀가 외쳤다.

"그렇지만 그 사람에게 리츠 레스토랑에서 저녁을 먹자고 할 수는 없는 일이잖아요."

그녀는 냉소적으로 말했다.

어머니는 곧 슬픈 표정이 되었다. 그녀는 다시 한 번 끔찍한 혐오감으로 그 방을 휘둘러보는 것이었다.

"바로 그래요." 바바라가 말했다.

"이곳은 정말 역겨운 곳이에요. 청빈이 다 뭐예요! 참 듣기에는 좋죠. 시골에 하얗게 칠한 작은 집, 오래됐지만 운치 있는 모양의 서양목. 장미를 꽂은 화병, 어머니가 손수 씻는 더비 차(茶) 세트. 이런 것들은 소설 속에나 있는 일이죠. 실제로는 어떻죠? 이제 막 런던에 있는 작은 사무실의 말단직을 얻은 신출내기 샐러리맨 아들과 함께 살고 있어요. 추하게 생긴 아줌마들, 계단에는 더러운 어린애들이 놀고 있고, 혼혈아 같은 사람들이 아침식사로 핫도그 나부랭이나 먹는 이런 곳에서 살고 있잖아요."

"잠깐만, 얘야."

세인트 빈센트 부인이 말을 꺼내기 시작했다.

"사실은 지금 사는 이 방조차도 오랫동안 맘 놓고 살 수 있는 형편이 아니라서 걱정이란다."

"뭐라고요? 그렇다면 어머니와 나는 침실 겸 거실 하나를 써야 한단 말인가요? 오, 너무 끔찍한 일이에요!" 바바라가 말했다.

"그리고 루퍼트는 지붕 밑의 벽장을 쓰게 하고요? 짐이 나를 찾아오면 그 끔찍한 아래층에서 그를 맞이하게 되겠군요, 벽에 쭉 둘러앉아 뜨개질을 하고 있는 여자들과 함께 말이에요. 그 여자들은 언제나처럼 불쾌한 기침을 해가면서 흘끔흘끔 우리를 쳐다볼 거예요!"

얼마 동안 침묵이 흘렀다.

"바바라……." 세인트 빈센트 부인이 겨우 입을 열었다.

"너는 정말로……, 저, 내가 말하려는 것은 말이다, 너는 정말로 그럴 의사가 있느냐 하는 거야."

그녀는 얼굴을 약간 붉히며 말을 멈췄다.

"어머니, 그렇게 신경 쓰지 않으셔도 돼요." 바바라가 말했다.

"요새는 별 특별한 사람이 없다. 그러니 짐하고 결혼해라. 어머니가 그렇게 말하려 하는 것 아니에요? 그가 청혼해 온다면 즐겁게 그렇게 하겠어요. 실은 오히려 그가 그렇게 하지 않을까 봐 조바심이 나는걸요."

"오, 내 딸, 바바라."

"저, 한 가지 꺼림칙한 것은 그 사람은 내가 에이미 사촌과 함께 그곳에서 나오는 것을 보았단 말이에요(소설에서처럼). 상류사회에나 출입하는 것으로 알고 있을 거예요. 그때 거기서 나온 나에게 반한 거죠. 이제 그가 이리로 올 거예요. 그리고 '이곳'에서 나를 보게 될 거란 말이에요!

그 사람은 묘한 구석이 있는데다가, 어머니도 알다시피 아주 까다롭고 구식이에요. 나는 오히려 그 사람의 그런 점이 맘에 들어요. 그런 것들이 나에게 앤스테이스 저택과 그 마을을 생각나게 하고, 백 년 전쯤의 것들을 상기시키는 거예요. 한마디로 뭐라 표현할 수가 없네요. 하여간 너무 향기로워요. 마치 라벤더 향기같이!"

그녀는 자신이 흥분했던 것을 쑥스러워하며 웃었다.

"네가 짐 매스터턴과 결혼했으면 좋겠다만."

세인트 빈센트 부인은 진지하고 명확한 태도로 말했다.

"그 청년은 가정도 좋고 게다가 대단히 유복하잖니. 그러나 나는 그 점은 그리 중요하게 생각하지는 않는단다."

"나에게는 중요해요. 나는 이제 가난엔 진력이 났어요." 바바라가 말했다.

"아니, 바바라, 그건 그런 게 아니란다."

"오로지 그 이유 때문이냐고요? 아니에요. 정말로 그렇진 않아요. 난, 외 어머니, 여태까지 내가 해온 행동을 보셨잖아요?"

세인트 빈센트 부인은 슬픈 표정이 되었다.

"그 청년이 이런 곳이 아닌 네게 어울리는 장소에서 너를 만날 수 있다면 얼마나 좋겠니."

그녀는 생각에 잠겨 말했다.

"오, 저런! 어머니, 왜 걱정을 하세요. 그 일에 대해 좀더 긍정적으로 생각해보는 게 좋겠군요. 내가 불병을 해서 미안해요. 기운을 내세요, 예?"

그녀는 어머니에게로 몸을 굽혀 이마에 가볍게 입을 맞추고는 밖으로 나갔다. 세인트 빈센트 부인은 지금까지 하던 모든 계산을 집어치우고 불편한 소파에 주저앉았다. 그녀의 생각은 쳇바퀴 속 다람쥐처럼 같은 자리를 맴돌았다.

"바바라에게 사랑을 고백하는 사람들이야 많겠지. 그러나 바바라가 처한 환경을 보기만 하면 곧 떠나버리고 말 거야. 늦어지기 전에 진짜 약혼을 해두지 않는다면 말이야. 그다음에는 바바라가 얼마나 상냥하고 사랑스러운 여자라는 것을 알게 될 테지. 그러나 요즘 젊은이들은 너무 쉽게 환경의 영향을 받는단 말이야. 루퍼트를 봐. 그 애도 예전과는 아주 딴판이 되었어. 나는 정말로 우리 아이들이 건방져지는 걸 조금도 원치 않아. 만일 루퍼트가 담배 가게 집 딸인 그 구역질나는 처녀와 약혼하겠다고 하면 나는 정말 참을 수 없을 거야. 설사 그녀가 정말로 좋은 처녀라 할지라도 말이야. 우리와는 가문이 틀려.

이것저것 어려운 일뿐이구나. 불쌍한 바바라, 내가 무엇이라도……, 무엇이라도 할 수만 있다면. 하지만 대체 돈이 어디서 나온단 말인가. 우리는 루퍼트가 처음으로 직장생활을 시작하게 됐을 때 그를 위해 거의 모든 것을 팔아버렸어. 이젠 정말 방세를 낼 돈조차도 없는걸."

세인트 빈센트 부인은 마음을 가라앉히려고 모닝포스트지를 집어들었다. 그러고는 첫 페이지의 광고란을 한번 쭉 훑어보았다. 그녀는 대부분의 광고 내용을 모두 외우고 있었다. 돈을 쓸 사람, 돈을 빌려주고 싶은 사람, 이빨을 사갈 사람(그녀는 항상 그 이유가 궁금했다), 모피나 가운을 팔겠다는 사람 등등 모두 가격 면에서 엄청난 조건들을 제시하고 있었다.

그런데 갑자기 그녀의 눈을 번쩍 뜨이게 하는 것이 있었다. 그녀는 거기 쓰인 문구를 읽고 또 읽었다.

> 상류계급의 사람들에게만 한함. 웨스트민스터에 있는 작은 집, 우아한 가구로 장식되어 있음. 진심으로 그 집을 가꿀 수 있는 사람에게만 빌려 줌. 집세는 거의 형식 정도임. 직접 연락 바람.

흔히 있는 광고문이다. 그녀는 이와 비슷한 광고들, 또는 거의 같은 내용의 공고문을 여러 번 읽은 적이 있다. 명목만이 거의 형식에 가까운 집세, 바로 거기에 속임수가 있었다.

그러나 그녀는 아무리 해도 마음이 가라앉지를 않았고, 또한 그 착잡한 생각에서 벗어나고 싶어서 벌떡 일어나 모자를 집어쓰고는 광고에 적혀 있는 그 주소로 향하는 버스에 올랐다.

광고에 적혀 있는 주소는 부동산업자의 주소였다. 떠들썩하고 번잡한 새 사무실이 아니라 꽤나 낡은 구식 건물이었다. 약간 멋쩍은 표정으로 그녀는 찢어온 광고문을 내보이며 그 집이 어떤 거냐고 물었다.

그녀를 맞아들인 백발의 노신사는 생각하는 듯이 턱을 쓰다듬었다.

"좋습니다, 부인. 그 광고는 글자 그대로입니다. 광고에 낸 집은 체비엇 플레이스 7번지입니다. 한번 보시겠습니까?"

"먼저 집세가 얼만지 알 수 있을까요?" 세인트 빈센트 부인이 물었다.

"아! 집세 말인가요? 정확한 액수는 결정되지 않았어요. 그러나 거의 공짜인 것만은 확실합니다."

"거의 공짜라는 것도 사람에 따라 생각하는 액수가 다를 수 있어요."

세인트 빈센트 부인이 고집스럽게 말했다.

노신사는 껄껄 웃었다.

"그래요. 그것은 구식의 속임수죠. 아주 옛날 말이란 말입니다. 그러나 이번 경우에만은 제 말을 믿어도 됩니다. 이번만은 다릅니다. 아마 일주일에 2기니 나 혹은 3기니 정도지 그 이상은 아닐 겁니다."

세인트 빈센트 부인은 그 집을 한번 보기로 마음먹었다. 물론 그녀가 그 집을 정말로 계약할 목적은 아니었다. 단지 그 집을 한번 보고 싶었던 것이다. 그런 집세라면 무언가 큰 단점이 있을 것이 틀림없었다.

그러나 체비엇 플레이스 7번지 앞에 서서 그 집을 바라볼 때 그녀의 가슴은 약간 두근거렸다. 마치 보석 같은 집이었다. 앤 여왕 시대의 양식에다 모든 시설이 완벽했다.

집사가 문을 열어주었다. 그의 머리는 희끗희끗했으며 길지 않은 콧수염을 기르고 있었고, 대주교들에게서 흔히 볼 수 있는 사색적인 고요함을 풍기고 있었다.

친절한 주교님 같구나. 세인트 빈센트 부인은 생각했다.

그는 집을 좀 보겠다는 것을 아주 예의 바른 태도로 받아들였다.

"물론 그렇게 하실 수 있습니다, 부인. 제가 안내해 드리겠습니다. 이 집은 지금이라도 들어와 사실 수 있도록 준비가 되어 있습니다."

그는 약간 앞서서 그녀를 안내하며 문을 열어 방들을 보여주었다.

"이곳이 거실이고, 이곳은 서재, 이쪽으로 가면 화장하는 방입니다, 부인."

그 집은 완벽했다─마치 꿈같았다. 각 시대의 가구들은 모두가 나름대로 분위기를 갖고 있었고, 정성스레 닦여 있었다. 늘어진 무릎덮개들은 오랜 시일이 지나 고풍스런 빛을 띠고 있었다. 방마다 싱싱한 꽃들로 장식되어 있었으며 집 뒤론 푸른 정원이 내다보였다. 집 전체에서 고풍스러운 멋이 풍겼다.

세인트 빈센트 부인의 눈에는 눈물이 맺혔다. 그녀는 밀려오는 감정을 감추려고 애썼다.

앤스테이스 저택이 바로 이랬었는데―앤스테이스 저택이 말이야.

그녀는 어쩌면 집사가 자신의 감정을 눈치 챘는지도 모른다고 생각했다. 그의 태도로 봐서 상당히 잘 훈련된 하인인 것 같았다. 그녀는 이런 나이 든 하인들이 마음에 들었다. 그런 사람들은 손님의 마음을 편안하게 해줘서 마치 친구 같은 느낌이 들었다.

"매우 아름다운 집이군요." 그녀는 조용히 말했다.

"정말 아름다운 집이에요. 집을 보여주셔서 감사합니다."

"부인, 이 집을 혼자 쓰실 생각인가요?"

"오, 아니에요. 나와 딸, 그리고 막 직장을 구한 아들, 이렇게 세 식구가 함께 쓸 생각이에요. 그러나 내가 걱정하는 것은……."

그녀는 말을 멈췄다. 그녀는 정말 이 집에서 살고 싶었다―너무도 간절히.

그녀는 직감적으로 이 집사가 자기의 마음을 알고 있다고 느꼈다.

그는 그녀를 바라보지 않고 무뚝뚝하고 의례적인 어조로 말했다.

"제가 알기로는, 부인, 저희 주인님께서 원하시는 것은 무엇보다도 적당한 사람입니다. 그분에게는 집세는 그리 중요하지 않습니다. 그분은 이 집을 자기 집처럼 잘 가꾸고 이 집의 진정한 가치를 아는 사람에게 세놓기를 원하시는 겁니다."

"나라면 이 집의 진정한 가치를 알 수 있을 텐데."

세인트 빈센트 부인이 나지막이 말했다. 그녀는 가려고 돌아섰다.

"집을 구경시켜 주셔서 고맙습니다."

그녀는 다시 한 번 예의 바르게 말했다.

"천만에요, 부인."

그는 현관에 서서 그녀가 길가로 걸어 내려갈 때까지 지켜보고 서 있었다.

그녀는 마음속으로 생각했다.

'저 사람은 알고 있어. 나를 안됐다고 생각해. 또 내가 저 집에 세 들기를 바라는 것 같아. 노동당원도 아니고, 단추제조업자도 아닌 나 같은 사람이 말이야. 우리는 우리 계층에서 살아남진 못했지만, 그래도 아직은 거기에 속해 있지.'

그녀는 부동산 사무실로 다시 돌아가지 않기로 했다. 그래 봤자 무슨 소용이 있겠는가. 집세는 낼 수 있겠지만 하인들도 생각해야 한다. 그 같은 집에서 살려면 하인들이 있어야 하기 때문이다.

다음 날 아침 그녀에게 편지 한 통이 날아왔다.

부동산사무실에서 온 것이다. 내용은 체비옷 플레이스 7번지의 집을 6개월 동안 일주일에 2기니의 집세를 내고 살라는 통지였다. 그리고 다음과 같은 말도 쓰여 있었다.

> 잘 알고 계시겠지만 하인들의 급료는 집주인이 계속 부담하기로 한
> 사실을 염두에 두시기 바랍니다. 이것은 정말로 획기적인 조건입니다.

정말이었다. 그녀는 그 편지를 읽고는 너무도 놀라서 큰소리를 내어 다시 읽었다. 질문들이 불같이 쏟아졌고 그녀는 어제 그 집을 방문한 것에 대해 설명하느라 바빴다.

"어머니는 참 숨기기도 잘하세요!" 바바라가 외치듯이 말했다.

"정말 그렇게 아름다운 집이었어요?"

루퍼트는 목을 가다듬고 재판관처럼 질문을 해대기 시작했다.

"그런 것들 뒤에는 분명히 속임수가 있어요. 내 의견을 묻는다면 그건 의심스러운 일이라고 생각해요. 의심스럽고말고요."

"얘, 루퍼트." 바바라가 코를 찡긋하며 말했다.

"왜 그런 것 뒤에 속임수가 있다고 생각하니? 루퍼트, 너 같은 아이들은 항상 아무것도 아닌 것에서 미스터리를 만들어내곤 한단 말이야. 그런 건 네가 매일 읽는 탐정소설에나 나옴직한 일이야."

"그 집세가 농담 같단 말이야. 시티(런던의 금융·상업중심지)에서는……."

루퍼트는 중요한 듯이 덧붙였다.

"사람들은 온갖 종류의 기이한 일들을 겪는 덕분에 아주 현명해지지. 내가 분명히 말하지만, 이 계약에는 뭔가 미심쩍은 점이 있어."

"엉뚱한 소리 좀 그만해." 바바라가 말했다.

"돈 많고 자기 집에 애착이 많이 가는 사람들은 자기가 없는 동안에 점잖은 사람들이 와서 살아주기를 원하는 거야. 자기처럼 그 집을 잘 가꿔줄 사람 말이야. 아마도 그런 사람들에게는 돈은 별로 문제가 되지 않을 거야."

"어머니, 주소가 어디라고 했죠?"

루퍼트는 어머니에게 물었다.

"체비옷 플레이스 7번지란다."

"휴―!" 그는 의자등을 밀었다.

"야, 이거 정말 흥미진진한데. 그 집은 바로 리스터데일 경이 사라진 집이에요."

"그게 확실하니?"

세인트 빈센트 부인은 못 믿겠다는 듯이 물었다.

"그럴 거예요. 그 사람은 런던 곳곳에 여러 채의 집을 갖고 있었는데, 바로 그 집에서 살았어요. 어느 날 저녁 클럽에 가겠다고 집을 나간 뒤, 아무도 다시는 그 사람을 보지 못했어요. 동부 아프리카 같은 곳으로 도망갔을 거라는 추측도 있지만 아무도 그 이유는 몰라요. 떠도는 말에 의하면 그 집에서 살해됐다고도 해요. 어머니, 그 집에 판자벽이 많았다고 했죠?"

"으……응, 그래." 세인트 빈센트 부인이 자신없이 말했다.

"그러나 그곳이……."

루퍼트는 어머니가 말할 시간을 주지 않았다. 그는 매우 들떠서 말을 계속했다.

"판자벽! 맞아요. 분명히 어딘가에 겉에서는 찾을 수 없는 비밀 공간이 있을 거예요. 시체를 그곳에 쑤셔 박아 놓고는 그냥 내버려둔 거라고요. 아마 그 시체는 썩지 않게 미리 방부제가 뿌려졌는지도 모르죠."

"루퍼트, 제발 백치 악당같이 굴지 좀 마." 바바라가 거들었다.

"너는 지금 상상을 현실로 생각하는 거야."

루퍼트는 위엄 있는 태도로 자리에서 일어났다. 그런 모습은 어리고 서투른 그 또래의 청년들이 보이는 태도였다. 그러고는 최후 결론을 내렸다.

"어머니, 그 집을 계약하세요. 내가 그 비밀을 밝혀내겠어요. 꼭 밝혀내고야 말겠어요, 어머니."

루퍼트는 출근시간에 늦을세라 부리나케 집을 나섰다.

어머니와 바바라의 눈이 마주쳤다.

"우리가 그 집에서 살 수 있을까요?"

바바라는 겁을 내며 나직이 말했다.

"오! 그럴 수만 있다면 얼마나 좋을까."

세인트 빈센트 부인이 애처롭게 말했다.

"하인들 말이다……, 그들도 함께 먹는다면 말이야. 내가 말하려 하는 건, 물론 그들이 있으면 좋긴 하지. 그러나 그것은 어쩌면 우리에게는 좀 무리가 될는지도 몰라. 사람은 혼자라면 아주 쉽게 살아갈 수 있잖니. 좀 없어도 말이야."

그녀가 슬픈 표정으로 바바라를 바라보자 바바라도 어머니의 말에 동의한다는 듯 고개를 끄덕였다.

"우리는 그 문제도 생각해봐야 해." 어머니가 말했다.

그러나 실제로 그녀의 마음은 이미 정해져 있었다. 그녀는 딸의 눈에서 번쩍이는 것을 보았다. 그녀는 혼자 생각했다.

'짐 매스터턴은 저 애와 어울리는 좋은 환경에서 바바라를 만나야 해. 지금이 바로 그 기회야—아주 절호의 기회지. 이 기회를 잡아야 해.'

그녀는 자리에 앉아 부동산업자에게 제안을 받아들이겠다는 편지를 썼다.

2

"퀜틴, 이 백합들 어디서 난 거죠? 난 정말 이렇게 비싼 꽃은 살 수 없는데."

"그 꽃은 킹스 체비옷에서 보내온 겁니다, 부인. 그곳에서는 늘 이런 것들을 보내왔죠."

집사는 물러갔다.

세인트 빈센트 부인은 안도의 한숨을 내쉬었다. 퀜틴이 없으면 대체 무슨 일을 할 수 있을까? 그는 모든 일을 아주 쉽게 해낸다.

'오래가기에는 너무나 행복해. 곧 이 꿈에서 깨어나겠지. 분명히 그럴 거야. 그러고는 이 모든 것이 꿈이었음을 발견하겠지. 난 지금 여기서 너무나 '행복' 해. 벌써 두 달이 지나갔어. 마치 섬광처럼 흘러가 버렸구나.'

생활은 정말로 깜짝 놀랄 만큼 즐거웠다.

집사인 퀜틴은 체비옷 플레이스 7번지의 독재자처럼 자신을 과시했다. 그는 정중하게 말했다.

"부인께서 뭐든지 제게 맡기시면, 그 일이 가장 훌륭히 처리되는 걸 보실 겁니다."

그는 매주 지출 장부를 가져왔는데, 그 총액은 놀랄 만큼 적었다.

그 집에는 퀜틴 외에도 두 명의 하인이 더 있었는데, 요리사와 하녀였다. 그들도 예의 바르고 자기들 일을 잘해냈으나, 그 집을 이끌어나가는 것은 역시 퀜틴이었다. 이따금 테이블 위에 게임이 준비되거나 애완용 새 종류들이 놓여 있곤 했는데, 이것이 세인트 빈센트 부인의 우려를 샀다.

그때마다 퀜틴은 그녀를 안심시키며 그것은 리스터데일 경의 시골 저택인 킹스 체비옷에서 보내온 것이거나 요크셔 사냥터에서 보내온 거라고 했다.

"이것도 항상 그렇게 해오던 겁니다. 부인."

세인트 빈센트 부인은 지금 영국에 있지 않은 리스터데일 경이 이러한 행동을 허락할지 안 할지 의심스러웠다. 그녀는 또 주인의 권한을 침해하는 퀜틴에게 의심이 갔다. 그가 우리 식구들에게 애정을 품고 있는 것만은 분명한데, 그의 눈 속에는 즐겁게 해주고자 하는 기색은 전혀 보이지 않았다.

그녀는 루퍼트가 한 말 때문에 더욱 의구심이 솟았다. 세인트 빈센트 부인은 부동산업자와 다시 만났을 때 잠시 리스터데일 경에 대한 얘기를 꺼냈다.

백발의 노신사는 즉시 대답해주었다. 그렇다. 리스터데일 경은 동아프리카에 갔는데, 지난 18개월 동안 그곳에 머물러 있다고 한다.

"우리의 고객인 그분은 어떤 면에서는 좀 괴짜죠."

그는 크게 웃으면서 말했다.

"그분은 아주 이상한 방법으로 런던을 떠났습니다. 부인께서도 혹시 아실지 모르겠습니다만, 한마디 말도 남기지 않았답니다. 이 사건이 신문에 보도되었지요. 런던경시청에서 실제로 수사도 했답니다. 그런데 다행스럽게도 리스터데일 경이 동아프리카에서 신문사로 편지를 보내왔지요. 그는 조카인 카팩스 대령에게 자신의 재산관리를 위임했습니다. 그래서 그분이 리스터데일 경의 전 재산을 관리하게 되었지요. 그래요, 저도 염려하는 것은 그분이 꽤 괴짜라는 겁니다. 그분은 항상 광야를 여행했습니다. 사람들은 그분이 몇 년간은 영국에 돌아오지 않을 거라고 하더군요. 비록 그분이 나이가 들었긴 합니다만."

"분명히 그리 많지는 않을걸요."

그녀는 사진잡지에서 일전에 본 적이 있는, 턱수염을 기른 무뚝뚝한 얼굴이 갑자기 생각나서 말했다. 그 인상은 엘리자베스 여왕 시대의 항해사 같았다.

"중년이죠. 귀족 연감에 의하면 쉰세 살이라고 합니다."

백발의 노신사가 말했다.

세인트 빈센트 부인은 루퍼트의 의심을 책망하기 위해 부동산업자와의 대화 내용을 모두 그에게 얘기해주었다.

"그 얘기를 들으니 한층 더 의심이 가는데요."

루퍼트는 조금도 기가 꺾이지 않고 단정하듯이 말했다.

"그 카팩스 대령이라는 사람이 누구죠? 만일 리스터데일 경에게 무슨 일이 일어난다면 아마 그가 재산소유권을 갖게 될 거예요. 동아프리카에서 왔다는 편지는 아마도 위조된 걸 겁니다. 3년 이내에, 아니 언제가 될지는 모르지만 그 카팩스라는 사람은 리스터데일 경이 죽었다고 하고서 그 재산을 차지하게 될 거예요. 그동안 그는 재산을 모두 처리해놓을 게 분명해요. 아무튼 미심쩍은 점이 한두 가지가 아니에요. 지금은 그렇게밖에 말할 수 없군요."

루퍼트는 그 집에 대해 자기가 한 말을 입증해 보이기로 했다. 시간이 날 때마다 그는 벽을 두드려 보기도 하고 비밀의 방이 있음직한 곳을 찾기 위해 면밀히 측정해보기도 했다. 그러나 조금씩 조금씩 리스터데일 경에 대한 루퍼트의 관심은 줄어들었다. 그는 또한 담배 가게 딸에 대한 열정도 차츰 식어갔다. 분위기를 보면 알 수 있었다.

바바라는 그 집에 대해 크게 만족했다. 짐 매스터턴도 한번 방문한 뒤론 빈번히 드나들게 되었다. 그와 세인트 빈센트 부인은 더할 나위 없이 다정하게 지냈다.

그는 어느 날 바바라를 깜짝 놀라게 하는 말을 했다.

"이 집은 당신의 어머니와 딱 들어맞아, 당신도 느꼈겠지만."

"어머니와?"

"그래. 이 집은 어머니를 위해 꾸며졌어! 또 어머니도 이 집의 분위기와 어울리고, 당신도 느꼈겠지만, 이 집 전체에서 뭔가 기묘한 것이 느껴지곤 해. 어떨 땐 무시무시하고 뭐가 나올 것만 같기도 하고 말이야."

"제발 루퍼트처럼 얘기하지 마요."

바바라가 그에게 간청하듯이 말했다.

"그 애는 간교한 카팩스 대령이 리스터데일 경을 살해하고서 그 시체를 마루 밑에다가 숨겼다고 믿고 있어요."

매스터턴이 히죽 웃었다.

"루퍼트의 탐정 같은 열정이 부럽군. 하지만 내가 말한 건 그런 종류의 것을 뜻하는 게 아니었어. 아무튼 이 공기 속엔 무언가가 있어. 아주 이해하기 어려운 묘한 분위기가 느껴진단 말이야."

체비옷 플레이스에서 산 지 3개월쯤 지났을 어느 날, 바바라는 아주 환한 얼굴로 어머니에게 다가왔다.

"짐과 저는……, 우리는 약혼했어요. 예, 어제저녁에요. 오, 어머니! 이 모든 게 꼭 동화 속 이야기가 실현된 것만 같아요."

"오, 얘야, 정말 기쁘구나. 정말 기뻐."

어머니와 딸은 서로 꼭 껴안았다.

"어머니도 아시죠? 짐이 나를 사랑하는 것만큼 어머니도 사랑한다는 것을요."

마침내 바바라는 장난기 섞인 웃음을 지으며 말했다.

세인트 빈센트 부인은 겸연쩍은 듯 얼굴을 붉혔다.

"그 사람이 그러는데요……." 딸은 계속해서 말했다.

"어머니는 이 집이 내게 아주 훌륭한 배경이 된다고 생각하시죠? 그러나 이 집은 정말로 어머니의 분위기와 꼭 어울린대요. 루퍼트와 나에게는 어울리지 않고, 어머니에게만 그렇대요."

"얘야, 그런 쓸데없는 소리 하지 마라."

"이건 장난이 아니에요. 이 집에선 마술의 성 같은 분위기가 풍겨요. 어머니는 마술에 걸린 공주, 그리고 퀜틴은 뭐라 할까, 오! 자비로운 마술사 같다고나 할까요?"

세인트 빈센트 부인은 웃었다. 그러나 퀜틴을 자비로운 마술사라고 한 말엔 수긍했다.

루퍼트는 누이의 약혼 소식을 담담한 태도로 들었다.

"어머니, 무슨 일이 은밀히 꾸며지고 있다는 생각이 드네요."

그는 아는 체하며 말했다. 그와 어머니는 단둘이서 저녁식사를 하는 중이었다. 바바라는 짐과 함께 나가고 없었다. 퀜틴은 그 앞에다 주전자를 놓고 소리도 없이 물러갔다.

"이상한 늙은이 같으니라고."

닫힌 문을 향해 고개를 끄덕이며 루퍼트가 말했다.

"저 사람에게는 좀 이상한 점이 있어요. 아무래도 말이에요……."

"좀 수상하다는 게냐?"

세인트 빈센트 부인이 희미한 미소를 지으며 가로막았다.

"아니, 어머니, 어떻게 내가 하려던 말을 알았어요?"

루퍼트가 아주 심각하게 물었다.

"넌 늘 그런 태도로 사람을 보잖니! 모든 것을 의심이 잔뜩 담긴 눈으로 본다는 얘기야. 아무튼 너는 리스터데일 경을 살해해서 마루 밑바닥에 숨겨 놓은 장본인이 바로 퀜틴이라고 생각하는 거지?"

"마루 밑이 아니고 판자벽 뒤예요." 루퍼트가 고쳐 주었다.

"어머니, 내가 의심하는 점이 바로 그거예요. 퀜틴은 그 당시 킹스 체비옷에 내려가 있었거든요."

세인트 빈센트 부인은 그에게 미소를 지으며 식탁에서 일어나 거실로 나갔다. 여러 가지로 루퍼트는 어른이 되려면 멀었다.

그러나 갑자기 리스터데일 경이 왜 그렇게 갑작스럽게 영국을 떠났을까 하는 의구심이 전신을 휩쌌다. 그렇게 갑작스런 결정을 내리기까지에는 필경 무슨 일이 있었음이 틀림없으리라.

퀜틴이 커피 쟁반을 들고 들어올 때까지도 그녀는 그 문제를 골똘히 생각하고 있었다. 그러고는 갑자기 이렇게 물었다.

"퀜틴, 리스터데일 경과 이 집에서 오랫동안 함께 지냈죠?"

"예, 부인, 제가 스물한 살의 청년 때부터였죠. 그때는 돌아가신 주인님이 살아 계시던 때였습니다. 저는 3등 마부에서부터 시작했죠."

"그러면 당신은 리스터데일 경에 대해 매우 잘 알겠네. 그분은 어떤 사람인가요?"

그는 부인이 설탕을 좀더 잘 넣게 하려고 쟁반을 약간 돌렸다. 그러고는 더욱 무뚝뚝한 어조로 대답했다.

"리스터데일 경은 매우 이기적인 분이셨습니다, 부인. 다른 사람은 전혀 생각해주지 않는 분이었죠."

그는 쟁반을 들고 방에서 나갔다.

세인트 빈센트 부인은 커피잔을 손에 들고 앉았다. 그녀의 얼굴에 당혹한 표정이 스쳤다. 그가 한 말 속에서 뜻과는 관계없이 뭔가 이상한 것이 느껴졌던 것이다. 잠시 뒤에 그것을 알아냈다.

퀜틴은 '입니다'가 아닌 '였습니다'라는 과거 동사를 사용한 것이다. 그렇다면 그는 리스터데일 경이 죽었다고 생각하는 게 아닌가?

그녀는 갑자기 일어섰다. 억제하려 해도 마구 솟구치는 불안감이 그녀의 전신을 휩쌌다. 잠시 뒤 그녀는 그 순간에 느낀 첫 번째 의구심을 추적해나가기 시작했다.

바바라의 행복과 미래가 보장된 지금, 그녀는 자신의 생각을 곰곰이 해볼 시간을 가질 수 있었다. 그러나 그녀의 의지와는 반대로 그 생각들은 리스터데일 경의 행방을 둘러싼 것에서부터 시작하고 있었다.

대체 무엇이 진실인가? 그것이 어떤 것이든 간에 퀜틴은 무언가를 알고 있다. 그가 한 말은 어딘지 이상했다.

'매우 이기적인 분, 다른 사람을 전혀 생각해주지 않는 분.'

이 말 뒤에 숨은 뜻은 무엇일까? 그는 마치 법관처럼 공평하고 편견 없는 어조로 말하지 않았던가. 퀜틴이 리스터데일 경의 행방불명에 관련이 있을까? 그럴지도 모르는 어떤 비극에 혹시 그가 주된 역할을 한 것은 아닐까?

루퍼트의 추측이 그 당시에는 아주 우스꽝스럽게 들렸는데, 정말로 그 애 말이 맞는 걸까? 재산위임권까지 적혀 있다는, 동아프리카에서 온 단 한 장의 편지가 이 모든 의구심을 풀어줄 수 있을까? 그러나 그녀가 아무리 애써 봐도 퀜틴에게서 사악한 면은 찾아볼 수 없었다.

퀜틴은, 그녀는 자신에게 수없이 되풀이해 말하고 있지만 '좋은' 사람이었다. 그녀는 이 좋다는 단어를 마치 어린애가 사용하듯이 단순한 의미로 사용했다. 퀜틴은 좋은 사람이다. 그러나 그는 무엇인가를 알고 있다!

그녀는 그와 다시는 그의 주인에 대해 언급하지 않았다. 그 문제는 분명히 잊혀졌다. 루퍼트와 바바라도 다른 일에 바빠서 그 문제에 대해서는 더 이상 언급할 기회가 없었다.

때는 8월 말경이었다. 그녀의 희미한 추측이 현실로 밝혀진 것이다. 루퍼트는 오토바이와 트레일러를 가진 친구와 함께 2주간의 휴가를 떠났다. 그가 떠난 뒤 한 열흘쯤 되던 어느 날, 세인트 빈센트 부인은 방 안으로 뛰어드는 아들을 보고 깜짝 놀랐다.

"루퍼트!" 그녀가 소리쳤다.

"알아요, 어머니. 앞으로 사흘 동안은 나를 보리라곤 생각지 않으셨죠? 그러나 일이 생겼어요. 앤더슨, 어머니도 아시죠? 내 친구 말이에요. 그 애는 어디로 가든지 별로 상관하지 않았기 때문에 내가 킹스 체비옷에 한번 가보자고 했어요."

"킹스 체비옷에? 대체 왜?"

"어머니도 잘 알고 있잖아요. 내가 항상 우리 집에서 일어나는 일에 대해 미심쩍어하고 있었다는 걸 말이에요. 아무튼 난 그 낡은 집을 봤어요. 그곳엔 뭐랄까……, 아무것도 없더군요. 내가 발견할 수 있으리라 기대했던 것은 아무것도 없었어요. 말하자면 난 단지 쿵쿵거리다가 돌아온 거죠."

그렇다. 루퍼트는 그 순간 꼭 사냥개 같다고 그녀는 생각했다. 본능에 이끌려 희미하고 불투명한 것을 찾아 뱅뱅 도는 바쁘고도 행복한 개.

"우리가 그 마을을 지나 8~9마일쯤 달려갔을 때였어요. 무슨 일이 벌어진 줄 아세요? 어머니 난 그 사람을 봤어요. 정말이에요."

"누구를 봤다고?"

"퀜틴 말이에요. 어떤 작은 집으로 막 들어가는 중이었어요. 너무나 이상해서 우리는 버스를 세워 다시 되돌아갔죠. 내가 문을 두드리자 바로 그 사람이 문을 열어주더군요."

"나는 네 말을 이해할 수 없구나. 퀜틴은 집을 떠난 적이 없는데……."

"내가 그 해답을 말씀드릴게요. 어머니가 방해하지 않고 듣기만 한다면 말이에요. 그는 퀜틴이었지만 실제로는 퀜틴이 아니었어요. 그게 무슨 뜻인지 아시겠어요?"

세인트 빈센트 부인은 정말 알 수가 없었다. 그는 어머니가 알아들을 수 있도록 좀더 자세히 설명했다.

"그 사람은 분명히 퀜틴이었지만 우리의 퀜틴은 아니었어요. 그 사람이 바로 진짜였어요."

"루퍼트!"

"어머니, 들어보세요. 먼저 나를 소개한 다음 말했죠. '당신은 퀜틴이죠, 맞습니까?' 그러자 그 늙은이가 대답하더군요. '맞소. 그것이 내 이름이오. 내게 뭐 물어볼 일이라도 있소?' 그때야 나는 그 사람이 우리 집의 퀜틴이 아닌 걸 알았죠. 비록 그 사람과 아주 똑같긴 했지만요. 목소리를 비롯해서 모든 것이 말이에요. 몇 가지 질문을 더 해보니까 그 사실이 더 명확해지더군요. 그 늙은이는 의심스러운 점이 전혀 없었어요. 그 사람은 정말로 리스터데일 경의 집사였는데, 지금은 은퇴해서 그 집에서 살고 있는 거였어요. 그 집은 리스터데일 경이 사라질 그 당시에 그에게 주어졌지요.

그 점이 무엇을 의미하는지 아시겠어요? 여기 있는 사람은 남의 이름을 사칭하는 사람이에요. 그는 자신의 목적을 위해 퀜틴으로 가장한 거예요. 내 생각엔 그 사람이 그날 저녁 시티로 올라와서 킹스 체비엇에서 온 집사로 가장하고는 리스터데일 경을 만나 그를 죽이고 시체를 판자벽 뒤에 숨겼다는 거예요. 이 집은 아주 오래된 저택이니 분명히 비밀 통로가 있을 거예요."

"오! 제발 다시는 그런 소리 좀 하지 마라."

세인트 빈센트 부인은 몹시 흥분해서 그의 말을 가로막았다.

"나는 정말 믿을 수가 없구나, 왜 그가(그게 바로 내가 이해할 수 없는 점이야), 무슨 이유로 그런 짓을 했겠니? 왜? 만일 그랬다면(난 단 한 순간도 그렇게 생각해본 적이 없다만), 이 모든 일에 대한 동기가 대체 뭐란 말이니?"

"어머니 말이 옳아요." 루퍼트가 말했다.

"동기, 그것이 중요하죠. 이젠 그 답까지도 알았어요. 리스터데일 경은 부동산이 아주 많았어요. 지난 이틀 동안 발견해낸 사실인데, 그 사람의 집 모두가 지난 18개월 동안 우리와 같은 사람들에게 단지 명목만의 집세만을 받고 세놓아졌어요. 그것도 '하인들이 함께 남아 있는다'는 조건으로요. 그리고 모든 집들에 퀜틴이(자신을 퀜틴이라 하는 사람 말이에요) 얼마 동안 집사로 머물고 있었다는 거예요. 그 사실을 보면 어딘가에 무엇인가가 있는 것만 같아요. 말하자면 보석이나 혹은 서류 같은 것들 말이죠. 그런 것들이 리스터데일 경 소유의 집 중 하나에 숨겨져 있는 것 같아요. 그런데 그 범죄자는 어느 집인지를 모르고 있는 거예요. 내가 추측하기에는 그 범죄자(물론 퀜틴, 그 친구를 말하는 것이죠)는 혼자서 이 일을 하는 것 같아요. 거기에는……."

세인트 빈센트 부인은 단호한 태도로 그를 가로막았다.

"루퍼트! 제발 단 1분 동안만이라도 그만 해라. 너는 내 머리를 온통 뒤죽박죽으로 만들어놓는구나. 네가 말하는 것은 모두 허튼소리야. 범죄자니 서류들이니 하는 것들 말이다."

"또 다른 생각도 있어요." 루퍼트는 어머니의 말에 수긍하며 말했다.

"이 퀜틴이란 사람은 리스터데일 경에게 피해를 본 사람인지도 몰라요. 진짜 집사가 새뮤얼 로웰라는 사람에 대해 긴 이야기를 해주더군요. 그는 하급 정원사인데 퀜틴과 비슷한 키와 몸집을 하고 있었대요. 그런데 그가 리스터데일 경에게 원한을 갖고 있었다는 거예요."

세인트 빈센트 부인은 깜짝 놀랐다.

'다른 사람을 전혀 생각해주지 않는 분.'

무뚝뚝하고 정확한 악센트로 한 이 말이 그녀의 마음속에 떠올랐다. 당치 않은 소리들. 그러나 그 말이 바로 이 뜻이 아니고 무엇이겠는가?

그녀는 혼란에 빠져 루퍼트가 하는 말들이 거의 귀에 들어오지 않았다. 잘 듣지는 못했지만 루퍼트는 뭔가 재빨리 설명을 하고는 그 방에서 급히 나갔다. 그가 나간 뒤 그녀는 정신을 가다듬었다.

루퍼트는 어디로 갔을까? 그 애가 대체 무슨 일을 하려는 걸까? 그녀는 그의 마지막 말을 듣지 못했다. 아마 그는 경찰서로 달려가고 있을지도 모른다. 그렇게 된다면…….

그녀는 벌떡 일어나 벨을 눌렀다. 평상시와 같이 퀜틴이 재빨리 대답했다.

"부르셨습니까, 부인?"

"그래요, 들어오세요. 문을 닫으시고."

집사는 그대로 따랐다. 세인트 빈센트 부인은 잠시 아무 말도 하지 않고 진실 어린 눈빛으로 그를 살폈다.

그녀는 생각했다.

'이 사람은 나에게 참 친절했어. 얼마나 친절했는지 아무도 모를 거야. 아이들은 이해하지 못할 테지. 루퍼트가 한 그런 끔찍한 이야기는 모두 상상에 불과한 것인지도 몰라. 그러나 한편으론, 어쩌면……, 뭔가 있을지도 몰라. 왜 사람을 심판해야만 하나? 사람은 알 수 없는 것이 아닐까? 어떤 일의 옳고 그름이라는 것은 말이야. 난 내 목숨을 걸고라도(그래. 난 그럴 수 있어!) 이 사람이 선한 사람이라고 믿을 거야.'

그녀는 얼굴을 붉히며 떨리는 목소리로 말했다.

"퀜틴, 루퍼트가 지금 막 돌아왔어요. 그 애는 킹스 체비옷에 다녀왔대요. 그 근방의 마을 말이에요."

그녀는 그의 얼굴에 감출 수 없는 놀람의 표정이 재빨리 스치는 것을 눈치 채곤 말을 멈췄다.

"그 애가……, 어떤 사람을 보았대요."

그녀는 또박또박 말을 계속하면서 속으로 생각했다.

'그래, 이 사람은 깜짝 놀라고 있어. 분명히 그래.'

처음 잠깐 놀란 뒤에 퀜틴은 평상시의 냉정한 태도를 되찾았다. 그러나 그의 눈은 그녀의 얼굴을 주시하고 있었다. 전에는 결코 보지 못했던 아주 날카롭고 주의 깊은 무언가를 그의 시선에서 느낄 수가 있었다.

그 눈빛은 처음으로 하인의 눈빛이 아닌 한 남자의 눈빛이었다. 그는 잠시 머뭇거렸다. 그런 다음 약간 변한 음성으로 말했다.

"그 말을 왜 제게 하십니까, 세인트 빈센트 부인?"

그녀가 미처 대답을 하기 전에 문이 확 열리며 루퍼트가 방 안으로 들어왔다. 그와 함께 구레나룻을 기르고 자비로운 주교의 태도를 갖춘 위엄 있는 중년 신사도 함께 들어왔다.

'퀜틴'이었다!

"이분이 여기에 왔어요." 루퍼트가 말했다.

"진짜 퀜틴입니다. 택시에 타고 있는 이분을 내리시게 했어요. 자, 퀜틴, 이 사람을 보고 우리에게 말해주시죠. 저 사람이 바로 새뮤얼 로웨죠?"

루퍼트에게는 승리의 순간이었다. 그러나 승리의 순간은 짧았고, 동시에 뭔가 잘못됐음을 직감했다.

진짜 퀜틴이 얼굴이 붉어지며 쩔쩔맸고, 두 번째 퀜틴은 빙긋이 미소 짓다가 거침없이 크게 웃어대는 것이었다. 그는 낭황하는, 그와 똑같은 모습의 퀜틴의 등을 툭툭 치며 말했다.

"괜찮아, 퀜틴. 때론 모든 사실을 밝혀야 할 때도 있다고 생각하네. 내가 누군지 말해도 좋아."

퀜틴은 위엄을 갖추고 몸을 똑바로 세웠다.

"예, 주인님."

그는 거기 서 있는 모자(母子)에게 책망하는 듯한 어조로 말했다.

"이분은 나의 주인님이신 리스터데일 경입니다."

다음 순간 모든 사태가 바뀌었다. 첫째, 애송이 루퍼트가 완전히 녹다운되어 버리고 말았다. 일이 이렇게 밝혀지자 그는 놀라움으로 입이 벌어졌고, 자신도 모르게 조용히 문쪽으로 발길을 돌렸다.

친절한 어조의, 귀에 익은, 그러나 생소한 목소리가 들렸다.

"괜찮네. 아무도 피해를 본 사람이 없잖아. 지금 자네 어머니께 할 말이 있네. 자네가 한 일은 칭찬할 만해. 나를 이처럼 밝혀냈으니 말이야."

그는 밖으로 나와 닫힌 문을 응시하고 있었다.

진짜 퀜틴이 그의 옆에 서서 나지막한 목소리로 설명해주기 시작했다.

방 안에서는 리스터데일 경이 세인트 빈센트 부인을 마주하고 있었다.

"나에게 설명할 기회를 주십시오. 내가 할 수만 있다면 말입니다. 나는 온 생애를 이기적으로만 살아왔죠. 어느 날 갑자기 그 사실이 느껴지더군요. 그래서 나 자신을 변화시키기 위해 무언가 남을 돕는 일을 해야겠다고 마음먹었답니다. 궁핍한 사람들에게 기부금을 보냈죠. 그런데 뭐랄까, 좀더 인간관계를 맺을 수 있는 일을 해보고 싶었던 겁니다.

가난하면서도 구걸하지는 못하고 침묵 속에서 고통을 감수해야 하는 그런 사람들, 즉, 가난한 귀족들에 대해 나는 항상 동정을 했습니다. 나는 부동산이 많지요. 그래서 이런 집들을 필요로 하고, 또한 그 집을 감사히 여기며 잘 가꿀 수 있는 사람들에게 빌려줘야겠다는 생각을 하게 된 겁니다. 자신들의 앞날을 개척해야 하는 젊은 부부들, 자녀와 더불어 세상을 헤쳐나가야 할 미망인들이 바로 그런 사람들이죠.

퀜틴은 나에겐 집사 이상의 의미가 있는 사람이랍니다. 그는 나의 친구였지요. 그의 허락과 도움을 받아 나는 그의 인격을 빌렸던 겁니다. 나에게는 연극 배우 같은 기질이 있었거든요. 그 생각이 어느 날 저녁 클럽으로 가는 도중에 떠오른 겁니다. 나는 곧바로 퀜틴에게 가서 이 이야기를 했죠. 사람들이 내가 없어진 것을 알고는 야단법석이더군요. 나는 동아프리카에 있는 나에게서 편지가 온 것처럼 일을 꾸몄습니다. 그 편지에다 사촌인 모리스 카팩스에게 자세히 설명을 했지요. 이것이 바로 이번 일의 전모입니다."

그는 호소하는 듯한 눈길로 세인트 빈센트 부인을 쳐다보며 조용히 말을 멈췄다. 그녀가 똑바로 일어서자 그녀의 눈이 그의 고정된 시선과 마주쳤다.

"참으로 친절한 계획을 세우셨군요." 그녀가 말했다.

"매우 흔치 않은 일이에요. 이번 일로 당신이란 분을 신뢰할 수 있게 되었어요. 저는 정말로 감사하게 생각하고 있답니다. 그러나 우리가 더 이상 머물수 없다는 것은 아시겠지요?"

"그러실 줄 알았습니다. 부인의 자존심은 '동정'이라는 것을 받아들이지 않으시겠지요."

"그러면 그게 동정심이 아니었던가요?" 그녀가 침착하게 말했다.

"아닙니다. 왜냐하면 그 대가로 무언가를 원하고 있으니까요."

그가 대답했다.

"무엇을요?"

"모든 것을요."

그의 목소리가 울려나갔다. 바로 남을 지배하는 데 익숙한 사람의 어조였다.

"내가 스물세 살 때……." 그가 계속해서 말했다.

"나는 사랑하는 처녀와 결혼했습니다. 1년 뒤에 그녀는 죽었지요. 그 이후로 나는 늘 매우 외롭게 살았습니다. 나는 한 여인, 내가 꿈꾸는 그런 여인을 찾을 수 있게 되기를 간절히 소망했지요."

"내가 바로 그 사람이란 말인가요?" 그녀가 매우 나지막이 물었다.

"나는 너무 늙고……, 너무 시들었어요."

그는 조용히 웃었다.

"늙었다고요? 부인은 부인의 자녀 중 누구보다도 젊어요. 그렇게 말하면, 늙은이는 나죠. 만일 부인이 원한다면……."

이제는 그녀가 아주 부드럽고 기쁨에 찬 목소리로 웃어 댔다.

"당신, 당신은 아직도 소년이에요. 치장하기를 좋아하는 소년 말이에요."

그녀가 손을 뻗치자 그의 손이 그 손을 잡았다.

기차에서 만난 아가씨

"이젠 끝장이야!"

조지 롤랜드는 자신이 방금 나온, 세월에 그을린 건물을 뚫어져라 쳐다보며 거칠게 말했다. 그것은 돈의 위력을 아주 교묘히 표현한 말일지도 모른다. 그리고 돈은 앞에 언급한 조지의 아저씨인 윌리엄 롤랜드의 입을 빌리자면 지금 그의 마음을 적나라하게 표현한 것이다. 바로 요 10분 동안, 조지는 큰아버지의 재산을 상속받을 상속자의 위치에서, 또한 장래 사업을 약속받은 전도유망한 젊은이의 위치에서 그만 큰아버지의 눈총의 대상으로 전락하더니 갑자기 실업자로 전락해버린 것이다.

'이러한 옷을 입고 있는 나에게는 아무도 실업수당을 주지 않을 거야. 게다가 시를 써서 문전걸식하며 1펜스에 팔고 싶어도 내겐 그럴 만한 머리도 없잖아.'

롤랜드는 우울하게 생각했다.

사실, 조지는 양복 기술의 극치를 몸에 걸치고 있었다. 그는 아주 꼭 맞고도 품위 있는 양복을 입고 있었다. 솔로몬과 들의 백합화 얘기는 조지에게는 맞지 않는다. 그러나 사람은 옷 하나만 가지고는 먹고 살 수가 없다. 어느 정도의 기술을 습득하지 않는 한은 말이다. 롤랜드 자신도 이 사실을 명확히 인식하고 있었다.

"모든 것이 어제저녁의 그 썩어빠진 쇼 때문이야."

그는 어제저녁의 일을 상기하며 우울한 표정을 지었다.

어제저녁 그 문제의 쇼는 코벤트 가든 볼 무도회장에서 열렸었다. 롤랜드는 약간 늦게 그곳에서 돌아왔다(어떻게 생각하면 좀 일렀는지도 모른다). 사실을 말한다면, 그는 돌아왔는지 돌아오지 않았는지조차도 제대로 기억할 수가 없었다. 큰아버지 댁 집사인 로저스는 꽤나 도움이 되는 사람이었는데, 그가 어 젯밤의 일에 대해 상세히 말해주었던 것이다.

머리가 깨지는 듯한 상태에서 진한 차를 한잔 마시고 출근을 했는데, 사무 실에 도착한 것은 9시 30분이 아닌 12시 5분 전이었다. 그것이 바로 이런 파 국을 예고하고 있었던 것이다. 지난 24년간 자비도 베풀어주고 재주있는 조카 에게 용돈도 주고 하던 큰아버지가 갑자기 여태까지의 태도를 버리고 아주 다 른 모습으로 변한 것이다. 횡설수설하는 조지의 대답에(그때까지도 이 청년의 머리는 중세 종교재판소의 고문도구처럼 오락가락하고 있었다) 그는 더욱 화 가 났다. 윌리엄 롤랜드는 완벽을 자랑하는 사람이다. 그는 몇 마디의 간결한 말로 자기 조카를 세상으로 내던져 버렸다. 그런 다음 페루에 있는 유전(油田) 에 대한 연구에 관심을 돌리고 말았다.

조지는 발에 묻은 큰아버지 사무실의 먼지를 다 털어버렸다. 그러고는 런던 시내로 걸어나왔다. 조지는 아주 실질적인 사람이었다. 맛있는 점심식사를 하 면 기분이 좀 전환되리라 생각했다.

그는 점심을 먹었다. 그런 다음 가족들이 살고 있는 저택으로 발을 옮겼다. 로저스가 문을 열어주었다. 그는 조지를 이런 예기치 않은 시간에 대하고서도 전혀 놀라는 기색을 띠지 않았다.

"이봐요, 로저스. 지금 당장 내 물건들 좀 싸주겠어요? 난 지금 여기를 떠날 거예요."

"알겠습니다. 잠깐의 여행이십니까?"

"아뇨, 로저스. 오늘 오후에 식민지로 갈 생각이에요."

"정말입니까, 도련님?"

"그렇다니까요. 적당한 배만 있다면 말이에요. 배편에 대해서 뭐 좀 알고 있 는 거 있어요, 로저스?"

"어느 곳으로 가실 생각입니까, 도련님?"

"특별히 정한 곳은 없어요. 어느 곳이라도 좋아요. 오스트레일리아는 어떨까 요? 로저스, 당신 생각은 어때요?"

로저스는 조심스럽게 기침을 했다.

"도련님, 제가 확실히 들은 얘긴데, 그곳에는 정말 일하기를 원하는 사람에겐 누구에게나 일자리가 있다던데요."

롤랜드는 흥미 있고도 열망하는 눈으로 그를 응시했다.

"아주 좋은데요, 로저스. 내가 생각하고 있던 바로 그거예요. 하지만 오늘은 오스트레일리아로 가지 않을 거예요. ABC 여행안내서를 좀 갖다 줄래요? 좀 가까운 곳을 찾아봐야겠어요."

로저스는 그 안내서를 가져왔다.

조지는 아무 데나 펼쳐서는 책장을 넘겼다.

"퍼스, 이곳은 너무 멀고. 퍼트니 브리지, 여긴 너무 가까워. 람스게이트는 어떨까? 별로 마음에 들지 않는군. 라이게이트는 너무 추울 것 같고. 그래, 아주 굉장한 곳이 있는데! 롤랜즈 캐슬(롤랜드의 성(城)이라는 뜻)이라는 곳이 있군. 로저스, 이곳에 대해 들어본 적이 있어요?"

"제가 생각하기로는, 도련님, 그곳은 워털루 역에서 가셔야 할 겁니다."

"로저스, 당신은 정말 굉장한 사람이에요. 모르는 것이 없으니 말이에요. 좋아, 롤랜즈 캐슬로 가는 거야! 어떤 곳인지 무척 궁금하군요."

"잘은 모르겠지만, 도련님, 그리 좋은 곳은 아닙니다."

"더 잘 됐어요. 그렇다면 경쟁도 좀 덜하겠죠. 그렇게 조용하고 작은 마을에는 아주 낡은 봉건적 정신이 흐르고 있을 거예요. 지금까지 살고 있는 롤랜드 가문의 후예들은 커다란 감사를 해야 할 거예요. 그 사람들이 나를 일주일 이내에 시장으로 뽑지나 않을지 모르겠는데."

그는 ABC 여행안내서를 덮었다.

"주사위는 던져졌어요. 간단한 짐을 좀 싸주겠어요, 로저스? 그리고 요리사에게도 고맙다는 말을 좀 전해 주세요. 그녀가 고양이를 내게 빌려줬으면 좋겠는데…… 당신도 알죠, 딕 휘팅턴 말이에요(딕 휘팅턴은 15세기 런던 시장으로, 고양이를 아끼고 위한 덕분에 부자가 되었다는 전설적인 인물). 앞으로 시장이 될 사람을 떠나보낼 때 고양이는 필수적인 거랍니다."

"죄송합니다만 지금은 데려가실 수 없습니다."

"왜, 무슨 일이 있나요?"

"그 고양이가 새끼를 여덟 마리나 낳았거든요, 오늘 아침에요."

"그런 소리 하지 마세요. 그 고양이 이름이 피터인 걸로 알고 있는데."

"그랬었지요. 우리 모두도 다 놀랐습니다."

"관심없이 이름을 붙여주어서 성(性)을 속은 경우군, 그렇죠? 좋아요, 고양이 없이 가야겠군. 지금 당장 짐을 좀 싸주겠어요?"

"잘 알겠습니다, 도련님."

로저스는 물러갔다가 10분 뒤에 다시 나타났다.

"택시를 부를까요?"

"그래 주세요."

로저스는 잠시 머뭇거리다가 방 안으로 좀더 걸어 들어왔다.

"무례함을 용서해주십시오. 그러나 만일 제가 도련님이라면 오늘 오전에 주인님이 말씀하신 것을 그리 크게는 신경 쓰지 않을 겁니다. 그분은 어제저녁에 만찬에 참석하셨다가……."

"더 이상 말하지 마세요. 무슨 말인지 알겠어요." 조지가 말했다.

"통풍(通風)이 오는 바람에……."

"알고 있어요, 알고 있어. 로저스, 당신에게는 좀 이상한 저녁이었죠? 우리 모두가, 그렇잖아요? 어떻든 나는 롤랜즈 캐슬로 사라지기로 마음을 정했어요(그곳은 내 조상의 보금자리죠). 거기서는 말하기도 좀 자유롭지 않겠어요? 그곳에 있는 나에게 소식을 전해 주고, 신문에 특별한 기사가 실리면 알려 주세요. 또 송아지 프리카세(송아지 고기를 잘게 썰어 삶은 것에 그 국물을 친 요리)를 만들었을 때는 언제든지 나를 불러주고요. 그러면 이제, 워털루로! 마치 웰링턴 장군이 그 역사적인 전쟁의 날 저녁에 한 말 같군."

워털루 역(런던시 템스 강 남쪽에 있는 역으로, 잉글랜드 남부로 가는 열차는 이곳에서 출발한다)은 그날 오후엔 그리 밝고 깨끗하지가 않았다.

롤랜드는 마침내 자신을 목적지로 데려다 줄 열차를 찾아냈다. 기차는 별로 좋지 않은 낡은 열차였다. 그 기차를 타고 여행할 사람이 아무도 없을 것 같은 그런 모양의 기차였다. 롤랜드는 일등석 차표를 사서 제일 앞칸으로 올라섰다. 안개가 도시 전체에 자욱이 깔렸었는데, 바람마저 가끔씩 몰려왔다 몰려

가곤 했다. 플랫폼은 황량했다. 오로지 천식 환자의 숨소리 같은 엔진 소리만이 정적을 깨고 있었다.

그때 너무 갑작스럽게 깜짝 놀랄 만한 일이 벌어졌다. 제일 먼저 한 아가씨가 뛰어들었다. 그녀는 힘껏 문을 열고 안으로 뛰어든 것이다. 막 선잠이 들려 하던 롤랜드는 갑작스럽게 벌어진 위험스러운 분위기에 흥분이 됐다.

"오, 나를 숨겨주세요. 제발 나를 좀 숨겨주세요."

그 아가씨가 뛰어들면서 외쳤다.

조지는 행동파 남성이었다. 즉, 이유를 묻기 전에 행동부터 해놓고 보는 성미 급한 전형적인 남성.

기차칸에서 사람을 숨겨줄 만한 곳은 오직 한군데밖에 없다—의자 밑이다.

7초 동안에 그 아가씨를 그곳으로 들어가게 하고 아무렇게나 놓여 있던 자기의 여행가방을 가져다 그 앞을 막았다. 눈 깜짝할 사이에 벌어진 일이었다.

기차칸 창문에 격분한 얼굴이 나타난 것은 그다음 순간의 일이다.

"내 조카, 당신이 이곳에 숨겼지? 내 조카를 내놓으시오."

약간 숨이 찬 조지는 구석에 기대앉아 석간의 스포츠란을 유심히 보고 있는 체했다. 그는 자기가 생각하기에도 너무나 자기답지 않게 신문을 옆에 내려놓았다.

"지금 뭐라고 했습니까, 선생님?" 그는 깍듯이 말했다.

"내 조카, 도대체 그 애를 어쨌소?"

먼저 빈틈없는 공격을 취하는 것이 방어하는 것보다 항상 유리한 법이다.

조지는 행동으로 뛰어들었다.

"당신, 지금 뭐라고 했소?"

그는 자기 큰아버지의 태도를 흉내 내며 소리쳤다.

상대방은 잠시 멈칫하더니 갑자기 사나운 태도로 달려들기 시작했다.

그는 뚱뚱한 몸집인데다가 얼마를 달려왔기 때문에 아직도 약간 숨을 헐떡이고 있었다. 그의 머리는 앙브로스식(짧은 솔 모양)으로 잘랐고 호헨졸렌식 콧수염(독일 황제의 콧수염)을 하고 있었다. 억양은 아주 걸걸했고, 몸가짐이 아주 꼿꼿한 것으로 봐서 그는 제복을 벗었을 때보다 입었을 때 더욱 편안함을 느끼는 사람이었다.

조지는 태어날 때부터 외국인에 대해 편견을 가진 전형적인 영국인이었다. 특히 독일 사람 같아 보이는 외국인들에 대한 혐오는 더욱 심했다.

"도대체 지금 뭐라고 했소?"

그는 화가 나서 다시 물었다.

"그 애가 이곳으로 들어갔소. 내가 이 두 눈으로 봤단 말이오. 대체 그 애를 어떻게 했소?"

상대방이 말했다.

조지는 신문을 옆으로 내던지며 머리와 어깨를 창으로 내밀었다.

"당신, 말 다했소?" 그는 덤벼들 듯이 말했다.

"이제 보니 당신, 사람을 잘못 본 것 같소. 나는 오늘 아침 '데일리 메일'에서 당신 같은 사람들에 대해 난 기사를 모두 읽었지. 이봐요, 차장! 차장!"

그들이 싸우는 모습을 이미 멀리서 지켜보던 차장이 즉시 달려왔다.

"이봐요, 차장."

롤랜드는 신분이 낮은 사람들이 숭배하는 그런 권위적인 태도로 말했다.

"이 양반이 나를 괴롭히고 있소. 필요하다면 이 사람을 공갈범으로 고소하려고 합니다. 내가 마치 자기 조카를 여기에 숨겨놓은 것처럼 떼를 쓰고 있단 말이오. 이런 짓을 주로 하는 외국인으로 구성된 악질 범죄단이 있다던데. 이런 짓은 없어져야 해요. 이 사람을 데려가 주시오. 여기 내 신분증이 있는데, 원한다면 보시오."

차장은 두 사람을 번갈아 쳐다보았다. 그의 마음은 곧 결정됐다. 그는 여러 차례의 경험으로 외국인들은 경멸하고, 일등칸의 잘 차려입은 신사들을 선망하는 그런 선입관을 가진 차장이었다.

그는 침입자의 어깨에 손을 얹었다.

"여보시오, 여기서 떠나시오."

이러한 위기의 순간에 외국인의 영어는 그를 구해낼 수 없었다. 그는 자기 나라 말로 굉장한 욕을 퍼부어댔다.

"그만하면 됐어." 차장이 말했다.

"이곳을 떠나시오. 그 아가씨는 여기 없어요."

승리의 깃발이 펄럭이고 승리의 나팔이 울려 퍼졌다.

덜커덩덜커덩 소리를 내며 기차는 역을 빠져나가기 시작했다. 조지는 그들이 플랫폼에서 사라질 때까지 계속 내다보았다. 그런 다음, 머리를 다시 안으로 돌려서 여행가방을 들어 선반 위로 올렸다.

"이젠 됐어요. 나와도 돼요."

그는 자신 있게 말했다. 그 아가씨는 기어나왔다.

"오!" 그녀는 숨을 몰아쉬었다.

"어떻게 감사를 표해야 할까요?"

"괜찮습니다. 내가 좋아서 한 일인데요. 정말입니다."

그는 예사롭게 말했다.

그는 그녀를 거듭 확신시키려는 듯이 웃었다. 그녀의 눈에 약간 당황한 빛이 스쳤다. 그녀는 자신에게 매우 익숙한 무언가를 잃고 있는 것 같이 보였다. 그 순간 그녀는 맞은편에 있는 기다란 유리에 비친 자신의 모습을 바라보고 가슴에서부터 나오는 긴 한숨을 몰아쉬고 있었다.

기차칸의 청소부가 매일 의자 밑을 청소하는지가 의심스러웠다. 그녀의 모습을 보면 청소를 하지 않는 것 같았고, 또 한편 모든 먼지와 연기는 집을 찾아가는 새처럼 그러한 의자 밑에 모이는 것만도 같았다.

조지는 여태껏 그녀의 모습을 바라볼 시간이 없었다. 왜냐하면 그녀는 갑자기 뛰어들었고, 또 순식간에 몸을 숨기려고 의자 밑으로 기어들어가야 했기 때문이다. 그러나 잠깐이었지만 의자 밑으로 사라진 사람은 분명히 단정하고 옷을 곱게 차려입은 젊은 아가씨였던 것만은 확실했다.

그런데 지금 그녀의 작고 붉은 모자는 찌그러지고 움푹 들어갔으며, 얼굴은 먼지를 흠뻑 뒤집어써서 볼품없이 되어버렸다.

"어머나!" 그 아가씨가 외쳤다.

그녀는 손을 더듬거려 핸드백을 찾았다.

조지는 진정한 신사가 그러하듯 창밖에다 눈을 고정시키고 템스 강이 흐르는 런던 거리를 바라보았다.

"어떻게 감사를 드려야 할까요?" 그녀가 다시 말을 꺼냈다.

이 말을 이젠 대화를 다시 시작해도 좋다는 신호로 받아들이고서 조지는 시선을 돌려 또 한 번 예의 바르게 그 공로를 부인했다. 그러나 이번에는 억양과 태도에 따뜻함을 잔뜩 담아 말했다.

아가씨는 말로 표현할 수 없으리만큼 예뻤다! 전에는 결코 이렇게 아름다운 아가씨를 본 적이 없다고 조지는 생각했다. 그는 더욱더 열을 다해 호의적으로 대했다.

"당신은 정말로 멋진 분이시군요." 아가씨가 열정적으로 말했다.

"천만에요. 세상에서 가장 쉬운 일이죠. 내가 도움이 되어서 무척 기쁩니다." 조지는 나지막이 말했다.

"정말 멋져요." 그녀가 강조하듯 되풀이했다.

여태껏 보지 못했던, 정말로 아름다운 아가씨가 '당신은 얼마나 멋진지 몰라요.'라고 하는 말을 듣게 되면 두말할 것도 없이 기쁠 것이다. 조지도 어느 누구보다도 그 말에 기뻐했다.

잠깐 동안 약간 거북한 침묵이 흘렀다. 아가씨는 상대방이 자세한 설명을 기대하고 있음을 눈치 챈 것 같았다.

그녀는 살짝 얼굴을 붉혔다.

"매우 우둔한 변명입니다만, 죄송하지만 설명을 드릴 수가 없군요."

그녀는 조심스럽게 말했다. 그러고는 왠지 모를 가련한 태도로 그를 쳐다보았다.

"설명할 수 없다고요?"

"예."

"아가씨는 정말 완벽하게 멋진 분이로군요!" 롤랜드는 열정적으로 말했다.

"예? 뭐라고요?"

"내 말은, 정말로 멋진 분이라는 겁니다. 마치 온밤을 꼬박 새우며 읽는 책 속에 나오는 이야기 같군요. 여주인공은 항상 제1장에서 말하죠. '나는 말할 수 없어요.' 물론 그녀는 마지막에 가서는 사건의 전모를 밝히죠. 그러나 왜 그녀가 처음에 그래야만 했는지에 대한 진정한 이유는 전혀 언급이 없죠. 그렇지 않으면 이야기를 망치게 되니까 말입니다. 하지만 내가 지금 그런 미스 터리에 섞이게 돼서 기쁘다고는 말할 수 없군요. 이 일에 정말로 그런 미스터 리가 연관되어 있는지 모르기 때문이죠. 기왕이면 이 사건이 굉장히 중요한 비밀문서와 관련된 것이거나, 혹은 발칸 특급열차 같은 것이 되기를 바랍니다. 나는 발칸 특급열차를 무척 좋아한답니다."

그 아가씨는 크고 조심스러운 눈으로 그를 뚫어져라 응시했다.

"어째서 발칸 특급열차에 대해 말씀하시는 건가요?"

그녀가 날카롭게 물었다.

"내가 경솔하지 않았기를 바랍니다." 그가 급히 변명했다.

"당신 큰아버지는 그 열차를 타고 왔을 겁니다, 아마."

"우리 큰아버지는……" 그녀는 말을 멈췄다가 다시 말을 꺼냈다.

"우리 큰아버지는……."

"충분히 이해해요." 조지는 동정적으로 말했다.

"나도 큰아버지가 한 분 계시죠. 어느 누구도 자신의 큰아버지에게 책임을 느껴서는 안 됩니다. 자연의 순리에는 어긋나는 것이지만. 그것이 나의 신조입 니다."

아가씨는 갑자기 웃어대기 시작했다.

조지는 그녀의 목소리에 약간 외국인의 억양이 섞여 있다는 것을 알 수 있었다. 처음엔 그녀가 영국인인 줄 알았었다.

"당신은 참 신선하고 흔치 않은 사람이군요. 실례지만 성함이……."

"롤랜드입니다. 친구들은 조지라고 부르죠."

"내 이름은 엘리자베스예요." 그녀는 갑자기 말을 멈췄다.

"나는 엘리자베스라는 이름을 좋아합니다."

그녀가 몹시 당황하는 것을 덮어주기 위해 조지가 얼른 말했다.

"베시라든가 혹은 그와 같은 끔찍한 이름으로 부르지는 않겠죠? 물론 그러 지는 않겠지만."

그녀는 고개를 저었다.

"자, 그러면……, 이제 우리는 서로를 어느 정도 안 것 같습니다. 이제 사무적인 일로 돌려 볼까요? 잠깐만 일어나시면 내가 당신 코트의 뒷부분을 털어 드리지요."

조지가 말했다.

그녀는 그의 말에 따라 일어섰다. 조지는 먼지를 털어주었다.

"고맙습니다, 롤랜드 씨."

"조지, 친구들에게는 조지라고 불리죠. 그렇게 불러주세요. 당신은 내 차칸으로 뛰어들어와 좌석 밑에 숨고, 나로 하여금 당신의 큰아버지에게 거짓말을 하도록 했습니다. 이제 친구가 되는 것을 거절하시지는 않겠죠?"

"오, 물론이에요, 조지."

"훨씬 듣기가 좋군요."

"제 모습 괜찮아요?" 엘리자베스가 왼쪽 어깨를 보려고 애쓰며 물었다.

"오! 괜찮습니다."

조지는 태도를 엄숙하게 바꾸면서 말했다.

"너무 갑작스레 벌어진 일이라, 물론 당신도 보셨다시피……."

그녀가 설명했다.

"그래야만 했겠지요."

"그분이 택시 안에 있는 우리를 봤어요. 그러고는 역에서 그분이 나를 뒤쫓아 오는 것을 보고는 이리로 도망쳐온 거예요. 그런데 이 기차는 어디로 가고 있나요?"

"롤랜즈 캐슬로 갑니다." 조지가 확고하게 말했다.

아가씨는 당황하는 것 같았다.

"롤랜즈 캐슬이라고요?"

"물론 한 번에 거기까지 가는 건 아닙니다. 여러 정거장을 거쳐 그곳에 도착하게 되는 거죠. 그러나 자정 전에는 분명히 도착할 겁니다. 이 오래된 남부선은 매우 믿을 만한 철도죠. 느리지만 확실해요. 내가 생각하기로는 이 철도는 옛날 방식 그대로입니다."

"난 롤랜즈 캐슬로는 가고 싶지 않은데."

엘리자베스가 의심스러운 듯이 말했다.

"그렇게 말씀하시면 실망인데요. 그곳은 아주 흥미로운 곳이랍니다."

"그곳에 가본 적이 있으세요?"

"처음입니다. 그러나 내릴 수 있는 곳은 많아요. 만일 롤랜즈 캐슬이 마음에 들지 않는다면 말입니다. 오킹, 웨이브리지, 윔블던 등이 있지요. 이 기차는 그런 역들에서 정거할 겁니다."

"알았어요." 아가씨가 말했다.

"그래요, 그곳에 도착해서 자동차로 런던에 돌아갈 수 있을 겁니다. 그게 제일 좋은 방법인 것 같군요."

그들이 이렇게 말을 주고받고 있을 때 기차는 속력을 줄이기 시작했다.

롤랜드는 애타는 눈으로 그녀를 바라보았다.

"내가 뭐라도 해줄 수 있다면……."

"아니에요. 당신은 이미 내게 많은 것을 해주셨어요."

잠시 침묵이 흐르다가 그녀가 갑자기 입을 열었다.

"내가, 내가 이번 일을 설명드릴 수만 있다면 얼마나 좋을까요. 나는……."

"하늘에 맹세코, 절대 그러지 마십시오! 그러면 모든 일을 망칠 겁니다. 그건 그렇고, 아가씨, 내가 뭐 좀 해 드릴 일이 없을까요? 비밀문서를 비엔나로 가져간다거나, 혹은 그 비슷한 일이라도 말입니다. 이런 사건에는 항상 비밀문서가 끼어 있는 법인데, 나에게도 기회를 주십시오."

기차가 멈췄다. 엘리자베스는 재빨리 플랫폼으로 뛰어내렸다.

그녀는 돌아서서 창에 대고 그에게 말했다.

"당신이 한 말 진정이세요, 조지? 진심으로 우리를 위해서, 나를 위해서 어떤 일이라도 하시겠어요?"

"엘리자베스, 당신을 위해서라면 세상의 어떤 일이라도 하겠소."

"내가 당신에게 그 일의 이유를 설명해줄 수 없다 할지라도 말이에요?"

"오, 물론이지요. 아무래도 괜찮아요!"

"그것이 위험하다 해도요?"

"위험하면 할수록 더 좋아요."

그녀는 잠시 머뭇거리다가 마음을 정한 듯했다.

"창밖으로 몸을 좀 내밀어 보세요. 당신이 쳐다보는 것을 눈치 채지 못하게 하면서 저쪽 플랫폼을 좀 내다보세요."

롤랜드는 좀 어려운 이 요구에 따르느라 애를 먹었다.

"지금 들어오는 사람, 작고 검은 턱수염을 기르고 밝은 색 오버코트를 입은 사람이 보이세요? 저 사람을 추적하세요. 저 사람이 무엇을 하고 어디를 가는지를 알아보세요."

"그게 다요?" 롤랜드가 물었다.

"내가 무엇을……."

그녀가 그를 가로막았다.

"그다음 지시는 당신에게 보내질 거예요. 그를 감시하고……, 그리고, 이것을 지키세요."

그녀는 포장된 작은 상자를 그의 손에 건네주었다.

"목숨을 걸고 이것을 지켜주세요. 이것이 바로 모든 것의 열쇠예요."

기차가 움직이기 시작했다. 롤랜드는 엘리자베스의 크고 우아한 모습이 플랫폼을 내려가서 사라질 때까지 창밖을 계속 쳐다보았다. 그의 손에 들려진 포장된 작은 상자를 그는 꽉 잡았다.

그 이후의 그의 여행은 매우 단조로웠고, 아무 일도 일어나지 않았다. 기차는 완행이어서 모든 역마다 정거했다. 기차가 서는 역마다 롤랜드는 창밖으로 머리를 내밀고 자기가 추적하는 사람이 혹시 내리지나 않나 하고 살피곤 했다. 때때로 그는 예정된 시간보다 연착될 때마다 플랫폼으로 내려갔다가 기차의 난간에 올라섰다 하며 그 사람이 아직도 기차 안에 있음을 재확인하곤 하였다. 기차의 종착역은 포츠머스였다. 바로 거기에서 검은 턱수염의 여행자가 내렸다. 그는 조그마한 2등급 호텔로 향했는데, 거기에 그는 방을 미리 예약해 두었던 모양이다. 롤랜드도 방을 하나 빌렸다. 두 방은 같은 복도에 있었고, 두 방 사이에는 다른 방 두 개가 더 있었다.

방을 이렇게 얻을 수 있었던 것에 대해 조지는 천만다행으로 생각했다. 그는 남을 미행하는 것은 이번이 처음이었다. 그러나 이런 일을 잘해낼 수 있기를 간절히 바랐으며, 자신에 대한 엘리자베스의 신뢰를 확인시키고 싶었다.

저녁식사 때 조지는 자신의 사냥감과 멀지 않은 곳에 앉을 수 있었다. 식당은 붐비지 않았다. 식사를 하고 있는 대부분의 사람들은 사업차 여행하는 사람들일 거라고 조지는 생각했다. 그들은 음식에 대한 기호가 아주 까다로운 사람들이었다. 오직 한 사람, 키가 자그마하고 붉은 머리와 콧수염을 기르고 정장을 했으며 좀 수다스러운 듯한 사람만이 그의 관심을 끌었다.

그도 역시 조지에게 관심이 있는 듯 보였고, 식사가 끝날 때쯤 한잔 같이하고 당구도 한 게임 치는 게 어떻겠냐고 제의해왔다. 그러나 그때 조지는 검은 턱수염의 사나이가 모자를 쓰고 오버코트를 입고 있는 것을 보고는 그의 제안을 예의 바르게 거절했다. 그러고는 곧 거리로 뛰어나가 그가 어디로 사라졌는지, 미행의 어려움을 새삼 느끼며 그의 행방을 찾았다.

오랫동안 여기저기를 헤매며 찾아보았으나 결국 그가 간 곳을 알 수 없었다. 포츠머스 거리를 이리저리 약 4마일가량 돌아다니다가 호텔로 돌아오니, 그 사람은 먼저 돌아와 있었다. 조지는 그 사람의 뒤를 바싹 따랐다.

조지에게 희미한 의혹심이 일어났다. 저 남자가 나의 존재를 의식하는 건 아닐까? 이 문제를 골똘히 생각하며 홀 안에 서 있는데, 바깥문이 홱 열리며 아까의 그 붉은 머리에 작달막한 남자가 들어오는 것이었다. 그도 역시 거리를 이리저리 쏘다녔음이 틀림없으리라.

조지는 갑자기 사무실에서 온 한 처녀가 자기를 부르는 걸 들었다.

"롤랜드 씨죠, 맞습니까? 두 신사분이 뵙겠다고 하시는데요. 두 분 모두 외국인이세요. 그분들은 지금 이쪽 통로 끝에 있는 작은 방에 계십니다."

조지는 약간 놀라면서 그 의문의 방을 찾았다.

방에 앉아 있던 두 남자는 일어나 좀 딱딱한 태도로 인사했다.

"롤랜드 씨죠? 우리가 누군지 짐작하시리라고 생각합니다만."

조지는 두 사람을 번갈아 쳐다보았다.

지금 말한 사람은 둘 중에서 더 나이가 들었고 회색 머리였으며, 영어를 아주 훌륭히 구사하는 거만한 태도의 사람이었다. 나머지 한 사람은 키가 크고 여드름이 약간 난 젊은이였는데, 거칠고 성난 표정을 짓고 있어서 매력적으로 보이진 않았지만 그 외모에서는 금발의 튜튼족적인 기질을 나타내고 있었다.

조지는 먼저 자신을 찾은 사람 중에 워털루 역에서 만난 그 늙은이가 끼어 있지 않은 것을 알고는 안심했다. 그는 자기가 할 수 있는 가장 친절한 태도를 보였다.

"두 분, 앉으시죠, 만나 뵙게 돼서 반갑습니다. 한잔하실까요?"

늙은 신사가 손을 내저었다.

"고맙습니다, 롤랜드 경. 우리는 괜찮습니다. 시간이 없어서요. 경께서 한 가지 질문에만 답변해주시면 됩니다."

"저를 귀족으로까지 올려주시니 매우 친절하시군요." 조지가 말했다.

"아무것도 마시지 않으시겠다니 유감입니다. 그러면 그 급박한 질문이 뭡니까?"

"롤랜드 경, 당신은 런던을 떠날 때 어떤 아가씨와 함께 있었습니다. 그러나 여기 도착했을 때는 당신 혼자뿐이더군요. 그 아가씨는 어디에 있습니까?"

조지는 자리에서 일어났다.

"지금 무슨 말씀을 하시는지 잘 모르겠군요."

그는 자신이 할 수 있는 한 최대로 소설의 주인공처럼 차갑게 말했다.

"두 분, 오늘 저녁 좋은 밤이 되기를 바랍니다."

"당신은 모든 걸 알고 있어." 젊은이가 갑자기 끼어들며 소리쳤다.

"대체 알렉사에게 무슨 짓을 한 거요?"

"조용히 해. 제발 조용히 좀 하게나." 다른 사람이 말했다.

"내가 확실히 말할 수 있는 것은……." 조지가 위엄 있게 말했다.

"나는 그런 이름의 아가씨를 알지 못해요. 뭔가 사람을 잘못 본 것 같소."

나이 든 사람이 다른 사람을 날카롭게 쳐다봤다.

"그럴 리가 없을 텐데요." 그가 냉랭히 말했다.

"내가 호텔 숙박부를 다 조사했어요. 당신은 롤랜즈 캐슬의 롤랜드라고 기록했더군요."

조지는 얼굴이 붉어지지 않을 수 없었다.

"오, 그것은 내가 장난을 좀 친 거예요."

그는 장난기 섞인 목소리로 말했다.

"얄팍한 속임수 쓰지 마시오. 이봐요, 우리로 하여금 돌려 말하게 하지 말아요. 대체 그 황녀는 어디 계시오?"

"엘리자베스를 말하는 거라면……."

젊은이는 또다시 격분하며 앞으로 나섰다.

"무례한 놈 같으니라고! 황녀를 그렇게 부르다니."

"내가 말하는 것은……." 다른 사람이 천천히 말했다.

"당신도 잘 알다시피, 카토니아의 아나스타샤 소피아 알렉산드라 마리 헬레나 울가 엘리자베스 황녀를 말하는 것이오."

"아니!"

롤랜드는 어쩔 줄 몰라 했다. 그는 카토니아에 대해 알고 있는 것을 생각해 보았다. 그가 알고 있기로는 그곳은 발칸 반도의 작은 왕국인데, 그곳에서 혁명 같은 것이 일어났던 것이 기억나는 듯했다.

그는 간신히 정신을 가다듬었다.

"분명히 우리는 동일인물을 말하는 것 같은데요." 그는 유쾌히 말했다.

"오직 '나'만이 그녀를 엘리자베스라고 부르죠."

"당신은 그 모든 일에 대해 내게 만족한 설명을 해줘야겠소."

젊은 사람이 호통치며 말했다.

"그렇지 않으면 싸움을 할 수밖에 없소."

"싸움이라고?"

"결투를 말하는 것이오."

"나는 결투를 해본 적이 없소." 롤랜드가 단호히 말했다.

"뭐라고?"

상대방은 얼굴에 열을 올리며 말했다.

"나는 몸을 다치는 것을 몹시 싫어해요."

"아! 그렇소? 그렇다면 당신의 코를 한번 잡아당기는 걸로 끝내도록 하지."

젊은이는 사납게 달려들었다. 그다음 순간 엄청난 광경이 벌어졌다. 그 젊은이가 공중에 반원을 그리는가 싶더니 바닥으로 쿵 하고 떨어졌다. 그는 눈을 제대로 뜨지도 못하고 일어섰다.

롤랜드는 껄껄 웃었다.

"내가 앞서 말했듯이 난 항상 내 몸을 다치는 걸 싫어해요. 그것이 내가 유도를 배워둬야겠다고 생각한 이유지."

침묵이 흘렀다. 두 외국인은 이 부드러운 모습을 한 젊은이를 미심쩍은 눈으로 쳐다보았다. 마치 상냥하고 특별한 것이 없는 그의 태도 뒤에 뭔가 위험한 것이 숨어 있는 것을 본 듯이 말이다.

젊은 튜튼인은 격분으로 새파랗게 질려 있었다.

"당신, 곧 후회하게 될 거야." 그가 격한 어조로 말했다.

다른 늙은 남자는 위엄을 되찾았다.

"롤랜드 경, 그것이 당신의 마지막 말입니까? 결국 황녀께서 어디 계신지 우리에게 말해주는 것을 거절하겠다는 겁니까?"

"나는 그 일에 대해서는 모릅니다."

"우리가 그 말을 믿으리라고는 생각지 않으시겠죠."

"당신들이 무슨 말이든 믿으려 하지 않는 사람들이어서 유감입니다."

다른 사람은 괜히 머리를 흔들면서 중얼거렸다.

"이것으로 끝난 게 아니야. 당신은 곧 우리한테서 연락을 받게 될 거요."

두 사람은 사라졌다.

조지는 손으로 이마를 문질렀다. 사태가 놀랄 만한 속도로 진전되고 있었다. 그는 분명히 유럽인들의 1급 스캔들에 휘말리게 된 것이다.

"또 다른 전쟁이 일어나게 될지도 모르겠군."

조지는 이를 바라거나 하는 것처럼 말하며 검은 턱수염의 사나이가 그새 어떻게 됐는지 알아보려고 사방을 돌아다녔다.

다행히도 조지는 외무사원들이 묵는 방 한쪽 구석에 앉아 있는 그를 발견했다. 조지는 다른 쪽 구석에 가서 앉았다. 3분쯤 있다가 검은 턱수염의 사나이는 일어서서 자기 방으로 올라갔다. 조지도 뒤따라 일어났다. 조지는 그가 자기 방으로 들어가서 문을 닫는 것을 보곤 안도의 한숨을 내쉬었다.

"나는 지금 휴식이 필요해. 몹시 피곤하군." 그는 중얼거렸다.

그 순간 끔찍한 생각이 머리를 스쳐갔다. 만일 검은 턱수염의 사나이가 자기가 미행당하고 있다는 것을 눈치 챘다고 상상해보자. 조지가 자느라고 아무 것도 모르는 사이에 그가 이 밤을 이용해 도망가 버릴 수도 있다.

몇 분 동안 이러한 모든 가능성을 생각해본 뒤 롤랜드는 이 난제를 해결할 방법을 생각해냈다. 그런 다음 자기의 방을 소리없이 기어나와 검은 턱수염의 사나이 방으로 다가갔다.

그의 방문 한쪽에 뒷면에 풀칠이 되어 있는 종이로 실의 한쪽 끝을 붙이고 는, 그 실을 계속 끌고서 복도를 지나 자신의 방까지 가져왔다. 그 실의 한쪽 끝은 작은 은종에다 묶었다. 그 은종은 어젯밤의 파티에서 가져온 것이었다.

그는 이 장치를 매우 만족해하면서 점검하였다.

검은 턱수염의 사나이가 방을 나가게 되면 이 은종이 곧 울리게 되는 것이 다. 이 문제가 해결되자 조지는 곧바로 침대에 누웠다. 그 작은 상자는 베개 밑에다 조심스럽게 넣어두었다. 그러고는 잠시 생각에 잠겼다.

그의 생각은 바로 이런 것이었다.

'아나스타샤 소피아 마리 알렉산드라 올가 엘리자베스 제기랄! 이름 하나를 빼먹었군. 내가 지금 의아하게 생각하는 것은……'

그는 상황을 제대로 파악할 수 없는 안타까움 때문에 잠을 이루지 못했다.

대체 어떤 일일까? 도망을 가는 황녀와 포장된 작은 상자와 검은 턱수염의 사나이 사이에는 어떤 관계가 있을까? 그 황녀는 누구에게서 도망가는 것일 까? 아까 그 두 외국인은 내가 그 상자를 가지고 있다는 것을 알고 있을까? 대체 그 속에는 무엇이 들어 있을까?

롤랜드는 이러한 것들을 골똘히 생각하다 아무런 해답도 얻지 못한 채 잠 이 들었다. 그는 희미한 종소리에 잠에서 깨어났다. 거의 반사적으로 눈을 뜨 는 순간 상황을 직감하고 침대에서 뛰어내렸다. 슬리퍼를 신고 눈을 똑바로 뜨고는 아주 조심스럽게 복도로 나갔다.

검은 그림자가 복도 끝으로 사라지는 것으로 봐서 그의 추적물의 행방을 알 수 있었다. 롤랜드는 가능한 한 소리를 내지 않고 몸을 움직여 그의 뒤를 따라갔다. 그는 간신히 목욕실로 들어가는 검은 턱수염의 사나이를 포착할 수 있었다. 참으로 난처한 일이었다. 특히 그의 방과는 반대쪽에 있는 목욕실에 들어갔으니 말이다.

조지는 조금 열려 있는 문 곁으로 다가가 틈새로 안을 들여다보았다. 그는 욕조 옆에 무릎을 꿇고 앉아 그 주변 판에다 무언가를 하는 것이었다. 그는 그렇게 5분간 있은 다음 일어났다. 조지는 얼른 물러났다. 방문 그림자에 가려 그는 그 사나이가 목욕실에서 나와 자신의 방으로 들어가는 것을 들키지 않고 지켜볼 수 있었다.

"좋았어. 목욕실의 비밀은 내일 아침에 조사해보기로 하자."

조지는 중얼거렸다.

그는 침대로 들어가서 귀중한 상자가 아직도 거기에 있는지를 확인하려고 베개 밑으로 손을 넣어보았다. 그다음 순간 그는 당황해서 모든 이불을 다 들춰보았다. 그 상자가 없어진 것이다!

다음날 아침 조지는 슬픈 얼굴로 달걀과 베이컨을 먹으며 자신을 달래고 있었다. 그는 엘리자베스의 말을 지키지 못했다. 그는 그녀가 자신을 믿고 맡긴 귀중한 상자를 잃어버린 것이다. 아침식사를 마친 뒤 그는 다시 2층으로 올라갔다. 객실담당 아가씨가 당혹한 표정으로 복도에 서 있었다.

"뭐가 잘못됐나요?"

조지가 친절히 물었다.

"이 방에 묵으신 손님 때문이에요. 그분이 8시 30분에 저를 오라고 했는데, 아무 대답이 없군요. 문이 잠겼어요."

"그런 소리 말아요." 조지가 말했다.

조지의 마음속에 좋지 않은 생각이 퍼뜩 떠올랐다. 그는 급히 자기 방으로 달려갔다. 그에게 떠오른 여러 가지 생각들이 방 안에 들어서자 확 달아나 버렸다. 너무 뜻밖의 상황이었다.

화장대 위에 어젯밤에 잃어버린 그 작은 상자가 놓여 있질 않은가!

조지는 그 상자를 집어 이리저리 살펴보았다. 의심할 것도 없이 바로 그 상자였다. 그런데 포장을 뜯은 흔적이 있었다. 잠시 머뭇거리다가 그는 상자를 뜯어보았다. 다른 사람이 이미 뜯어본 것이니 못 볼 이유가 없었다. 게다가 그 안에 들어 있는 것을 누군가가 훔쳐갔을 가능성도 있지 않은가.

포장지를 벗기고 나니 보석상에서 사용하는 작은 상자가 나타났다. 조지는 그것을 열어 보았다. 안에는 결혼식 때 쓰는 아주 평범한 금반지가 솜에 싸여 있었다. 그는 그것을 들고 이리저리 살펴보았다. 이름은 새겨져 있지 않았다. 다른 보통의 결혼반지와 하나도 다를 것이 없었다. 그는 소리를 지르며 손으로 머리를 감쌌다.

"바보 같은 짓이었어." 그가 중얼거렸다.

"그래, 완전히 미친 짓이야. 도대체 영문을 알 수 없군."

갑자기 그는 객실담당 아가씨의 말이 생각났다. 동시에 창문 바깥쪽으로 넓은 난간이 있음도 발견했다. 그것은 곡예가 필요한 것도 아니어서 조지가 하려고만 마음먹으면 쉽게 할 수 있는 일이었다.

그는 호기심에 불타올랐고, 또 이 문제를 풀어보고 싶은 욕구도 차올랐다. 그는 창틀로 뛰어올랐다. 몇 초 뒤에 그는 검은 턱수염의 사나이가 묵고 있는 방의 창을 통해 안을 들여다볼 수 있었다. 창문은 열려 있었고, 방에는 아무도 없었다. 저쪽으로 비상계단이 있었다. 그자가 어떻게 도망갔는지 명백했다.

조지는 창을 뛰어넘어 들어갔다. 도망간 사나이의 자취가 아직도 그곳에 남아 있는 듯했다. 그중에 모든 일의 실마리가 될 것이 있을지도 모른다. 그는 낡은 여행가방의 내용물들을 뒤지기 시작했다. 무슨 소리가 들려 조지는 동작을 멈췄다. 아주 작은 소리였는데, 분명히 방 안에서 난 소리였다.

조지의 시선은 커다란 옷장에서 멈춰졌다. 그는 벌떡 일어나 문을 열어젖혔다. 그러자 한 사나이가 튀어나오면서 조지를 붙잡는 바람에 두 사람은 바닥으로 나뒹굴었다.

조지는 결코 그의 적수가 못 되었다. 그의 그 특별한 유도 솜씨도 거의 소용없었다. 둘은 완전히 지쳐서 서로 떨어졌다. 그리고 처음으로 상대방을 쳐다봤다. 그는 바로 붉은 머리와 콧수염을 기른 작은 사나이였다.

"당신은 대체 누구요?" 조지가 물었다.

대답으로 상대편은 명함을 꺼내어 그에게 내밀었다.

조지는 그것을 크게 읽었다.

"런던경시청 수사과 제럴드 경감."

"이젠 됐소? 자, 그러면 당신이 이번 일에 대해 알고 있는 것을 전부 말해 보겠소?"

"내가 알고 있는 거라고요?" 조지는 생각에 잠겨 말했다.

"경감님, 당신도 찬성하실 줄로 아는데, 우리 좀더 유쾌한 장소로 가서 얘길 나눌까요?"

술집 안의 조용한 구석에서 조지는 그간의 사정 이야기를 다 털어놓았다.

제럴드 경감은 그의 말을 진지하게 들어주었다.

"당신의 말대로 참으로 기이한 일이로군."

조지가 말을 끝맺자 그가 이렇게 말했다.

"나로선 잘 이해할 수 없는 부분이 여러 곳 있습니다만 한두 가지만은 확실하군요. 나는 마덴베르크(당신의 검은 턱수염의 사나이)를 뒤따라 이곳에 왔소. 그런데 당신이 나타나서는 그를 감시하는 것에 의심이 갔지요. 그러나 당신을 확인할 수가 없었습니다. 그래서 어젯밤 당신이 나간 사이에 당신 방에 몰래 들어갔던 겁니다. 당신 베개 밑에 있던 작은 상자를 훔쳐간 사람이 바로 납니다. 그것을 열어보니 내가 찾던 것이 아님을 알고 당신의 방에 도로 갖다 놓았소만."

"그 말을 들으니 상황이 좀 명확해지는군요." 조지가 생각 깊게 말했다.

"나는 이번 일을 겪으면서 꼭 바보가 된 것 같습니다."

"오, 그렇지 않아요. 당신은 초보자인데도 참으로 용감했어요. 그런데 오늘 아침에 목욕실에 가서 그곳에 숨겨져 있던 것을 찾아냈다고 했지요?"

"예. 그러나 단지 낡은 연애편지에 불과했습니다."

조지가 우울하게 말했다.

"제기랄! 나는 하찮은 녀석의 사생활이나 파고들려고 하지는 않았단 말입니다."

"내게 좀 보여주지 않겠소?"

조지는 주머니에서 편지를 꺼내어 경감에게 넘겨주었다. 그는 편지를 펼쳤다.

"당신이 말한 대로군. 그러나 이 줄을 자세히 읽어보면 전혀 다른 의미를 끄집어낼 수 있지요. 이런, 이봐요, 이것은 포츠머스 항구 공격에 대한 계획이군요."

"뭐라고요?"

"그래요, 맞아요. 우리는 오랜 기간 그 녀석을 철저히 감시했죠. 그러나 그 녀석은 꽤나 민첩하더군요. 위험한 일을 주로 맡아 행하는 그 여인을 붙잡아야 합니다."

"여자라고요?" 조지는 기어들어가는 목소리로 물었다.

"그녀의 이름이 뭔지 아십니까?"

"그녀는 매우 재주가 많죠. 대부분 베티 브라이티스로 알려져 있습니다. 빼어나게 아름다운 젊은 여성이지요."

"베티 브라이티스." 조지가 중얼거렸다.

"고맙습니다, 경감님."

"아니, 안색이 매우 안 좋은데요."

"몸이 좀 불편하군요. 머리가 아파요. 사실은, 시내로 돌아가는 첫 열차를 타야겠습니다."

경감은 시계를 보았다.

"그 기차는 완행일 겁니다. 급행을 기다렸다가 타는 게 어떻겠소?"

"그건 괜찮습니다." 조지는 우울하게 말했다.

"아무렴, 어제 내가 타고 온 기차보다 더 느릴까요."

조지는 또다시 일등석에 앉아 한가히 일간신문을 들여다보았다. 그러다가 갑자기 깜짝 놀라 눈을 휘둥그레 뜨고는 자기 앞에 있는 기사를 들여다보았다.

어제 런던에서는 아주 낭만적인 결혼식이 있었다. 액스민스터 후작의 둘째 아들인 롤랜드 게이 경과 카토니아의 아나스타샤 황녀와의 결혼이다. 예식은 비밀리에 거행되었다. 황녀는 카토니아에서 일어난 혁명 이후 큰아버지와 함께 파리에서 살고 있었다. 그녀는 롤랜드 경이 카토니아의 영국대사관의 서기관으로 있을 때 만났다. 그리고 그들의 사랑은 그때부터 시작되었다.

"음—."

롤랜드는 형언키 어려운 감정을 맛보았다. 그는 계속해서 허공을 응시했다.

작은 간이역에 기차가 멈췄는데, 한 아가씨가 올라탔다. 그녀는 그의 맞은편에 앉았다.

"안녕, 조지." 그녀는 달콤하게 말했다.

"오, 이런, 세상에!" 조지는 깜짝 놀라 외쳤다.

"엘리자베스!"

그녀는 그를 보고 미소 지었다. 그녀는 그 어느 때보다도 아름다웠다.

"이봐요." 그는 머리를 움켜쥐며 외쳤다.

"하늘에 맹세하고 내게 진실을 말해줘요. 당신은 아나스타샤 황녀요, 아니면 베티 브라이티스요?"

그녀는 그를 뚫어지게 쳐다보았다.

"그 둘 중 아무도 아니에요. 나는 엘리자베스 게이예요. 이제 모든 것을 말씀드리겠어요. 그리고 더불어 사과도 함께 드리겠어요. 롤랜드(우리 오빠 이름이죠) 오빠가 알렉사를 무척 사랑했어요."

"그 황녀 말인가요?"

"예, 우리 가족은 그녀를 그렇게 불러요. 아무튼 롤랜드 오빠는 그녀를 사랑했고, 그녀도 우리 오빠를 사랑했어요. 그런데 그 나라에서 혁명이 일어났죠. 그때 알렉사는 파리에 있었어요. 그 두 사람이 막 결혼하려고 할 때, 수상인 스튀름 노인이 갑자기 나타나서 알렉사를 데려가려고 했지요. 그는 그녀를 억지로 그녀의 사촌인 칼 황태자와 결혼시키려 했던 거예요. 그는 여드름투성이의 험상궂은 사람이에요."

"그 사람을 만났던 것 같군요." 조지가 말했다.

"그녀는 그 사람을 싫어했어요. 한편 노대공(老大公) 오스릭(그녀의 큰아버지죠)은 알렉사와 롤랜드 오빠를 다시는 만나지 못하게 했답니다. 그래서 그녀가 영국으로 도망을 왔기에 내가 가서 그녀를 만났죠. 우리는 스코틀랜드에 있는 롤랜드 오빠에게 전보를 쳤답니다. 그러고 나서 막 택시를 타고 결혼등기소로 가려고 하는 마지막 순간에 다른 택시에 타고 있던 사람과 얼굴이 마주쳤는데, 그게 누구였는지 아세요? 바로 오스릭 노대공이었던 거예요. 말할 것도 없이 그는 우리를 뒤쫓아 왔던 거지요. 우리는 정말 어찌할 바를 몰랐어요.

그 사람은 험상궂은 표정으로 계속 쫓아오더군요. 그 사람이 그녀의 보호자였거든요. 그때 내게 기발한 생각이 떠올랐어요. 우리가 서로 모습을 바꾸는 거였어요. 사람들은 특별히 여성을 알아볼 때 머리끝을 자주 보죠. 나는 알렉사의 붉은 모자를 쓰고 갈색 목도리 코트를 입었어요. 대신 그녀는 내 회색 코트를 입었죠. 그런 다음 우리는 운전사에게 워털루 역으로 가자고 했어요. 그곳에 이르자마자 나는 차에서 뛰어내려 역 안으로 달려 들어갔던 거예요.

그렇게 해서 오스릭 노대공이 붉은 모자를 따라오게 하는 데 성공했죠. 차 속에서 움츠리고 앉아 있는 진짜 아나스타샤에게는 전혀 관심도 쏟지 않은 채 말이에요. 그러나 그 사람은 나를 찾지 못했죠. 난 그때 당신의 자비로운 손길에 이끌려 의자 밑에 숨어 있었으니까 말이에요."

"이젠 잘 알겠습니다. 그렇게 된 거로군요." 조지가 말했다.

"예, 그래서 당신께 사과를 드리려는 거예요. 화내지 않으시기를 바라요. 저, 당신은 꼭 미스터리에 휘말리는 것을 무척 좋아하는 사람처럼 보였거든요. 마치 소설에서처럼 말이에요. 나는 정말로 그 유혹을 뿌리칠 수 없었답니다. 그래서 한참을 망설이다 마음을 정했지요. 당신이 나를 위해서라면 어떤 일이라도 하겠다고 하실 때 커다란 믿음이 생겼답니다. 그래서 그 작은 상자를 당신에게 드린 거예요."

"결혼반지가 들어 있더군요."

"맞아요, 알렉사와 내가 함께 산 거예요. 롤랜드 오빠가 스코틀랜드에서 결혼식 직전에 밖에는 도착할 수 없었거든요. 난 런던에 도착해서야 그들이 그 반지를 원하지 않는다는 걸 알았어요. 필요했다면 커튼 고리 같은 것으로라도 만족해했을 거예요."

"잘 알겠소. 듣고 보니 매우 단순한 일이었군요. 엘리자베스, 실례합니다."

조지는 그녀의 왼손 장갑을 벗고 셋째 손가락에 아무것도 끼어 있지 않음을 보고는 안도의 한숨을 내쉬었다.

"이젠 됐소." 그가 말했다.

"이 반지는 결국 쓸모없는 것이 되지는 않겠군."

"어머나! 나는 당신에 대해 아무것도 모르잖아요."

엘리자베스가 소리쳤다.

"내가 얼마나 멋진 사람이라는 건 이미 알고 있잖소."

조지가 으스대며 말했다.

"당신이 레이디(레이디는 귀족의 부인이나 딸에게 붙이는 경칭) 엘리자베스 게이라는 사실을 이제야 알았소."

"오! 조지. 당신은 사이비 신사인가요?"

"사실은 그렇습니다. 꽤 그런 편이죠. 내 최고의 꿈은 조지 왕께서 내게 반 크라운을 빌려가시고, 난 주말에 그분을 뵈러 가는 것이죠. 난 지금 우리 큰아버지 생각을 하고 있었답니다. 나하고 사이가 틀어진 분이죠. 그분이야말로 놀랄 만큼 사이비 신사랍니다. 내가 아가씨와 결혼해서 우리 가족이 귀족 칭호를 받게 되면 우리 큰아버지는 당장에 나를 공동경영자로 해줄 겁니다."

"오! 조지, 그분은 부자인가요?"

"엘리자베스, 당신은 돈을 위해서는 뭐든 하는 사람인가요?"

"꽤 그런 편이죠. 나는 돈 쓰는 것을 무척 좋아한답니다. 하지만 난 아버지를 생각해서 그런 거예요. 다섯 딸이 모두 미모에다 명문이죠. 그분은 지금 부자 사위를 무척 바라고 계세요."

"흠." 조지가 말했다.

"이 결혼은 하늘에서 맺어지고 땅에서 이루어진 결혼 중 하나가 될 것 같군요. 우리 롤랜즈 캐슬에서 사는 게 어떨까요? 그들은 분명히 나를 시장으로 추대할 거고, 당신은 시장 부인이 될 거라고요. 오! 엘리자베스, 나의 사랑, 이 것은 아마 차내의 규칙에 위반되는 걸 거요. 하지만 난 지금 당신에게 키스해 야겠소!"

6펜스의 노래

왕실 칙선 변호사인 에드워드 팰리저 경은 퀸 앤스클로즈 9번지에 살고 있었다. 퀸 앤스 클로즈는 막다른 골목이었다. 런던 웨스트민스터의 중심에 있으면서도 20세기 소음으로부터 멀리 떨어진 옛날의 평화로운 공기를 느낄 수 있는 곳이었다. 이곳이 에드워드 팰리저 경에게는 잘 맞았다.

에드워드 경은 젊은 시절에는 당대의 가장 유명한 범죄 변호사 중 한 사람이었다. 그는 이제는 일선에서 활동하지 않고 수백 권의 범죄학 서적이 갖춰진 서재에 틀어박혀 독서를 즐기고 있었다. 또한 그는 《이름난 범죄자들의 회상》이란 책을 쓰기도 했다.

어느 날 저녁, 에드워드 경은 서재의 벽난로 앞에 앉아서 맛이 기가 막힌 블랙커피를 음미하며 롬브로소(19세기 이탈리아의 정신병학자)의 저서를 읽으면서 불만스러운 듯 고개를 내저었다.

엉터리 같은 이론들과 완전히 시대에 뒤떨어진 것들이군.

문이 열리고 거의 아무 소리도 없이 잘 훈련된 남자 하인이 두꺼운 카펫 위를 걸어서 그에게 다가왔다. 그러고는 조심스럽게 입을 열었다.

"주인님, 젊은 숙녀분이 찾아왔는데요."

"젊은 숙녀라고?"

에드워드 경은 놀랐다. 이런 일은 아주 드문 일이었다. 어쩌면 조카인 에셀일지도 모른다는 생각이 떠올랐다. 그러나 곧 고개를 저었다. 그렇다면 아모는 에셀이 찾아왔다고 말했을 것이다.

"그 숙녀가 이름을 말하지 않던가?" 그는 조심스럽게 물었다.

"예, 주인님, 그러나 그분은 주인님께서도 자기를 꼭 만나고 싶어 하실 거라고 했습니다."

"들어오시라고 하게나." 에드워드 팰리저 경은 말했다.

그는 호기심을 느꼈다.

"에드워드 선생님, 저를 알아보시겠어요? 맥달렌 본이에요."

"물론 알고말고." 그는 내민 손을 따뜻이 잡았다.

그는 이제 확실히 기억이 났다.

미국에서 집으로 돌아오는 여행 중에……, 실루릭호에서였지! 이 매력적인 아이—왜냐하면 그때 그녀는 갓 어린아이티를 벗은 소녀였거든.

그가 기억하기로는, 세상의 나이 많은 남자들이 하는 식으로 그녀를 사랑했었다. 그녀는 그때 참으로 사랑스러운 소녀였고, 영웅을 열렬히 선망하는 눈으로 꽉 차 있었다. 그것이 바로 예순에 가까운 한 남자의 마음을 사로잡았다. 기억이 되살아나자 잡고 있던 그녀의 손을 더욱 꼭 잡았다.

"이렇게 만나게 되어서 무척 기쁘구먼, 맥달렌 양. 이리 앉아요."

그는 안락의자를 끌어다 그녀에게 권했다. 내내 그녀가 왜 왔는지 궁금해하면서도 서두르지 않았다. 그가 마지막 말을 하고 나자 잠깐 침묵이 흘렀다.

그녀는 팔걸이에 손을 올렸다 내렸다 하면서 입술을 축였다. 그러다가 갑자기 그녀가 입을 열었다—정말로 갑자기.

"에드워드 선생님, 저를 좀 도와주세요."

"응?" 그는 깜짝 놀라 반사적으로 말이 튀어나왔다.

그녀는 계속해서 좀더 힘주어 말했다.

"선생님도 이런 말씀을 하신 적이 있죠. 언제든 도움이 필요하면, 만일 이 세상에서 선생님이 저를 위해 할 수 있는 것이 있다면, 선생님은 해주시겠다고요."

그렇다. 그는 그렇게 말했다. 그런 말은 누구나 할 수 있다. 특별히 이별의 순간에는 더욱 그렇지 않은가.

그는 그녀의 손을 입에 갖다 대면서 그때 자신의 목소리 억양을 회상했다.

"내가 아가씨를 위해 해줄 수 있는 일이 있으면 좋겠는데……. 기억해요, 이 말은 진심이니까."

그렇다. 누구나 이런 말을 한다. 그러나 이 말을 지키는 사람은 얼마나 될까! 그것도 바로 그다음 순간이 아니라면 말이다. 대체 몇 년이나 됐지? 9~10년이란 세월이 흘렀다.

그는 그녀를 잠깐 살펴보았다. 그녀는 아직도 매우 아름다웠으나 그 당시 그의 마음을 끌었던 이슬에 젖은 듯하고, 아무도 손대지 않은 듯한 청순함은 사라졌다. 아마도 젊은이들의 눈에는 더 흥미로운 얼굴일지도 모르겠으나, 에드워드 경에게는 대서양 항해 때 느꼈던 애틋함과 그 감정은 되살아나지 않았다.

그의 표정은 의례적이고 경계하는 듯한 것이 되었다. 그는 딱딱한 투로 말했다.

"물론, 아가씨, 내 힘이 닿는 한 아가씨를 위해 도움이 된다면 무척 기쁘겠소. 그러나 지금 이 나이에 누구의 도움이 될 수 있을지 자신이 없구려."

설사 그가 은퇴를 준비하고 있었다 해도 그녀는 그것을 눈치 채지 못했을 것이다. 그녀는 오로지 한 번에 한 가지만을 볼 수 있는 형이었고, 게다가 지금 이 순간에 그녀가 볼 수 있는 것은 바로 자신의 급박함뿐이었다.

그녀는 에드워드 경이 자기를 돕겠다는 말을 그대로 받아들였다.

"에드워드 선생님, 지금 우리는 아주 끔찍한 상황에 처해 있어요."

"우리라고? 결혼했소?"

"아뇨. 제 오빠와 저 말이에요. 오! 그리고 윌리엄과 에밀리도요. 제가 설명을 해 드려야만 하겠군요. 저에게는 이모할머니가 있어요(아니, 있었답니다). 크랩트리라고요. 그 사건에 대해 신문에서 읽으셨는지 모르겠군요. 무서운 일이었어요. 그분이 돌아가셨어요. 살해당한 거예요."

"아!" 에드워드 경의 얼굴에 흥미와 호기심의 빛이 번뜩였다.

"한 달 전쯤이었지?"

그녀는 고개를 끄덕였다.

"한 달은 좀 못 됐어요. 3주일 전이에요."

"그래, 기억나는군. 그녀는 자기 집에서 머리를 얻어맞았지. 경찰은 범인을 잡지 못하고 있고."

맥달렌 본은 또 머리를 끄덕였다.

"범인을 잡지 못했지요. 그 사람들이 범인을 잡을 것 같지도 않아요. 잡을 사람이 없는 것 같단 말이에요."

"뭐라고요?"

"무서운 일이에요. 사건의 결과에 대해서는 신문에 아무런 보도도 없었어요. 그러나 경찰이 생각하는 것은 이런 거예요. 그 사람들은 그날 밤 집에 들어온 사람이 아무도 없었다고 '생각하고' 있어요."

"그렇다면……?"

"우리 가족 넷 중 하나라는 거예요. 정말 믿을 수 없는 일이에요. 누군지는 그들도 모르고 '우리'도 몰라요. 우리 가족 넷 중 하나라니! 우리는 매일 앉아서 의심스럽고 조심스러운 눈초리로 서로를 쳐다보고 있어요. 오! 제발 우리가 아닌 다른 사람이기만 하다면……. 그러나 이 사건이 그렇게 될 수 없다는 것을 알아요."

에드워드 경은 그녀를 응시했다. 흥미가 솟았다.

"그렇다면 가족 중 한 사람이 범인이란 말이오?"

"예, 그래요. 물론 경찰은 그렇게 말하진 않았지만요. 그 사람들은 매우 예의 바르고 좋은 분들이더군요. 그러나 집 안을 온통 뒤진 뒤에 우리 모두를 심문했어요. 마사에게는 묻고 또 묻더군요. 그들은 범인에 대한 확실한 단서를 잡지 못했기 때문에 아직은 행동을 취하지 않고 있어요. 전 너무나 무서워요. 너무도 끔찍해요……."

"아가씨, 자, 지금 너무 과장하고 있구먼."

"그렇지 않아요. 범인은 우리 넷 중 하나예요. 슬픈 일이지만, 틀림없는 사실이에요."

"아가씨가 말하는 넷은 누구누구요?"

맥달렌은 똑바로 일어서서 더욱 침착하게 말했다.

"저와 매튜예요. 릴리 아주머니는 우리의 이모할머니 되세요. 할머니 동생이시죠. 우리는 열네 살 때부터 그분과 함께 살았어요(선생님도 아시겠지만 우리는 쌍둥이예요). 그다음 윌리엄 크랩트리가 있어요. 그분은 릴리 이모할머니의 조카예요. 즉, 그분 오빠의 아들이죠. 그분도 아내인 에밀리와 함께 우리하고 살고 있어요."

"이모할머니가 그분들을 좀 도와주었나요?"

"다소간은요. 그분은 자기 재산이 약간 있어요. 그러나 몸이 약하기 때문에 집에 늘 있어야 해요. 조용하고 공상을 잘하는 사람이죠. 그분이 그런 일을 저질렀다고는 추호도 생각할 수 없어요. 그렇게 생각하는 것조차 끔찍한 일이에요!"

"아직도 상황을 이해하기 어렵군. 그때의 상황을 말해줄 수 있겠소? 아가씨에게 큰 불편을 끼치지 않는다면 말이오."

"아니, 아니에요. 선생님께 모두 말씀드리고 싶어요. 아직도 그때 일이 생생하게 기억나는걸요—무섭고도 확실해요. 우리는 차를 마시고 있었어요. 선생님도 이해하시겠지만, 그런 다음 모두 각자의 일을 하려고 흩어졌어요.

저는 옷 만들던 것을 계속하기 위해서였고, 매튜는 기사(記事)를 타이프할 일이 있었어요—오빠는 잡지사에서 일하고 있거든요. 윌리엄은 우표를 정리할 일이 있었고요. 에밀리 아주머니는 차 마시러 내려오지 않았어요. 아주머니는 두통약을 먹고 누워 있었거든요. 그러니 그때의 우리 넷 모두는 뭔가를 하고 있었던 거예요. 그러고는 마사가 7시 30분에 저녁상을 차리려고 들어왔을 때 릴리 이모할머니가 그곳에 있었어요, 죽은 채로요. 이모할머니는 머리가……, 오! 정말 끔찍해요. 완전히 부서진 채였어요."

"흉기는 발견됐소?"

"예. 문 옆의 테이블 위에 언제나 놓여 있던 무거운 문진이었어요. 경찰이 지문을 조사했는데 아무 흔적도 없었대요. 깨끗이 닦여 있었던 거죠."

"그럼 식구들이 제일 먼저 추측한 것은 무엇이었나요, 아가씨?"

"우리는 물론 도둑의 짓이라고 생각했죠. 마치 도둑이 뒤진 것처럼 두세 개의 서랍이 열려 있었거든요. 그러니 말할 것도 없이 도둑이 들어온 줄로만 생각했죠. 그런 다음 경찰이 왔어요. 그 사람들 얘기로는 이모할머니가 죽은 지 적어도 한 시간은 된다고 하더군요. 그러고는 마사에게 그 사이에 누가 왔었느냐고 묻더군요. 그녀는 아무도 없었다고 대답했지요. 모든 창문은 안으로 잠겨 있었고, 또한 없어진 물건이 전혀 없었어요. 경찰은 우리를 한 사람씩 조사하기 시작했어요……."

그녀는 말을 멈추고는 한숨을 크게 내쉬었다. 두려움에 가득 차고 애원하는 듯한 눈으로 에드워드 경의 동의를 구하려는 듯 그의 눈을 쳐다보았다.

"그렇다면 이모할머니의 죽음으로 누가 이득을 보게 됩니까?"

"그건 아주 간단해요. 우리 모두가 똑같이 이득을 보게 돼요. 이모할머니는 자신의 재산을 우리 넷에게 똑같이 나눠주었거든요."

"그분의 재산은 얼마나 되나요?"

"변호사 말로는 장례비를 치르고 나면 8만 파운드는 될 거라고 하더군요."

에드워드 경은 약간 놀라며 눈을 크게 떴다.

"굉장한 액수로군. 그분의 재산이 얼마나 되는지 아가씨는 알고 있었을 것 같은데?"

맥달렌은 고개를 저었다.

"몰랐어요. 우리도 굉장히 놀랐어요. 릴리 이모할머니는 늘 돈을 끔찍이도 조심스럽게 다뤘거든요. 사람을 하나 채용해서는 돈 문제는 오직 그 사람하고만 얘기했어요."

에드워드 경은 고개를 끄덕였다.

맥달렌은 의자에 약간 몸을 기댔다.

"선생님은 저를 도와주시겠죠, 예?"

그 말에 에드워드 경은 불쾌한 충격을 받았다. 마치 그녀가 처음 이야기를 꺼낼 때 그 내용에 호기심이 솟은 것처럼 말이다.

"아가씨, 내가 해줄 수 있는 일이 뭘까? 만일 법률적인 조언을 구한다면 좋은 사람을 소개해……."

그녀가 가로막았다.

"오, 제가 원하는 것은 그런 것이 아니에요! 선생님이 저를 개인적으로 도와주셨으면 좋겠어요. 친구로서 말이에요."

"매우 좋은 말이오. 그러나……."

"저희 집에 한번 와주세요. 그래서 가족들에게 직접 물어보고 둘러보시고서 판단해주세요."

"그러나 나는……."

"기억하세요, 약속하셨잖아요. 어디에서든, 언제든, 제가 도움을 요청하면……."

그녀의 눈은 간청하는 듯했지만 그래도 자신감을 가지고 그의 눈을 쳐다보았다. 그는 이상하게 마음이 이끌리는 것을 느끼곤 얼굴을 붉혔다. 그녀의 무서울 정도의 신실함, 자신의 어리석은 약속을 절대적으로 믿는 그 믿음, 그 믿음을 10년이나 간직했던 것이다.

얼마나 많은 남자들이 그와 같은 약속을 할까(거의 모든 남자들일 것이다!). 그러나 그것이 지켜지는 경우는 얼마나 적은가.

그는 다소 마음이 약해졌다.

"내 말은, 나보다 더 좋은 충고를 아가씨에게 해줄 사람이 많다는 거요."

"물론 저도 알고 지내는 사람은 많아요. 그러나 아무도 선생님처럼 현명하진 않아요. 선생님은 노련하게 물으실 수 있잖아요. 그런 뒤에 선생님은 그 동안의 경험으로 알아내실 거예요."

"무엇을?"

"누가 범인인지를요."

그는 씩 웃었다. 그는 우쭐해서 여태까지 자신의 경력을 생각해보았다. 여러 사건에서 그의 의견은 배심원과 달랐었다.

맥달렌은 모자를 눌러쓰며 좀 신경질적인 태도로 방을 둘러보고는 말했다.

"여기는 참 조용하군요. 가끔 소음이 그립지 않으세요?"

막다른 골목! 그녀가 부지불식중에 하는 모든 말이, 아무 뜻도 없이 하는 말일 텐데도 그의 아픈 곳을 건드렸다.

막다른 골목이다. 그렇다, 그러나 밖으로 향하는 길은 늘 열려 있다(바로 자신이 온 길이다). 세상으로 돌아가는 길이다……

뭔가 그의 마음을 충동질하는 것, 젊은이의 기질 같은 것이 그에게 일어났다. 그녀의 소박한 믿음이 그의 본성의 선한 부분을 자극한 것이다. 또한 그녀의 상황도 그의 관심을 끌었다. 즉, 그의 내면의 범죄학자적인 기질이 발동된 것이다. 그는 그녀가 말한 사람들을 만나보고 싶었다. 직접 만나보고 판단하고 싶었다.

"아가씨가 진정으로 내가 도움이 될 수 있으리라고 믿는다면……. 하지만 명심해야 하오, 아무것도 보장할 수 없다는 것을."

그는 그녀가 뛸 듯이 기뻐할 줄 알았다. 그러나 그녀는 차분히 받아들였다.

"선생님은 해내실 거예요. 저는 항상 선생님을 진정한 제 친구로 마음속에 생각하고 있었어요. 지금 저와 함께 가실 수 있으세요?"

"아니, 내일 가는 것이 좋을 것 같소. 몇 가지 알아볼 것도 있고 하니, 내게 그 크랩트리 양의 변호사 이름과 주소를 알려주겠소? 그에게 뭘 좀 물어보고 싶은데."

그녀는 그것을 적어 건네주었다. 그런 뒤 일어나서 약간 얼굴을 붉히며 말했다.

"저, 정말 너무나 감사합니다. 안녕히 계세요."

"그런데, 아가씨 주소는?"

"아이, 멍청하기도 해라. 첼시(런던 남쪽의 자치구로, 예전에는 예술가들이 많이 모여 살고 있었다)의 팰라틴 웍 18번지예요."

다음 날 오후 3시, 에드워드 팰리저 경은 단정하고 똑바른 걸음걸이로 팰라틴 웍 18번지로 다가가고 있었다. 그전에 그는 몇 가지를 알아냈다. 그날 아침 그는 런던경시청에 가서 옛친구인 부총감을 만났고, 또한 죽은 크랩트리 양의 변호사도 만나보았다. 그 결과 그는 상황에 대한 정확한 인식을 하게 되었다.

돈에 대한 크랩트리 양의 처리는 약간 독특한 것이었다. 그녀는 결코 수표를 사용하지 않았다. 그 대신 매번 변호사에게 편지를 써서 일정한 액수를 5 파운드짜리 지폐로 만들도록 지시했다. 매번 거의 같은 액수였다.

1년에 3백 파운드씩 네 번을 가져갔다는 것이다. 그녀는 사륜마차를 타고 돈을 가지러 직접 갔는데, 그렇게 하는 것이 안전하게 갖고 오는 유일한 방법으로 생각했다는 것이다. 그밖에는 결코 집을 떠난 적이 없었다.

런던경시청에서 에드워드 경은 돈 문제가 매우 자세하게 조사됐음을 알았다. 크랩트리 양은 다음 분할금을 찾을 때가 거의 되어 있었다. 아마도 그전의 3백 파운드는 다 썼거나 아니면 얼마 남지 않았을 것이다. 그러나 바로 그 점이 확인키 어려운 부분이었다.

가계부를 조사해보니 크랩트리 양이 쓰는 한 분기의 지출은 3백 파운드로
는 모자란다는 사실이 곧 드러났다. 그런 한편, 그녀는 어려운 형편의 친구나
친척들에게 5파운드짜리 지폐를 보내곤 했었다.

그녀가 죽을 당시 집에 돈이 얼마간이라도 있었는지 없었는지 그것이 의문
스러웠다. 하지만 아무런 단서도 잡지 못했다.

에드워드 경은 팰라튼 윅으로 다가가면서 이러한 문제에 골몰해 있었다.

작고 꽤 나이가 든 여자가 놀란 눈초리로 문을 열어주었다(그 집은 지하실
이 없었다). 좁은 현관의 왼쪽에 있는 커다란 방으로 안내되자 맥달렌이 그에
게 다가왔다. 그는 그 어느 때보다도 자세히 그녀의 얼굴에 나타난 긴장의 빛
을 읽을 수 있었다.

"가족에게 직접 물어보라고 해서 이렇게 왔소."

악수를 하며 에드워드 경이 말했다.

"제일 먼저, 이모할머니를 맨 나중에 본 사람이 누구며 그때가 몇 시였는지
알고 싶은데."

"차를 마시고 난 뒤였으니까……, 5시예요. 그분을 마지막으로 본 사람은
마사고요. 그녀는 그날 오후에 장부의 돈을 받아서는 릴리 이모할머니에게 거
스름돈과 영수증을 갖다 주었대요."

"아가씨는 마사를 믿소?"

"오, 절대적으로요. 그녀는 릴리 이모할머니와 함께, 음……, 30년을 같이
지냈는걸요. 그녀는 정직한 사람이에요."

에드워드 경은 고개를 끄덕였다.

"또 다른 질문 하나 합시다. 왜 당신의 5촌 아주머니인 크랩트리 부인이 두
통약을 먹었소?"

"그거야 머리가 아팠기 때문이죠."

"그야 물론이지. 그런데 그녀가 머리가 아파야 할 특별한 이유라도 있었느
냐 하는 거요."

"음, 예, 어느 정도는요. 점심식사 때 조그만 일이 있었거든요. 에밀리 아주

머니는 흥분을 잘하고 발끈하는 성질이 있어요. 에밀리 아주머니와 릴리 이모할머니는 곧잘 싸우곤 했죠."

"그 점심식사 때도 말다툼했소?"

"예, 릴리 이모할머니는 사소한 것을 갖고 물고 늘어질 때가 있어요. 그날도 아무것도 아닌 일을 가지고 말다툼이 시작됐어요. 그런 뒤 두 분이 서로 험악한 욕을 해댔죠. 에밀리 아주머니는 마음에도 없는 말을 마구 했어요. 집을 떠나겠다느니, 절대 돌아오지 않겠다느니 하고 말이에요. 아주머니는 한 마디 한 마디 악의에 찬 말을 퍼부었죠. 오! 얼마나 어리석은 행동들이에요. 그러자 릴리 이모할머니는 당장 짐을 싸서 네 남편과 이 집을 떠나라고 하셨죠. 그러나 진심으로 한 말은 아니었어요, 정말로요."

"크랩트리 부부는 짐을 싸서 나갈 형편이 못 되었나 보구먼?"

"아니, 꼭 그런 것만은 아니에요. 윌리엄은 릴리 이모할머니를 좋아했어요. 진심으로요."

"어쨌든 그날의 말다툼이 그것으로 끝나지는 않았을 듯싶은데?"

맥달렌의 얼굴이 붉어졌다.

"저 말이에요? 제가 모델 지망을 한 것에 대해서 한바탕 소동을 피운 것 말인가요?"

"이모할머니는 허락하지 않으셨소?"

"예."

"왜 모델이 되려고 했소, 맥달렌 양? 생활이 즐겁지 않았나 보지?"

"그런 건 아니에요. 그러나 여기서 그냥 사는 것보다는 무언가를 하는 게 더 나을 것 같아서요."

"그땐 그랬겠군. 그러나 이제 아가씨는 꽤 많은 돈을 갖게 되었소, 그렇지 않소?"

"오! 그렇긴 하죠. 그런데 그게 지금 하시는 말과 무슨 상관이 있죠?"

그녀는 단호한 어조로 물었다.

그는 빙그레 웃을 뿐 더 이상 거기에 대해 말하지 않았다. 그 대신, "아가씨 오빠는 어땠어요? 그 사람도 말다툼했소?"

"매튜요? 아니, 안 했어요."

"그렇다면 그가 이모할머니가 없어졌으면 좋겠다는 생각을 했다고는 아무도 말할 수 없겠구먼?"

그 순간 그녀의 얼굴에 나타난 당혹한 표정을 그는 재빨리 포착했다.

"잠깐 잊고 있었는데……, 그는 꽤 많은 돈을 빚지고 있었다던데, 맞소?"

그는 지나가는 투로 말했다.

"예, 가엾은 매튜."

"그렇다면 이젠 잘되겠구먼."

"예……. 그래서 안심이에요." 그녀는 한숨을 내쉬었다.

그때까지도 그녀는 멍하니 앉아 있었다.

그는 재빨리 화제를 바꿨다.

"아가씨의 5촌 아저씨 부부와 오빠는 지금 집에 있소?"

"예. 모두에게 선생님이 오셨다고 얘기했어요. 모두들 선생님이 도와주시기를 정말 바라고 있어요. 오, 에드워드 선생님, 제 느낌으론 어쩐지 선생님이 모든 것을 다 좋게 해결해주실 것 같아요. 우리 식구는 그 일에 관련이 없는 것으로요. 즉, 외부 사람이 한 짓이라고 말이에요."

"나는 기적을 만들어낼 수는 없어요, 진실을 밝혀낼 수는 있겠지만. 그러나 그 진실을 아가씨가 바라는 대로 꾸밀 수는 없소."

"할 수 없으시다고요? 선생님은 뭐든지 하실 수 있을 것 같은데요. 어떤 일이든지 말이에요."

그녀는 방을 나갔다. 그는 머리가 혼란스러운 채 생각에 잠겼다.

'그 말이 무슨 뜻이지? 내가 피할 길을 알려주기를 바라는 걸까? 대체 누구를 위해서?'

한 50대쯤 된 남자가 들어오는 바람에 그의 생각은 깨어졌다. 그는 원래는 건장한 체격이었겠으나 지금은 등이 약간 굽어 있었다. 옷차림은 단정치 못했으며 머리는 헝클어져 있었다. 그는 선하게 생겼으나 좀 흐리멍덩해 보였다.

"에드워드 펠리저 경이시죠? 오! 안녕하십니까. 맥달렌이 가보라고 해서 왔습니다. 정말 감사합니다. 저희를 꼭 도와주시리라고 믿습니다. 뭐 꼭 새로운 사실이 발견될 것 같지는 않습니다만. 제 말은 범인을 찾아낼 수 없을 것 같단 뜻입니다."

"도둑이 한 짓이라고 생각하십니까? 외부에서 들어온 사람이?"

"그것이 틀림없죠. 가족 중 한 사람이 그런 짓을 했다고는 생각할 수 없어요. 요즘 도둑들은 매우 머리가 비상해서 마치 고양이처럼 들어와서는 또 그렇게 소리없이 나가거든요."

"그 사건이 벌어질 당시 당신은 어디에 있었습니까?"

"저는 우표 정리를 하느라 바빴습니다. 위층에 있는 작은 제 거실에서요."

"아무 소리도 듣지 못했습니까?"

"못 들었어요. 저는 일에 열중해 있을 때는 아무 소리도 못 듣거든요. 정말 바보 같긴 하지만 어쩔 수가 없습니다."

"당신이 말하는 거실이란 바로 이 방 입니까?"

"아뇨. 뒤쪽에 있어요."

또 문이 열렸다. 자그마한 금발의 여인이 들어왔다. 손을 신경질적으로 떨고 있었다. 약간 불안정하고 흥분한 것처럼 보였다.

"윌리엄, 왜 나를 기다리지 않았어요? '기다리라'고 했잖아요."

"미안해, 잊어버렸어. 에드워드 팰리저 경, 제 아내입니다."

"안녕하시오, 크랩트리 부인. 몇 가지 물어보기 위해 제가 이곳에 온 것이 폐가 되지 않기를 바랍니다. 여러분 모두가 이번 일이 한시바삐 밝혀지기를 바라고 있다는 것을 알고 있습니다."

"물론입니다. 그러나 저는 선생님께 해 드릴 말이 없는데요. 윌리엄, 그렇죠? 저는 자고 있었어요, 침대에서. 마사의 비명소리를 듣고서야 일어났어요."

그녀의 양손은 계속 떨리고 있었다.

"당신 침실은 어딥니까, 크랩트리 부인?"

"바로 이 위예요. 그러나 전 아무 소리도 듣지 못했어요. 어떻게 들을 수 있겠어요? 자고 있었는데."

그는 그녀가 자고 있었다는 사실밖에는 아무 말도 들을 수 없었다.

그녀는 아무것도 모른다(아무 소리도 못 들었다). 자고 있었다. 무엇에 놀란 여인처럼 계속 이 말만 되풀이했다.

에드워드 경은 아마도 그 말이 사실일 거라고 생각했다.

그는 마지막으로 한 가지 부탁을 더 했다. 마사에게 몇 가지 물어볼 수 있게 해달라는 것이었다. 윌리엄 크랩트리가 자청해서 그를 부엌으로 안내했다.

홀에서 에드워드 경은 키가 크고 검은 젊은이와 하마터면 부딪칠 뻔했다. 그는 현관 쪽으로 가는 길이었다.

"매튜 본 씨입니까?"

"예. 그러나 전 지금 시간이 없어요. 약속이 있어서요."

"매튜!" 계단에서 그의 누이가 소리쳤다.

"오! 매튜 오빠 약속했잖아⋯⋯."

"알고 있어. 그러나 지금은 안 돼. 친구를 만나러 가야 해. 게다가 그 끔찍한 얘기를 자꾸 해봤자 무슨 소용이 있어. 우리는 이미 경찰에게 모든 것을 말했잖아. 난 이젠 진절머리가 나."

현관문이 쾅 닫혔다. 매튜 본은 나가버렸다.

에드워드 경은 부엌으로 안내됐다.

마사는 다리미질을 하다가 잠깐 멈췄다. 에드워드 경은 문을 닫았다.

"본 양이 도와달라고 해서 말이오. 몇 가지 질문을 하겠는데 거절하진 않겠지요?"

그녀는 그를 쳐다본 다음에 머리를 흔들었다.

"아무도 그 일을 저지르지 않았어요. 선생님이 무슨 생각을 하고 계신지 알아요. 하지만 그렇지 않아요. 여기 네 분은 모두 점잖은 신사, 숙녀들이랍니다."

"나도 그 점을 의심하는 건 아니오. 하지만 그 사람들이 점잖다고 해서 결백이 증명되는 건 아니라오."

"그건 그렇겠지요. 법이란 묘한 거니까. 그러나 증거가 있어요. 선생님께서 그렇게 말씀하신다면요. 누구도 저에게 들키지 않고 그 일을 저지를 수는 없거든요."

"그러나 분명히⋯⋯."

"제가 어리석다는 것은 알고 있어요. 그러나 제 말을 좀 들어보세요."

그때 그들 머리 위에서 삐걱거리는 소리가 났다.

"계단에서 나는 소리예요. 매번 계단을 오르내릴 때마다 이상하게 삐걱거리는 소리가 나요. 아무리 소리 나지 않게 걸으려 해도 소용없어요. 크랩트리 부인은 침대에 누워 있었고, 크랩트리 씨는 우표를 정리하는 데 골몰해 있었어요. 맥달렌 양은 재봉을 하고 있었고요. 만일 세 분 중 누구라도 계단을 내려왔다면 분명히 제가 들었을 거예요. 그렇지만 아무도 내려오지 않는걸요!"

그녀는 마치 변호사처럼 확신 있게 말했다.

'훌륭한 증인이야. 하녀의 이야기도 중요하지.' 그는 생각했다.

"아무 소리도 못 들었단 말이지요?"

"예. 저는 감쪽같이 알아차릴 수 있어요. 문이 닫히면 누군가가 나간 것을 알 수 있듯이 말이에요."

에드워드 경은 화제를 바꿨다.

"당신은 세 사람에 대해서만 말했소. 나머지 한 사람이 있는데, 매튜 본 씨도 2층에 있었소?"

"아뇨. 그분은 아래층의 작은 방에 있었어요. 이 옆방이에요. 그분은 타이프를 치고 있었어요. 여기서도 그 소리를 들을 수 있었는걸요. 타이프 소리는 단한 순간도 멈추지 않았어요. 단한 순간도요. 맹세할 수 있어요. 거칠고 뻑뻑하게 두드리는 소리도 났고요."

에드워드 경은 잠시 말을 멈췄다.

"그분을 발견한 것이 당신이었소?"

"예, 선생님. 머리가 온통 피범벅이 된 채 쓰러져 있었어요. 그리고 매튜 씨가 타이프라이터를 두드리는 소리 외에는 아무 소리도 들리지 않았고요."

"당신은 집 안으로 아무도 들어오지 않았다고 확신하고 있는 것 같은데?"

"저에게 들키지 않고는 아무도 들어올 수 없을 거예요. 여기서는 벨을 울려요. 그리고 문은 오로지 하나밖에 없고요."

그는 그녀의 얼굴을 똑바로 바라보았다.

"당신은 크랩트리 양을 좋아했소?"

온화한 표정, 진실하고 가장할 수 없는 표정이 그녀의 얼굴에 나타났다.

"예, 그랬어요, 선생님. 크랩트리 양을 위해서라면……. 저, 저는 이젠 나이도 들고 했으니 그 일을 끄집어내도 상관없겠군요. 제가 처녀 시절에 임신한 적이 있었죠. 크랩트리 양께서 저를 보시고 그분 밑에 있게 했답니다. 그렇게 해서 그 어려움을 극복했지요. 저는 그분을 위해서는 죽을 수도 있어요. 정말 그럴 수 있어요."

에드워드 경은 그녀가 지금 하는 말이 진실임을 알았다. 마사는 정직했다.

"당신이 아는 한에서는 아무도 문으로 들어오지 않았단 말이지요?"

"아무도 들어올 수 없어요."

"당신이 아는 한이라고 말했소. 그러나 크랩트리 양이 누군가를 기다리고 있었다면 어떻게 되겠소? 바로 그 사람에게 문을 열어주었다면……."

"오." 마사는 놀라는 듯했다.

"있을 수 있는 일 같은데?" 에드워드 경이 재촉했다.

"그럴 수도 있겠군요. 예, 그러나 매우 드문 일이에요. 저, 제가 말하려는 것은……."

그녀는 분명히 놀라고 있었다. 그녀는 에드워드 경의 말을 부정할 순 없었지만 실은 그러고 싶어 했다.

왜? 다른 곳에 숨겨져 있는 진실을 알고 있기 때문일까? 그것이 뭘까? 집 안에 있었던 네 명의 사람들, 그들 중 한 사람이 범인일까? 마사는 그 범인을 보호하려는 것일까? 계단이 삐걱거리는 소리가 났을까? 누군가가 알고 있는 것일까?

그녀는 죄가 없다. 에드워드 경은 그녀의 정직함에 확신이 갔다.

그는 그녀를 바라보면서 자기의 의견을 강조했다.

"크랩트리 양은 그렇게 했을지도 모르지요. 내가 상상하기에는 말이오. 그 방의 창문은 길가를 향해 나 있소. 그분은 누군가를 봤을지도 모르지. 그 사람이 바로 자기가 기다리던 사람이라서 혼자 나가 그(혹은 그녀)를 들어오게 했을지도 모르는 일 아니겠소? 그분은 어쩌면 그 사람이 아무 눈에도 띄지 않기를 바랐을지도 모르지요."

마사는 근심스러운 표정이 되었다. 그녀는 마침내 내키지 않는 듯이 말했다.

"예, 선생님 말씀이 옳은지도 모르겠군요. 저는 사실 그렇게 생각해본 적이 없어요. 그분이 신사분을 기다리고 있었다고요. 예, 당연히 그럴 수도 있겠죠."

그녀는 마치 그 의견을 인정하는 쪽이 유리하다고 생각하는 것 같았다.

"당신이 그분을 본 마지막 사람입니다, 그렇지 않소?"

"예, 선생님. 제가 찻잔을 치운 뒤였어요. 저는 장부와 그분이 주신 금액의 거스름돈을 들고 들어갔죠."

"그분은 당신에게 5파운드 지폐로 돈을 주었소?"

"5파운드 지폐 맞아요." 마사가 놀란 목소리로 말했다.

"영수증은 절대 5파운드를 넘어가지 않았어요. 저는 정말 조심스럽게 돈을 썼답니다."

"그분은 돈을 어디다 둡니까?"

"정확한 것은 저도 몰라요, 선생님. 제가 말할 수 있는 것은 그분은 돈을 늘 직접 가지고 다니셨다는 거예요. 검은 벨벳 가방에 넣어서요. 물론 그 가방을 그분 침실에 있는 한 서랍에 넣을 때도 있죠. 그 서랍을 열쇠로 잠그시고요. 그분은 뭐든지 열쇠로 잠그시는 걸 좋아하셨어요. 가끔 열쇠를 잊어버리곤 했지만."

에드워드 경은 고개를 끄덕였다.

"그분이 얼마나 가지고 있었는지는 모르겠군요? 5파운드짜리 지폐로 말이오."

"몰라요. 정확히 얼마를 가지고 계셨는지는 말씀드릴 수가 없군요."

"그리고 그분은 자신이 누군가를 기다리고 있다는 것을 당신이 추측할 수 있을만한 어떤 말도 하지 않았나요?"

"그런 말씀은 없었습니다."

"확신할 수 있겠소? 그분이 정확히 무슨 말을 했소?"

"글쎄요." 마사는 생각했다.

"푸줏간 주인이 거친데다가 속이기까지 한다고 말씀하셨어요. 또 제가 차(茶)를 사야 할 양보다 4분의 1파운드를 더 샀다고 했고요. 또 조카며느리인 크랩트리 부인이 마가린을 싫어한다고 하니 참으로 이상한 사람이라고도 하셨죠. 그리고 그분은 제가 거스름돈으로 돌려 드린 6펜스짜리 동전 중 하나가 마음에 들지 않는다고도 하셨어요. 떡갈나무 이파리가 새겨진 새로운 동전 중 하나였거든요. 그분이 그것이 매우 마음에 들지 않는다고 하시는 바람에 저는 이해시키는 데 꽤 힘이 들었답니다. 그리도 또…… . 오, 생선 장수가 화이팅(대구의 일종)대신 해덕을 보내왔느냐고 물으시더군요. 생선 장수에게 그 말을 했느냐고 하시면서요. 저는 했다고 말씀드렸죠. 정말로 제 생각에는 그것이 전부인 것 같군요, 선생님."

에드워드 경의 생각으로는 마사의 말을 들어보면 죽은 그 사람은 매우 까다로운 여자였음이 분명했다. 그는 지나가는 투로 말했다.

"기쁘게 해 드리는 것이 좀 어려운 분이었겠군, 그렇소?"

"좀 꼼꼼하고 까다로우셨죠. 불쌍하게도 그분은 밖에 외출하는 일이 드물었고, 집 안에 계시면서 소일거리를 찾아야만 했어요. 어렵고 까다로운 분이셨지만 마음만은 자상하셨답니다. 거지 한 사람도 그냥 돌려보내지 않으셨으니까요. 그분은 까다로운 분이긴 했지만 정말로 자비로우신 분이셨어요."

"마사, 그분의 죽음을 슬퍼하는 사람이 한 사람이라도 있으니 기쁘군요."

늙은 하녀는 숨을 몰아쉬었다.

"무슨 말씀이신지요? 식구들 모두도 그분을 좋아했는데요(진심으로요). 마음 속 깊이 말이에요. 그분들 모두 계속 돌아가신 분에 대해 얘기하죠. 그러나 아무 소용없는 일이에요."

에드워드 경은 고개를 들었다. 위에서 삐걱거리는 소리가 났다.

"맥달렌 양이 내려오고 있군요."

"어떻게 압니까?" 그는 그녀에게 물었다.

늙은 여인의 얼굴이 붉어졌다.

"그녀의 발걸음을 알고 있어요."

그녀가 중얼거렸다.

에드워드 경은 재빨리 부엌을 나왔다. 마사는 오른쪽에 있었다.

맥달렌은 막 마지막 계단을 내려오고 있었다. 그녀는 기대에 찬 눈으로 그를 바라보았다.

"아직은 많은 것을 알아내지 못했소."

에드워드 경이 그녀의 눈빛에 답하며 덧붙였다.

"혹시 이모할머니가 돌아가시던 날 받은 편지라도 있소?"

"그런 것들을 모두 모아놨어요. 물론 경찰이 이미 다 본 거예요."

그녀는 커다란 거실로 발걸음을 옮겨 잠겨 있지 않은 서랍에서 낡은 은 버클이 달린 커다란 검은 벨벳 가방을 꺼냈다.

"이것이 이모할머니의 가방이에요. 여기 들어 있는 모든 것은 이모할머니가 돌아가시던 날에 있었던 그대로예요. 제가 그대로 보관했죠."

에드워드 경은 그녀에게 고맙다는 인사를 하고 가방 속에 들어 있는 물건들을 하나하나 테이블에 꺼내놓았다. 그것은, 그의 생각에는 자기중심적인 늙은 여인의 핸드백의 전형적인 모습이었다.

은화 잔돈이 몇 개 들어 있었고, 생강이 든 비스킷 두 개, 조애나 사우스콧 기금에 관한 신문 기사 오린 것 세 장, 실업자에 대한 시가 인쇄된 쓸데없는 것, 올드무어 연감, 커다란 좀약 한 토막, 안경 두세 개, 그리고 세 통의 편지였다. 흘려 쓴 글씨체로 '루시 조카'라는 사람에게서 온 편지도 있었고, 시계 수리비 영수증과 자선사업 기관에서 보내온 요청서 등도 있었다.

에드워드 경은 모든 것을 조심스럽게 살펴본 뒤에 다시 가방에 집어넣고는 한숨을 쉬며 맥달렌에게 가방을 돌려주었다.

"고맙소, 맥달렌 양. 단서가 될 만한 것이 없어서 유감이군."

그는 일어서서 창가에서 현관문에 이르는 좋은 경치를 바라다보았다. 그런 다음 맥달렌의 손을 잡았다.

"가시게요?"

"그렇소."

"이제 모든 일이 다 괜찮아질까요?"

"법률과 연관된 사람들은 그와 같은 경솔한 말을 함부로 하지 않는답니다."

에드워드 경은 단호히 말하고는 집을 떠났다. 그는 생각에 잠겨 길을 걷고 있었다. 뭔가 단서가 잡힐 것도 같은데―그것을 알아낼 수가 없었다.

무언가……, 아주 작은 것이 필요했다. 방향을 잡아줄 점 말이다.

어떤 손이 그의 어깨를 누르는 바람에 그는 깜짝 놀랐다.

매튜 본이었다. 약간 숨을 헐떡거리고 있었다.

"에드워드 경, 선생님을 쫓아왔습니다. 사과하고 싶어서요. 30분 전의 버릇 없었던 제 행동 말입니다. 저는 천성적으로 온화한 기질을 타고나질 못했어요. 죄송합니다. 이 일에 관여해주신다니 뭐라고 감사의 말을 드려야 할지 모르겠군요. 선생님이 원하시는 것은 뭐든지 물어보시죠. 제가 도울 수 있는 것이라면 어떤 것이라도……."

갑자기 에드워드 경은 그 자리에서 굳어졌다. 그의 눈은(매튜에게가 아니라) 길 건너에 있는 어떤 것에 머물렀다.

약간 당황해서 매튜는 반복해서 말했다.

"제가 도울 수 있는 것이 있다면……."

"당신은 이미 나를 도왔소, 젊은이." 에드워드 경이 말했다.

"바로 이 장소에 나를 불러 세움으로써 나는 무언가를 볼 수 있었소. 그렇지 않았더라면 그냥 지나쳐 버렸을 것이오."

그는 길 건너에 있는 작은 레스토랑을 가리켰다.

"'스물네 마리의 검은지빠귀' 말입니까?"

매튜가 어리둥절한 목소리로 물었다.

"바로 그거요."

"이상한 이름이죠? 그러나 저기에서는 아주 훌륭한 음식이 나온답니다. 제가 보기에는요."

"일부러 먹으러 갈 생각은 없소." 에드워드 경이 말했다.

"어린 시절을 지낸 지는 젊은이보다 내가 오래됐지만 그래도 아마 동요는 내가 더 잘 기억하고 있을게요. 내 기억이 옳다면 그 노래는 바로 이런 겁니다. '6펜스의 노래를 부르자, 주머니는 호밀로 가득 채우고, 스물네 마리의 검은지빠귀, 파이에 구워서' 이렇게 계속되는데. 그 나머지는 우리와는 상관이 없어요."

그는 재빨리 몸을 홱 돌렸다.

"어디로 가시는 겁니까?" 매튜 본이 물었다.

"당신 집으로요, 젊은이."

그들은 아무 말도 하지 않고 걸었다.

매튜 본은 어리둥절해하면서 동행을 바라보기만 했다. 에드워드 경은 집 안에 들어서자 곧 서랍으로 다가가서는 벨벳 가방을 꺼내어 열었다. 그가 매튜를 바라보자 그 젊은이는 마지못해 방을 나갔다.

에드워드 경은 은 동전을 테이블 위에 꺼내놓았다. 그런 다음 고개를 끄덕였다. 그의 기억은 빗나가지 않은 것이다. 그는 일어나서 벨을 눌렀다.

그때 그의 손에서 무엇인가가 굴러 떨어졌다.

마사가 곧 나타났다.

"마사, 당신이 내게 말했소. 내 기억이 옳다면 당신은 그날 죽은 마님과 6펜스짜리 새 동전 하나 때문에 말이 좀 오갔습니다."

"맞아요, 선생님."

"아! 그런데 이상한 일이 생겼소, 마사. 여기 이 동전 중에는 6펜스짜리 새 동전이 없단 말이오. 6펜스짜리 동전이 두 개 있기는 한데, 모두 옛날 거예요."

그녀는 당황한 몸짓으로 그를 바라보았다.

"그게 무엇을 뜻하는지 아시오? '그날 저녁 누군가가 집으로 들어왔다.'는 증거요. 그 누군가에게 당신의 주인은 그 6펜스짜리 동전을 준 겁니다. 내 생각으로는 그분은 이것을 받은 뒤에 그에게 그 동전을 주었을 것 같은데……."

그러면서 그는 얼른 실업자 신세를 한탄한 서투른 시를 끄집어냈다.

그녀의 얼굴은 몹시 창백하게 변해 있었다.

"이젠 끝났소, 마사. 당신도 알다시피 난 다 알아. 자, 이젠 진실을 털어놔요."

그녀는 의자에 털썩 주저앉았다. 그녀의 얼굴에서 눈물이 줄줄 흘러내렸다.

"선생님 말씀이 옳아요. 다 사실이에요. 벨 소리가 뚜렷이 나지는 않았어요. 저는 울렸는지 안 울렸는지를 확신할 수가 없어서 나가봐야겠다고 생각했죠. 제가 문쪽으로 가는데 어떤 남자가 그분을 때려서 쓰러뜨리더군요. 그분 앞의 테이블 위에는 5파운드짜리 지폐가 널려 있었어요. 그 남자가 그런 짓을 한 것은 바로 그 돈뭉치를 보았기 때문이에요. 그분이 직접 문을 열어준 것으로 봐서 집 안에는 그분 혼자밖에 없다고 생각하고 그런 거겠죠. 저는 소리도 지를 수가 없었어요. 제 몸은 얼어붙은 것만 같았죠.

그 남자가 뒤돌아섰을 때, 바로 제 아들인 것을 알게 되었답니다……

그 애는 늘 일만 저지르고 다녔어요. 저는 돈이 생기기만 하면 모두 그 애에게 주었지요. 그 애는 두 번이나 감옥에 들어갔다 나왔답니다. 분명히 그 애는 저를 보러왔을 거예요. 그런데 제가 얼른 문을 열어주지 않자 크랩트리 양께서 직접 문을 열어주게 된 거죠. 그러자 그 애는 그 실업자를 위한 시가 인쇄된 종이 한 장을 내민 거고요. 그분은 동정심이 많은 분이라서 그 애를 들어오게 하고서는 6펜스를 주었지요.

그런데 공교롭게도 지폐뭉치가 테이블 위에 놓여 있었지요. 제가 거스름돈을 드리러 갔을 때도 거기 있었거든요. 그것을 본 순간 제 아들 벤에게 마귀가 들어가서는 그분의 머리를 내리치게 한 거죠."

"그런 다음엔 어떻게 했소?" 에드워드 경이 물었다.

"오, 선생님. 제가 어떻게 할 수 있었겠습니까? 제 피와 살인걸요. 그 애의 아버지도 나쁜 사람이었어요. 벤은 바로 그 사람을 닮았답니다. 하지만 그래도 제 자식인걸요. 저는 등을 떼밀어 그 애를 내보내고 부엌으로 돌아와 있다가 평상시 그 시간에 저녁상을 차리러 갔던 거예요. 제가 나쁜 여자라고 생각하시겠죠? 선생님이 제게 물으실 때 거짓말을 하지 않으려고 노력했어요."

에드워드 경은 일어났다.

"불쌍한 여인 같으니라고." 그는 동정 어린 목소리로 말했다.

"정말 안됐소. 그 사람은 다른 경우와 마찬가지로 법대로 처리될게요. 당신도 알겠지만!"

"그 애는 외국으로 도망갔어요, 선생님. 어디에 있는지도 모릅니다."

"아마 교수형을 면할 방법이 있을지도 모르겠소. 그러니 교수대를 세우는 일을 하지는 마시오. 맥달렌 양을 만나게 해주시겠소?"

"오, 에드워드 선생님, 선생님이 얼마나 멋진지 모르겠어요. 너무 멋져요."

그가 간략하게 사건의 진상을 설명해주자 맥달렌 양이 이렇게 말했다.

"선생님은 우리 모두를 구해 주셨어요. 제가 어떻게 이 고마운 마음을 표시할 수 있을까요?"

에드워드 경은 그녀를 향해 빙긋이 웃으며 그녀의 손을 부드럽게 감싸주었다. 그는 정말로 멋진 사람이었다.

예비숙녀 맥달렌이 실루릭호에 있을 때는 정말 매력적이었다. 열일곱 한창 시절에는 정말 멋졌었다. 지금은 그 모습을 잃었지만 말이다.

"이제 다음번에 아가씨에게 필요한 것은 진짜 친구일거요." 그가 말했다.

"곧바로 선생님에게 달려가겠어요."

"아니, 아니!"

에드워드 경이 놀라서 소리쳤다.

"그건 내가 원치 않는 게요. 젊은 남자친구에게 가시오."

그는 감사해서 어쩔 줄 모르는 가족들의 배웅을 받으며 택시를 타고 떠나면서 안도의 한숨을 내쉬었다.

역시 싱싱한 열일곱 살 처녀의 매력만은 의심할 수 없는 모양이다. 사실 이것은 범죄학의 잘 꾸며진 장서(藏書)와는 비교도 될 수 없는 것이다.

택시는 퀸 앤스 클로즈로 접어들었다. 그의 막다른 골목이었다.

에드워드 로빈슨은 사나이다

"빌은 힘센 양팔로 그녀를 발목부터 사뿐히 끌어올려 가슴에 힘껏 안았다. 깊은 탄식으로 그녀는 그의 입술에 항복하고서 그가 결코 꿈꿔보지 못한 그런 키스를 했다……."

한숨을 몰아쉬며 에드워드 로빈슨은 《임금님이 사랑할 때》라는 책을 덮고서 지하철의 창을 응시했다. 열차는 스탬퍼드 브룩을 통과하고 있었다.

에드워드 로빈슨은 빌에 대해 생각해보았다. 빌은 정말 백 퍼센트 사나이였다. 여류 소설가들은 남자다운 남자를 좋아한다. 에드워드는 그의 건장한 육체와 소박하면서도 잘생긴 얼굴, 그리고 무시무시할 정도의 그 열정이 부러웠다.

그는 책을 다시 펴고 거만한 비앙카 여후작(女候爵)에 대한 묘사를 읽어 내려갔다(그녀가 바로 그에게 입술을 빼앗긴 여자다). 그녀의 미모는 황홀할 정도였고 사람을 끄는 마력은 너무나 대단해서 건장한 남성들은 그녀 앞에 서면 마치 구주희(九柱戲; 아홉 기둥을 세우고 큰 공으로 이것을 넘어뜨리는 놀이)처럼 모두들 사랑에 몽롱해지고 무력해져서 쓰러지고 만다.

"물론, 이건 모두 허튼소리지. 이러한 종류의 소설에 늘 나오는 거야. 모두 허튼소리야. 그러나……."

에드워드가 혼자 중얼거렸다.

그의 눈은 동경으로 가득 차 있었다. 세계적인 대(大)로망과 모험 같은 것이 어디엔가 있긴 있을까? 그토록 매력적인 미모를 갖춘 여성이 있을까?

"이게 바로 현실이지." 에드워드가 말했다.

"나는 다른 모든 남자들과 똑같은 생활로 돌아가야 해."

전체적으로 봐서, 그의 판단에 따르면 자기는 행운이라고 할 수 있다.

그는 아주 훌륭한 직장을 가지고 있었다. 장래가 유망한 회사의 직원이었다.

그는 건강도 좋았고 자기한테 얹혀사는 사람도 없었으며, 또 모드와 약혼한 사이였다. 그러나 모드만 생각하면 그의 얼굴엔 늘 그늘이 지는 것이었다. 비록 그가 인정해본 적은 없지만 그는 모드를 두려워하고 있었다.

그는 그녀를 사랑했다(그래). 그는 아직도 그들이 처음 만났을 때 그 싸디싼 15페니짜리 블라우스를 입은 그녀의 하얀 목덜미를 감탄하며 바라보던 그 전율을 아직도 기억한다. 그는 영화관에서 그녀 뒤에 앉아 있었다. 그리고 같이 간 친구가 그녀와 아는 사이여서 그들을 소개했다.

의심할 것도 없이 모드가 한참 위였다. 그녀는 잘생겼고, 똑똑했고, 숙녀다우며, 모든 것에 대해서 항상 바른 판단을 내렸다. 모든 사람이 말하기를 그런 아가씨는 분명히 훌륭한 아내가 될 것이라고 한다.

에드워드는 비앙카 여후작이 훌륭한 아내도 될 수 있는지 확신이 서지 않았다. 어떤 면으로는 사실 그 점이 의심스러웠다. 그는 요염하고 관능적인 비앙카가 붉은 입술과 흔들리는 몸짓을 하고서 욕정적인 빌을 위해 온순히 앉아 단추를 다는 장면을 상상할 수가 없었다.

아니, 비앙카는 소설 속 인물이다. 하지만 난 현실이야. 모드와 함께 살면 매우 행복하겠지. 그녀는 일상생활의 지혜가 풍부하니까……

그런 반면에 그녀가 그렇지 말았으면 하는 바람도 있었다. 말하자면 그녀는 태도 같은 게 너무도 깍듯한 것이다. 그런 점이 그는 늘 불만이었다.

그녀를 그렇게 만든 것은 분명히 그녀의 분별력과 상식이었다. 모드는 매우 분별력 있는 여성이었다. 그리고 대개는 에드워드도 그랬다. 그러나 가끔 예외가 있었다. 예를 들면, 그는 이번 크리스마스 때쯤 결혼했으면 했다. 그러나 모드는 1~2년 더 기다리는 것이 훨씬 좋다고 하는 것이었다.

그의 봉급은 많지 않았다. 그는 언젠가 그녀에게 값비싼 반지를 사주었다. 그녀는 두려움에 가득 찬 얼굴로 그를 끌고 그 가게로 데려가선 값싼 반지로 바꾸는 것이었다. 그녀의 성품은 정말 훌륭했다. 그러나 가끔 에드워드는 그녀가 좀 실수도 하고 때로는 덜 도덕적이었으면 싶을 때가 있었다.

그를 아주 절망적인 느낌으로 몰고 가는 것은 바로 그녀의 이러한 완벽함이었다. 한 예를 든다면……

불안으로 그의 얼굴은 벌겋게 상기되었다. 그녀에게 털어놓아야 했던 것이다—그것도 빨리 말이다. 그의 마음속 죄가 이미 그의 행동을 부자연스럽게 만들고 있었다. 내일은 3일 연휴의 첫째 날이었다. 크리스마스 이브, 크리스마스, 그리고 그 다음 날이 박싱데이(크리스마스 다음 날로, 고용인이나 집배원에게 선물을 주는 날)인 것이다.

그녀는 멀리 있는 자기 친척들과 함께 휴일을 보내는 것이 어떻겠냐고 했다. 그는 매우 서툴고 바보스러운 태도로, 즉 그녀의 의심을 사지 않을 수 없는 그런 태도로 가까스로 그 제안에서 빠져나왔다. 시골에 있는 친구와 함께 보내기로 약속했다는 긴 거짓말을 꾸며대고 말이다. 시골에 친구는 없었다. 오직 불안스러운 비밀만이 있었다.

3개월 전, 에드워드 로빈슨은 수많은 젊은이가 참가하는 주간지의 현상퀴즈에 응모했었다. 열두 명의 스타들 이름을 인기도순으로 배열하는 것이었다. 에드워드는 기발한 생각이 떠올랐다. 자신이 좋아하는 순서대로 나열하면 분명히 틀릴 것이다. 이 점은 그가 몇몇 비슷한 현상퀴즈에서 체험한 바였다.

그는 자기가 좋아하는 순서대로 열두 명의 이름을 써내려갔다. 그런 다음 그것을 마지막에 있는 이름부터 다시 거꾸로 써내려간 것을 보냈다. 정답이 발표되었을 때 에드워드는 열두 명 중에 여덟 명을 맞춰서 1등 상인 500파운드를 받았던 것이다. 사실 1등 상을 탄 것은 행운이라고밖에 말할 수 없었다.

그러나 에드워드는 자신이 생각해낸 '방식'이 직접적인 승리의 결과라고 고집스레 생각했다. 그러자 평상시와는 달리 자신에 대한 자부심이 생기는 것이었다. 다음 문제는 그 500파운드로 무엇을 할까 하는 것이었다.

모드가 뭐라고 할지는 뻔한 일이었다. '투자를 하세요. 미래를 위해서 말이에요.' 물론 모드가 옳다. 그도 그것을 안다. 그러나 이러한 퀴즈에서 탄 상금은 세상의 어떤 돈하고도 완전히 다른 그런 것이다.

만일 그것이 유산으로 물려받은 돈이라면 에드워드는 당연히 그것을 신중하게 태환 공채나 단기 애국 공채에 투자를 했을 것이다. 그러나 단지 펜을 한번 놀려 얻은 돈, 즉 운으로 얻어진 돈은 아이들이 받은 6펜스와 같은 것이다. '네 것이니, 내 마음대로 써도 좋아'가 적용되는 것 말이다.

그가 사무실로 가는 길에 매일 지나치게 되는 한 값비싼 상점에서 도저히 믿어지지 않을 그의 꿈이 실현됐다. 앞부분이 길고 빛나는 2인승 소형자동차의 가격이 또렷이 쓰여 있었다—465파운드

"돈만 있다면……." 에드워드는 그 자동차를 보며 날마다 중얼거렸었다.

"돈만 있다면 너를 살 거다."

그리고 지금 그는(부자는 아니라 할지라도), 적어도 자신의 꿈을 실현하기에 충분한 액수의 돈을 가지고 있다. 아름답게 빛나는 매력적인 그 차는 돈만 내면 그의 것이 되는 것이다.

그는 모드에게 그 돈에 대해 말하고 싶었다. 한번은 그녀에게 말하고 싶은 유혹을 가까스로 물리친 적도 있었다. 모드의 놀라고 실망하는 얼굴빛을 대하면 그는 자신의 그 광적인 행동을 밀고 나갈 힘을 잃고 말 것이다. 그러나 우연히도 그 문제를 매듭지은 것은 모드였다.

그는 그녀를 극장에 데리고 갔었다. 그리고 일등석 표를 샀다. 그녀는 부드럽지만 매정하게 그의 어리석은 행동을 지적했다. 돈을 낭비하는 것이라고 말이다. 2실링 4펜스 자리에서도 잘 보이는데 3실링 6펜스짜리를 사다니. 어디서 보나 보는 것은 똑같다는 것이었다.

에드워드는 그녀의 나무람을 묵묵하게 받아들였다. 모드는 자신의 말이 효과가 있는 모양이라고 만족스러워했다. 그녀로서는 에드워드를 계속 잘못된 길로 가게 할 수는 없었다. 그녀는 에드워드를 사랑했으나 그가 나약하다고 여기고 있었다. 애인인 자기가 할 일은 그가 올바른 길로 가도록 이끌어주는 것이라 생각했다.

그녀는 그의 벌레같이 묵묵한 태도를 만족스럽게 바라보았다. 에드워드는 진짜로 벌레 같았다. 마치 벌레처럼 그는 돌아섰다. 그는 그녀의 훈계에 그만 두 손을 들고 만 것이다. 그리고 바로 그때 그는 그 차를 사야겠다고 마음의 결정을 내리고 말았다.

"빌어먹을." 에드워드는 혼자 중얼거렸다.

"내 생에 처음으로 내가 하고 싶은 것을 할 테다. 모드는 이제 꺼져라!"

그러고는 바로 그 다음 날 아침 그는 두꺼운 판유리 속 궁전으로 들어가

번쩍거리는 에나멜과 둔탁하게 빛나는 금속의 훌륭한 모습과 그 육중한 모습에 놀라면서 그 차를 샀다. 차를 사는 것은 이 세상에서 제일 쉬운 일이었다!

이제부터 앞으로 4일이 남아 있었다. 그는 겉으로는 침착하게 행동했으나 속으로는 몰아지경에 빠져 밖으로 나왔다. 그러고는 모드에게는 아직 한마디도 꺼내지 않은 것이다. 그는 나흘 동안 점심시간에 그 멋진 자동차를 다루는 법을 지도받았다. 그는 아주 재능 있는 학생이었다.

내일, 바로 크리스마스 이브에 그는 그 멋진 자동차를 타고 교외로 나갈 예정이었다. 그는 모드에게 거짓말을 했다. 그리고 필요하다면 또 다른 거짓말도 하리라. 그는 몸과 마음이 온통 이 새로 산 자동차에 사로잡혀 있었다. 그 자동차는 그에게 낭만과 모험, 그리고 그토록 원했으나 한 번도 가져보지 못한 모든 것들을 이뤄주기 위해서 있었다.

내일이면 그와 그의 새로운 애인은 함께 길을 달릴 것이다. 그들은 날카롭고 차가운 공기 속을 돌진하며 소란스럽고 요란한 런던을 뒤로하고 넓고 맑은 공간을 가로질러 가게 되는 것이다……

바로 이 순간에 에드워드는 비록 자신은 깨닫지 못하고 있었으나 다분히 시인적인 기질이 솟아났다.

다음날……

그는 손에 든 책을 내려다보았다. 《임금님이 사랑할 때》였다. 그는 쿡쿡 웃으면서 그 책을 주머니 속에 쑤셔넣었다. 자동차와 여후작 비앙카의 붉은 입술, 그리고 놀랄 만한 용기를 가진 빌 등이 모두 하나로 섞여 떠올랐다.

내일……

날씨는, 대개는 기대하던 사람들에게 실망을 안겨주는 법인데 오늘은 에드워드에게 친절한 자태를 나타냈다. 그가 꿈꿔오던 바로 그런 날씨였다. 약간은 추운 날씨였는데, 연한 푸른색 하늘과 연노란색 태양이 빛났다.

다소는 모험적인 분위기 속에서 음모를 꾸미는 사람처럼 에드워드는 런던을 빠져나가기 시작했다. 하이드 파크 코너에서 자동차의 상태가 좋지 않더니 퍼트니 브르지에서 운 나쁘게도 뜻밖의 고장이 났다. 기어는 말을 잘 듣지 않았고, 브레이크는 삐걱거렸다. 다른 자동차의 운전사들은 에드워드에게 막 욕을 퍼부어댔다. 그러나 그는 초보자로서의 고충을 극복해냈다. 이제 자동차 운전사들에게 쾌감을 주는 좋고 넓은 길에 다다른 것이다.

마침 오늘 이 길에는 차가 많이 밀려들지 않았다. 에드워드는 달리고 또 달렸다. 이 자동차를 능숙하게 다룰 수 있다는 사실에 신이 나서 하늘을 찌를 듯한 의기양양함으로 차갑고 하얀 세상을 속력을 내서 달렸다.

꿈같은 하루였다. 그는 점심을 먹으려고 고풍스럽게 지어진 여관 앞에서 한 번 멈췄고, 그 뒤 차(茶)를 마시려고 또 한 번 멈췄다. 그는 집으로 돌아가기가 싫었다. 런던으로, 모드에게로 돌아간다고 생각하니 구차한 변명과 또 다른 거짓말을 꾸며대야 할 일이 끔찍스러웠다……

그는 한숨을 몰아쉬며 그 생각을 떨쳐버리려 했다. 내일 일은 내일 해결하자. 아직도 오늘이 남아 있다. 이보다 더 흥미로운 일이 또 뭐가 있을까. 세상의 어느 것도 이보다는 못하리라! 헤드라이트로 어둠 속을 뚫고 질주하는 이 기분. 이것이야말로 세상 모든 것 중에서 최고다!

그는 멈춰서 저녁을 먹을 시간이 없다고 판단했다. 어둠 속을 달리는 것은 무척 힘든 일이었다. 이대로 가다가는 런던으로 돌아가는 데 걸리는 시간이 생각보다 더 길어질 것 같았다. 힌드헤드를 통과해서 데블스 펀치 볼의 외곽까지 갔을 때가 8시였다. 달이 떴고 이틀 전에 내린 눈이 아직 녹지 않은 채였다.

그는 차를 세우고서 별을 바라봤다. 만일 한밤중까지 런던에 돌아가지 못한다면 어떻게 될까? 만일 영영 돌아가지 않는다면? 지금 당장 여기 홀로 남게 된다 해도 절대로 눈물은 흘리지 않으리라.

그는 차에서 내려 길 가장자리 쪽으로 걸어갔다. 아래쪽으로 나 있는 오솔길이 그를 유혹했다. 에드워드는 그 마력에서 헤어나올 수가 없었다. 그 뒤 30분 동안 눈 덮인 은세계를 황홀한 마음으로 헤매고 다녔다. 이처럼 멋진 경험을 여태껏 해본 적이 없었다. 그리고 저쪽 길 위에 서서 자기를 충실히 기다리는 저 빛나는 물건은 바로 그의, 그 자신의 소유인 것이다.

그는 다시 오솔길을 거슬러 올라가 차를 타고 달리기 시작했다. 가장 평범한 인간에게도 더러는 가끔씩 찾아오는 저 무구한 미(美)의 발견에 다소 현기

증이 느껴졌다.

그는 한숨을 내쉬며 정신을 차린 다음, 아침에 머플러를 쑤셔 넣었던 글러브 박스에 손을 집어넣었다. 그러나 머플러는 없고 박스는 비어 있는 것이었다. 아니, 아무것도 없는 게 아니었다. 뭔가가 긁히면서 딱딱한 것, 자갈 같은 것이 손에 닿았다.

에드워드는 좀더 깊이 손을 넣어보았다. 그다음 순간, 그는 완전히 넋을 잃고 말았다. 그의 손가락에 걸려나온 물건은 달빛에 반사되어 수백의 불꽃을 반사하는 다이아몬드 목걸이였던 것이다.

에드워드는 의심스러운 눈으로 이리저리 살펴보았다. 그러나 의심할 여지가 없었다. 아마 수천 파운드는 나갈 다이아몬드 목걸이(왜냐하면 알맹이가 컸기 때문이다)가 뜻밖에도 글러브 박스에 들어 있는 것이 아닌가.

대체 누가 이것을 여기에다 넣었을까? 분명히 런던에서 떠날 때는 없었는데. 누군가가 그가 눈 위를 걸어 다니고 있을 때 이 차에 온 게 분명했다. 그러고는 의도적으로 이것을 집어넣은 것이다.

그렇다면 왜? 이 차를 선택했단 말인가? 목걸이 주인이 차를 잘못 본 것일까? 아니면 이 목걸이는 '훔친' 물건일까? 그럴지도 모른다.

에드워드가 이러한 오만 가지 생각으로 머리가 복잡해 있을 때 갑자기 그의 몸이 뻣뻣해지고 전신이 굳어지는 것이었다.

'이 차는 그의 차가 아니었다.'

분명히 매우 비슷했다. 아주 밝은 주홍빛, 마치 여후작 비앙카의 입술처럼 붉은 색깔이었으며, 똑같이 길고 빛나는 앞부분을 가지고 있었으나 에드워드는 아주 미세한 부분들을 보고서 자기 차가 아님을 알아차렸다. 여기저기 흠집이 간 곳도 있었고, 그밖에 아주 사소한 표시들이 있었는데 분명 그의 차는 아니었다. 이러한 경우에는……

에드워드는 더 이상 지체하지 않고 급히 차를 돌리려 했다. 그는 차를 돌리는 데 익숙지 못했다. 기어를 반대로 넣기도 하고, 너무 긴장한 나머지 핸들을 잘못 틀기도 했다. 또한 자주 액셀러레이터와 브레이크를 혼동하여 하마터면 위험한 결과가 생길 뻔도 했다.

그러나 결국은 차를 돌려서 언덕 위로 오르기 시작했다. 에드워드는 어떤 차 한 대가 좀 떨어진 곳에 세워져 있었던 것이 기억났다. 그때는 특별히 관심 있게 보진 않았었다. 그는 아까 오솔길을 걷다가 돌아갈 때 그만 내려온 길과는 다른 길로 올라간 것이다. 이 두 번째 길도 큰길로 연결되어 있었기 때문에 아무런 의심도 없이 거기에 세워져 있는 차를 자기 차라고 생각한 것이다. 그 차는 다른 사람의 차가 틀림없는데 말이다.

10분 뒤에 그는 자신이 차를 세웠던 곳으로 다시 갔다. 그러나 길가에는 아무런 차도 없었다. 이 차의 주인이 에드워드의 차를 타고 가버린 것이다. 아마 그도 비슷한 차 모양 때문에 실수했으리라.

에드워드는 주머니에서 다이아몬드 목걸이를 꺼내 들고는 어찌할 바를 모르며 만지작거리고 있었다. 이젠 어떻게 해야 하지? 가까운 경찰서로 달려갈까? 가서 상황을 설명하고 이 목걸이를 넘겨주고는 내 차 번호를 알려줄까?

그런데 가만있자. 차 번호가 어떻게 되더라?

에드워드는 생각하고 또 생각해보았지만 도무지 기억이 나질 않는 것이었다. 그는 꽁꽁 얼어붙어 꼼짝할 수 없을 것만 같았다. 경찰서에 가면 순전히 바보 취급을 받게 될 게다. 8이란 숫자가 들어 있었던 것도 같은데 그밖에는 아무것도 생각나지 않는 것이다. 물론 그것이 그렇게 큰 문제는 아니다—적어도 말이다…….

그는 불안한 마음으로 다이아몬드를 바라보았다. 만일에 경찰이 내가 차와 다이아몬드를 훔쳤다고 생각하면 어떻게 되나? 오, 그럴 리는 없을 테지. 하지만 혹시 그럴지도 모른다. 왜냐하면 어느 누구라도 정신이 돈 사람이 아니면 이 귀중한 다이아몬드 목걸이를 부주의하게 열린 글러브 박스 안에 집어넣을 리가 없기 때문이다.

에드워드는 차에서 내려 차의 뒤쪽으로 걸어갔다. 차 번호는 XR10061이었다. 분명히 자기 차 번호가 아닌 것은 확실했지만, 이 번호는 그에게 아무런 것도 생각나게 하지 않았다. 그런 뒤 그는 차근차근 모든 박스를 뒤져보기 시작했다. 다이아몬드를 발견한 바로 그 주머니에서 종이쪽지를 발견했다.

작은 종이쪽지였는데, 몇 마디가 연필로 쓰여 있었다. 헤드라이트 불빛에 대고 에드워드는 쉽게 읽을 수 있었다.

'그린에서 나와 만나세요. 솔터스 레인 모퉁이에서, 10시에.'

그는 그린이란 이름을 생각해냈다. 오늘 아침에 표지판에 쓰여 있는 것을 보았던 것이다. 곧 그의 마음은 결정되었다. 그는 그린이라는 마을로 가서, 솔터스 레인을 찾아가 이 쪽지를 쓴 사람을 만나 상황을 설명해주리라 마음먹었다. 그것이 경찰서에서 바보가 되는 것보다는 훨씬 나을 것 같았다.

그는 꽤나 느긋한 마음으로 그곳을 떠났다. 모험이란 바로 이런 것이다. 이러한 일은 매일 일어나는 종류의 사건이 아니다. 다이아몬드 목걸이가 모험을 흥미롭고 신비롭게 해주었다. 좀 힘들게 그린 마을을 찾았다. 그리고 솔터스 레인을 찾는 데는 더 힘들었다. 두 집에서 물어본 뒤에야 그곳을 찾아낼 수 있었다. 약속시간보다 몇 분 늦게 그는 조심스럽게 좁은 길을 따라가면서 왼쪽을 신중하게 살펴보았다. 솔터스 레인이 갈라져 있다고 들은 것이다. 모퉁이를 돌자마자 곧 그가 찾는 곳임을 알 수 있었다. 차를 세우자 어둠 속에서 사람 그림자가 나타났다.

"이제야 왔군요!" 아가씨의 목소리가 외쳤다.

"제럴드, 대체 어디에 가 있었어요!"

아가씨가 이렇게 말하며 헤드라이트의 불빛 속으로 걸어 들어오는 바람에 에드워드는 긴장했다. 그녀는 그가 여태껏 본 여성 중에 가장 우아하고 아름다운 여성이었다. 그녀는 아주 젊었고 머리는 칠흑같이 검었으며, 아주 매력적인 주홍빛 입술을 갖고 있었다.

그녀가 무거운 외투를 벗어들자 에드워드는 그녀가 기가 막힌 이브닝드레스를 입고 있는 것을 볼 수 있었다. 불길 같은 색깔이었는데, 그녀의 몸 전체가 드러나 보였다. 목에는 우아한 진주 목걸이를 하고 있었다.

갑자기 그녀가 입을 열었다.

"어머나! 제럴드가 아니시군요." 그녀가 외쳤다.

"아닙니다." 에드워드가 급히 말했다.

"설명을 좀 해야겠군요."

그는 주머니에서 다이아몬드 목걸이를 꺼내어 그녀에게 내밀었다.

"내 이름은 에드워드……."

그녀가 손뼉을 치며 말을 가로막는 바람에 그는 더 이상 말을 할 수가 없었다.

"에드워드라고요? 오! 정말 기뻐요. 그 바보 같은 지미가 전화로 차와 함께 제럴드를 보낸다고 했거든요. 여기까지 오시다니 참 모험을 즐기시는 모양이네요. 난 얼마나 당신을 만나고 싶었는지 몰라요. 내가 여섯 살 이후로는 한 번도 본 적이 없었죠. 목걸이는 무사하군요. 주머니 속에 다시 집어넣으세요. 이 마을 순경이 따라와서 그것을 볼지도 몰라요. 오, 여기서 기다리다가 얼어 죽는 줄 알았어요. 나 좀 들어갈게요."

마치 꿈을 꾸는 듯 에드워드는 차 문을 열어주었다. 그러자 그녀는 가볍게 뛰어올라 그 옆에 앉았다. 그녀의 털목도리가 그의 뺨을 스쳤다. 알 수 없는 향기가 마치 비 온 뒤의 제비꽃 향기같이 그의 코를 감쌌다.

그는 어떻게 해야 할지도 몰랐고, 아무런 생각도 나지 않았다. 순간적으로 그는 의식적인 생각도 없이 모험에 뛰어들기로 했다.

그녀는 그를 에드워드라고 불렀다. 만일 그가 에드워드가 아니었더라면 어떻게 됐을까? 그녀는 금방 그를 알아차렸을 것이다. 어쨌든 이 게임을 계속 두고 보도록 하자. 그가 클러치를 떼자 차는 미끄러져 나가기 시작했다.

갑자기 그녀가 웃음을 터뜨렸다. 그 웃음도 그녀의 다른 것과 마찬가지로 멋졌다.

"당신이 차에 대해 잘 모른다는 걸 금방 알겠는데요. 저쪽에서 차를 사용하지 않나 보죠?"

'저쪽이란 어딜까?' 하고 에드워드는 생각했다. 그러고는 큰소리로 말했다.

"차에 대해서는 많이 알지 못합니다."

"내가 운전하는 게 낫겠는데요." 아가씨가 말했다.

"큰 도로로 나갈 때까지는 이 동네에서 길을 찾기가 매우 어려워요."

그는 기꺼이 운전석을 그녀에게 내주었다. 그들은 콧노래를 부르면서 무척 빠른 속력으로 밤길을 달렸다. 은근히 에드워드를 소름끼치게 하는 대담한 속도였다. 그녀는 머리를 에드워드 쪽으로 돌렸다.

"난 스피드를 좋아해요. 당신도 그러세요? 당신은 어딘지 제럴드와는 상당히 다르군요. 아무도 당신들이 형제라고는 생각지 않을 거예요. 내가 상상한 것과는 당신은 너무 달라요."

"내 생각에는……." 에드워드가 말했다.

"난 아주 평범한 사람이라고 생각하는데, 그렇지 않소?"

"평범하지 않아요. 아주 달라요. 난 당신을 알아볼 수가 없군요. 불쌍한 지미는 잘 있나요? 매우 신경질을 내고 있을 것 같은데?"

"오, 지미는 괜찮습니다." 에드워드가 말했다.

"말하기야 쉽죠. 하지만 그가 발목을 삔 것은 운이 좋지 않았다고 할 수밖에 없어요. 그가 당신에게 이야기를 다 해주던가요?"

"아니, 한마디도 없었소. 나는 아무것도 몰라요. 내게도 얘기를 해줬으면 좋겠는데."

"모든 게 마치 꿈처럼 진행됐어요. 지미는 현관으로 들어갔어요. 여자 옷을 입고서 말이에요. 그러고 나서 1~2분 있다가 나는 창문으로 넘어갔죠. 애그니스 라렐라의 하녀가 그 방에서 애그니스의 옷과 보석, 그리고 그 밖의 장식품들을 정리하고 있더군요. 그때 아래층에서 커다란 함성이 들리고 폭죽이 터지면서 사람들이 '불이야!' 하고 외치는 거였어요. 하녀가 밖으로 뛰어나간 사이에 내가 뛰어들어가서 목걸이를 훔쳐 밖으로 가지고 나왔죠. 순식간에 뒷길로 해서 펀치 볼을 지나왔어요. 그리고 그 목걸이와 나를 만날 장소를 적은 쪽지를 글러브 박스에 집어넣은 거예요. 그런 다음 눈이 묻은 신발을 닦고서 호텔에 돌아가 루이즈를 만났어요. 난 완전한 알리바이가 성립된 거죠. 그녀는 내가 밖에 나갔다 왔다는 생각조차 하지 못했을 거예요."

"그러면 지미는 어떻게 됐죠?"

"그건 나보다 당신이 더 잘 알 텐데요."

"아니, 내게 아무 말도 해주지 않았소."

에드워드가 아무렇지도 않게 말했다.

"그 사람은 자기 옷으로 갈아입다가 스커트 자락에 다리가 걸려 그만 발목을 삐고 말았어요. 사람들이 그를 들어서 차로 데려가서는 라렐라의 운전사가 집에까지 데려다 주겠다고 하며 떠났어요. 만일 그 운전사가 글러브 박스에 손을 넣었다고 상상해봐요."

에드워드는 그녀와 함께 웃어댔다. 그러나 그의 마음은 분주했다.

여러 가지 생각들로 복잡했다. 그는 이제 어떻게 된 건지 다소간은 알 것 같았다. 라렐라라는 이름은 희미하게나마 그가 들어본 것이었다. 그 사람은 부자로 소문이 나 있었다. 이 아가씨와 지미라고 부르는, 아직은 알 수 없는 남자가 목걸이를 훔치기로 하고서 일을 저지른 것이다.

그가 발목을 삐는 바람에 라렐라의 운전사가 그의 옆에 붙어 있게 되었다. 그래서 그는 이 아가씨에게 전화하기 전에 글러브 박스를 들여다볼 수가 없었던 것이다. 아마도 그곳에 다이아몬드 반지가 없으리라곤 꿈에도 몰랐겠지! 그러나 또 다른 미지의 인물인 제럴드는 주머니 속을 뒤져본 것이 분명하리라. 그러고는 그 속에서 에드워드의 머플러를 발견했겠지!

"잘 달리는군요." 아가씨가 말했다.

시가전차(市街電車)가 불빛을 번쩍이며 그들 곁을 지나갔다. 그들은 런던의 외곽지대에까지 온 것이다. 곧 교통이 복잡한 곳으로 들어섰다.

에드워드의 마음은 혼란스러웠다. 그녀는 운전 솜씨가 좋긴 했으나 모험을 즐기는 위험한 운전을 했다. 15분 뒤에 그들은 차가운 대기 속에 세워져 있는 집 앞에 다다랐다.

"여기서 옷을 갈아입어야 해요. 리슨에 가기 전에 말이에요."

아가씨가 말했다.

"리슨?"

에드워드는 유명한 나이트클럽을 마치 존경한다는 태도로 되물었다.

"그래요. 제럴드가 당신에게 말해주지 않던가요?"

"듣지 못했소." 에드워드가 무뚝뚝하게 말했다.

"그렇다면 내가 가진 목걸이는 어떻게 하고?"

그녀는 눈살을 찌푸렸다.

"그분들이 당신에게 '아무 말도 해주지 않았나 보군요? 당신 옷을 준비해 주겠어요. 빨리 이 일을 끝내야 하니까."

품위 있는 집사가 문을 열고서 그들을 안으로 맞아들였다.

"'아가씨(Ladyship)', 제럴드 챔프니스 씨가 전화하셨습니다. 아가씨하고 꼭 통화하고 싶으셨던 모양인데, 전할 말씀은 남기지 않았습니다."

'그 친구가 이 아가씨에게 하고 싶어 하는 말이 무엇인지 알 것 같군.'

에드워드는 마음속으로 생각했다.

'어쨌든 이젠 내 완전한 이름을 알겠어. 에드워드 챔프니스 그런데 대체 이 여자는 누구지? '아가씨(Ladyship)'라고 집사가 부르던데 말이야('Ladyship'은 귀족에게 붙이는 경칭). 무엇 때문에 이 아가씨는 목걸이를 훔친 걸까? 도박에서 진 빚 때문에?'

그가 가끔 읽은 신문 소설에서 보면 아름다운 귀족 여주인공은 항상 도박에서 진 빚으로 절박한 상황에 빠지곤 했다.

에드워드는 그 품위 있는 집사에게 안내되어 갔다. 그러고는 아주 부드러운 벨벳 양복을 건네받았다. 15분 뒤에 그는 홀에서 그녀와 다시 만났다. 그에게 잘 어울리는 '새빌로'로 만든 정장을 입고서 말이다.

세상에! 이 얼마나 멋진 밤인가?

그들은 유명한 리슨 나이트클럽으로 차를 몰았다. 이런 클럽들이 모두 그렇듯이 에드워드도 리슨에 대한 소문을 읽은 적이 있다. 이름이 어느 정도 알려진 사람은 한 번쯤은 리슨에 간다고 했다.

에드워드가 한 가지 걱정하는 것은 진짜 에드워드 챔프니스라는 사람이 나타나지 않을까 하는 것이었다. 하지만 한 가지 마음에 위안이 되는 것은 진짜 에드워드가 분명히 최근 몇 년 동안은 영국에 없었을 거라는 생각이다. 그것은 아까 그녀가 한 말에서 알 수 있다.

벽을 마주 보는 작은 테이블에 앉아 그들은 칵테일을 마셨다. 칵테일! 평범한 에드워드에게는 칵테일은 호화생활을 나타내는 대명사였다.

그 아가씨는 멋지게 수놓은 숄을 걸치고 매력적인 모습으로 술을 마셨다. 갑자기 그녀는 어깨에서 숄을 떨어뜨리고는 일어섰다.

"우리 춤춰요"

에드워드가 완벽하게 할 수 있는 단 한 가지는 춤을 추는 것이다. 모드와

팔래 드 단스에 가서 춤을 추었을 때에도 불빛이 어두웠는데도 사람들은 감탄하며 쳐다보지 않았던가.

"참, 잊을 뻔했네요." 아가씨가 갑자기 말했다.

"목걸이는요?"

그녀가 손을 내밀었다. 에드워드는 깜짝 놀라 주머니에서 꺼내어 건네주었다. 너무나 놀랍게도 그녀는 굳은 표정으로 그것을 목에 걸었다. 그런 다음 그에게 매력적으로 미소를 지었다.

"이제 춤을 춰요." 그녀는 부드럽게 말했다.

그들은 춤을 추었다. 리슨에 모인 사람 중에서 그들보다 더 완벽한 춤을 추는 사람은 볼 수 없었다. 얼마간을 춘 다음 그들은 테이블 쪽으로 돌아왔다.

건달 같은 한 늙은 신사가 에드워드에게 다가와 말을 붙였다.

"아, 레이디 노린. 항상 춤을 추시는군요. 좋아요, 좋아요. 폴리엇 대위도 오늘 밤 여기 왔나요?"

"지미는 말에서 떨어져서 발목을 다쳤어요."

"그래요? 어떻게 그런 일이 일어났죠?"

"자세한 내용은 저도 아직 몰라요."

그녀는 웃으면서 지나갔다.

에드워드도 뒤따랐다. 그의 머리는 혼란스러웠다. 하지만 이젠 알 것 같았다. 레이디 노린 엘리옷. 그 유명한 레이디 노린은 아마 영국에서 가장 입에 많이 오르내리는 아가씨일 것이다. 그녀의 아름다움을 칭찬하고 그녀의 애인에 대한 얘기가 오고 갔다. 그 애인은 젊은이들의 모임인 '밝은 청년회'의 리더였다. 그녀와 빅토리아 훈장을 받은 근위기병대의 제임스 폴리엇 대위와의 약혼이 최근에 발표되었었다.

그렇다면 그 목걸이는 대체 뭐지? 그는 아직도 그 목걸이를 이해하지 못했다. 그는 자기 정체를 노출하는 모험을 해서라도 알아내야겠다고 생각했다.

"노린, 왜 그랬소? 이유를 말해줘요." 그가 말했다.

그녀는 희미하게 미소 지었다. 그녀의 눈은 먼 곳을 바라보는 듯했다. 춤의 마력이 아직도 그녀를 묶어놓은 모양이었다.

"당신은 이해하기 어려우실 거예요. 사람은 때대로 같은 일이 반복되는 것에 지루함을 느끼죠. 항상 같은 일이 일어날 때 말이에요. 보물찾기가 잠깐은 아주 좋았었죠. 그러나 사람들은 곧 모든 것에 익숙해지고 말아요. 이 '도둑질'은 내 아이디어였어요. 50파운드씩 판돈을 내고 우리는 제비를 뽑았어요. 이번이 세 번째죠. 지미와 나는 애그니스 라렐라를 점찍었답니다. 규칙이 뭔지 아세요? 3일 이내에 물건을 훔쳐야 하고, 또 그 훔친 물건은 적어도 한 시간 이상 공공장소에 나와 있어야 하는데, 그렇지 않으면 자기 몫을 빼앗기고 100파운드의 벌금까지 물게 되지요. 지미가 발목을 다친 것은 운이 나빴어요. 하지만 그래도 판돈은 받을 수 있을 거예요."

"그렇게 된 일이구먼. 이젠 알겠소" 에드워드는 깊은숨을 내쉬며 말했다.

노린은 갑자기 일어서서 숄을 걸쳤다.

"어디든 차로 드라이브해요. 제방 쪽으로 내려가요. 으스스하면서도 재미있을 거예요. 잠깐만······."

그녀는 멈춰 서서 다이아몬드 목걸이를 풀었다.

"이것을 다시 갖고 계시는 게 좋겠어요. 목걸이 때문에 살해당하고 싶진 않으니까."

그들은 함께 리슨을 나왔다. 그들이 차 있는 데로 가려고 모퉁이를 돌아서는데 차 한 대가 돌아서 다가오더니 한 젊은이가 뛰어내렸다.

"하나님, 감사합니다. 노린, 마침내 찾았군." 그가 외쳤다.

"하늘이 도왔어. 그 바보 같은 지미가 다른 차를 탔단 말이야. 지금 당장에는 그 다이아몬드가 어디에 있는지는 하나님만이 알고 있어. 우리가 바로 악마의 칼에 맞은 거야."

레이디 노린이 그를 바라보았다.

"무슨 말을 하는 거예요? 우리가 다이아몬드를 갖고 있는데······, 에드워드가 갖고 있단 말이에요."

"에드워드가?"

"그래요." 그녀는 자기 옆의 남자를 가리켰다.

에드워드는 속으로 중얼거렸다.

'악마의 칼을 가진 사람이 바로 나군. 이 사람이 형 제럴드인 모양이지.'

젊은이가 그를 바라보며 천천히 말했다.

"뭐라고 했지? 에드워드는 스코틀랜드에 있는데."

"그렇다면!"

그 아가씨가 소리쳤다. 그녀는 에드워드를 바라보았다.

"이 사람은!" 그녀의 얼굴은 몹시 붉게 달아올랐다.

"그렇다면 당신이 보여준 목걸이, 진짜예요?"

그녀가 낮은 목소리로 물었다.

에드워드는 상황을 파악하는 데 단 1분밖에 걸리지 않았다. 아가씨의 눈은 두려움으로 가득 차 있었다—감탄의 빛이었는지도 모른다.

설명을 해줘야 하나? 그는 이 연극을 끝내야 했다. 우선 정중히 인사했다.

"레이디 노린, 우선 고맙다는 인사를 해야겠군요. 오늘 저녁은 참으로 즐거웠습니다."

그는 가장 신사다운 태도로 말했다. 그는 방금 다른 사람이 내린 그 차를 흘끗 쳐다보았다. 빛나는 지붕을 가진 주홍빛 차. 바로 자기 차였다.

"그리고 좋은 밤, 좋은 저녁 되시기를 바랍니다."

재빨리 그는 차에 올라타서 클러치에 발을 올려놓았다.

차는 앞으로 나아가기 시작했다. 제럴드는 몸이 굳은 채 서 있었으나 아가씨는 행동이 빨랐다. 차가 나아가기 시작하자 그녀가 뒤따라왔다. 그녀가 보도를 내려와 도로로 뛰어왔다. 차는 커브를 돌며 멈춰 섰다.

노린은 숨을 헐떡이며 뛰어와 손을 뻗쳐서 에드워드의 팔을 붙잡았다.

"그걸 내게 주셔야 해요. 오, 돌려주세요. 그걸 애그니스 라렐라에게 돌려주어야 하거든요. 제발 신사답게. 우리 멋진 저녁을 보냈잖아요. 함께 춤도 추고 우리는 친구가 되었잖아요. 그걸 내게 돌려주시겠어요?"

아름다움이 흘러넘쳐 황홀한 여성, 그렇다면 그런 여성은 실재하는가······.

에드워드도 그 목걸이를 처치하고 싶었다. 지금이 선행을 베풀 천재일우의 기회였다. 그는 주머니에서 목걸이를 꺼내어 그녀의 손에 떨어뜨렸다.

"우리는 친구죠, 그렇죠?" 그가 말했다.

"오, 물론."

그녀의 눈이 불탔다. 놀랍게도 그녀는 그를 향해 머리를 숙였다. 순간 그는 그녀를 안고서 그녀의 입술에 열렬히 입을 맞췄다······.

잠시 뒤 그녀는 뛰어내렸다. 주홍색 차는 힘차게 앞으로 달려갔다.

낭만!

모험!

크리스마스 날 12시에 에드워드 로빈슨은 의례적인 인사인 '메리 크리스마스'를 외치며 클래펌에 있는 자기의 작은 집의 거실로 걸어 들어왔다.

모드는 호랑가시나무 가지를 만지며 그에게 냉랭하게 물었다.

"친구들과 함께 시골에서 잘 보냈어요?"

"내 말 좀 들어봐." 에드워드가 말했다.

"그건 거짓말이야. 거짓말이었어. 나는 퀴즈에 당첨되어 500파운드의 상금을 받았지. 그래서 그걸로 차를 샀어. 당신이 분명히 반대할 걸 알았기 때문에 말하지 않은 거야. 이것이 바로 첫 번째야. 차를 샀으니 이제 거기에 대해서는 더 이상 할 말이 없어. 두 번째는 바로 이거야. 난 더 이상 몇 년씩 기다리지 않겠어. 내 장래는 분명히 밝다고 장담할 수 있어. 그 말은 곧 다음 달에 당신과 결혼하겠단 뜻이야. 알겠어?"

"뭐라고요?" 모드가 희미하게 소리쳤다.

에드워드가 이렇게 당당하게 말한 적이 있었던가? 아니, 이렇게 말할 수가 있었을까?

"결혼하겠어?" 에드워드가 큰소리로 물었다.

"하겠어, 안 하겠어?"

그녀는 매혹되어 그를 바라보았다. 그녀의 눈 속에는 경외와 존경의 빛이 들어 있었다.

그 모습이 에드워드에게는 매력적으로 보였다. 그를 화나게 했던 인내심 있는 어머니 같은 태도는 사라지고 없었다. 그 눈빛은 레이디 노린이 어젯밤에 그를 바라보던 바로 그 눈빛이었다. 그러나 레이디 노린은 이젠 멀리 사라져 로맨스의 꿈으로 날아가 버렸다. 여후작 비앙카와 함께 말이다. 그리고 지금은 현실이다. 이 여자는 내 여자다.

"하겠어? 아니면 안 하겠어?"

그가 한 발짝 가까이 다가서며 되풀이해서 물었다.

"하……, 겠어요." 모드는 더듬거리며 말했다.

"그런데, 오, 에드워드, 도대체 당신에게 무슨 일이 있었던 거예요? 당신은 오늘 너무도 달라요."

"그래. 지난 24시간 동안 나는 벌레에서 한 남성으로 변했어. 그에 대한 대가도 치렀지."

그는 슈퍼맨인 빌이 한 것과 같이 팔로 그녀를 안았다.

"모드, 나를 사랑해? 말해봐, 나를 사랑해?"

"오, 에드워드!" 모드는 숨을 몰아쉬었다.

"당신을 존경해요……."

취직자리를 찾는 제인

제인 클리블랜드는 '데일리 리더'를 뒤적거리며 한숨을 내쉬었다. 그녀의 내부 깊숙한 곳에서 올라오는 깊은 한숨이었다. 그녀는 대리석을 입힌 테이블에 놓인 토스트, 그리고 그 위의 달걀찜과 작은 찻잔을 씁쓸히 내려다보았다. 배가 고프지 않아서가 아니었다. 그것과는 완전히 거리가 멀었다.

제인은 지금 무척 배가 고팠다. 지금 같아서는 잘 요리된 비프스테이크를 1.5파운드는 먹을 수 있을 것 같았고, 칩 포테이토와 또 가능하다면 프렌치 빈도 먹고 싶었다. 게다가 마지막으로 차보다는 좀 자극적인 포도주 한 잔으로 식사를 끝마치고 싶었다.

그러나 주머니 사정이 절박한 상태에 있는 젊은 여성들은 음식을 골라 먹을 처지가 못 된다. 달걀찜과 차라도 한잔 시켜먹을 수 있으니 행복하다고 제인은 스스로를 위로했다. 내일도 이럴 수 있으리라고는 장담할 수 없다. 정말 그렇게 된다면……

그녀는 '데일리 리더'의 광고란에 다시 한 번 눈길을 돌렸다. 간단히 말하자면 제인은 직업을 잃어서 곤란한 처지에 빠져 있는 상태다. 사실 벌써부터 낡은 하숙집의 거드름 피우는 여주인은 이 유별난 젊은 여성을 곁눈질로 흘기기 시작하고 있었다.

"그러나 나는 아직 똑똑하고, 예쁘고, 거기다가 학력까지 갖추고 있어. 사람에게서 그 이상 더 뭘 바라겠어."

그녀는 화난 듯 턱을 약간 들어 올리며(이건 그녀의 버릇이었다) 스스로에게 말했다.

'데일리 리더'의 광고란에서는 경력이 풍부한 속기사, 속기 타이피스트, 약간의 자본금을 투자해 회사를 같이 할 사람들, 가축농장을 함께 경영해서 이

익금을 나눌 여성들(여기에도 자본금이 좀 필요했다)을 찾고 있었다. 그밖에 요리사나 파출부, 또는 하녀, 객실 잔심부름을 하는 소녀 특히 그 객실 잔심부름을 하는 소녀를 많이 찾고 있었다.

"잔심부름하는 소녀라도 괜찮겠어." 제인은 중얼거렸다.

"그러나 거기도 역시 나같이 경험이 없는 사람은 쓰지 않을 거야. 난 어디든지 갈 수는 있어, 내 감히 말하지만 '의욕 있는 젊은 여성'으로서 말이야. 하지만 그 사람들이 의욕 있는 젊은 여성들에게 이렇다 할 일거리에 보수를 주는 것도 아니고"

그녀는 또다시 한숨을 내쉬었다. 그러고는 신문을 내려놓고 건강한 젊은이의 정력으로 달걀찜을 먹어대기 시작했다. 마지막 한 숟가락을 남겨놓고 그녀는 다시 신문으로 눈을 돌리고 구인란(求人欄)을 들여다보면서 차를 다 마셨다. 그 구인란이야말로 항상 그녀의 마지막 희망이었다.

2천 파운드만 있었더라도 일은 간단할 텐데. 투자할 때가 적어도 일곱 군데는 되었다. 어느 곳에서라도 연리로 따져 족히 3천 파운드(이자, 원금 합해서)는 넘는다고 했다. 제인의 입술이 약간 뒤틀렸다.

"내게 2천 파운드만 있다면 이 상태를 벗어나는 게 훨씬 쉬울 텐데."

그녀는 구인란의 아랫부분을 눈으로 훑으며 오랜 습관으로 쉽게 읽어 내려갔다. 헌옷을 아주 비싼 가격으로 사겠다는 부인이 있었다. '여성용 의복을 자기 집에서 검사받을 수 있음'이라고 쓰여 있었다. 무엇이든지 다 사겠다는 남자도 있었다—그러나 주로 치아에 한했다. 꽤 권력 있는 부인들이 해외로 떠나면서 털목도리를 아주 터무니없는 가격으로 팔겠다고 내놓은 것도 있었다. 경제적으로 어려움을 겪고 있는 성직자들도 있었고, 힘겨운 일을 하는 미망인들, 장애인을 위한 시설의 직원들.

이 모든 사람들은 50파운드에서 2백 파운드에 이르는 돈을 구하고 있었다. 그런데 갑자기 그녀의 시선을 잡아끄는 게 있었다. 그녀는 찻잔을 내려놓고 광고문을 다시 한 번 읽어 내려갔다.

"이거 괜찮겠는데, 정말." 그녀는 중얼거렸다.

"이런 광고에서 붙잡을 만한 것이 있단 말이야. 잘 훑어봐야지. 그런데

……."

제인 클리블랜드의 시선을 사로잡은 광고는 바로 이런 것이었다.

25세 이상 30세 미만의 젊은 여성. 검푸른 눈동자. 순수한 금발. 검은 속눈썹과 눈썹. 오뚝한 코. 날씬한 몸매. 키는 5피트 7인치(약 173㎝). 남의 흉내를 잘 내고 불어를 완벽하게 구사해야 함. 이런 여성은 5시에서 6시 사이에 앤더슬레이가(街) 7번지로 찾아오시면 분명히 좋은 소식을 듣게 될 것임.

"매우 구체적인 문구로군. 여기에 맞는 여자들만 찾아가겠는데."
제인은 중얼거렸다.
"자세히 살펴봐야겠어. 조건이 너무 많은데. 처음부터 한번 맞춰나가 볼까?"
그녀는 맞춰나가기 시작했다.
"25세에서 30세까지라─나는 스물일곱 살에 검푸른 눈동자. 이것은 됐고 순수한 금발, 검은 속눈썹과 눈썹. 모든 게 다 들어맞는데. 오뚝한 코? 그렇지, 이만하면 똑바로 생겼지 뭐. 굽어진 곳이나 튀어나온 곳이 없으니까. 그리고 나 정도면 날씬한 몸매라고 할 수 있고……, 요즘 같은 세상에도 말이야. 그런데 난 5피트 6인치(약 170㎝)밖에 되지 않는데. 그래, 하이힐을 신으면 되겠군. 남의 흉내를 잘 내는 사람─특별한 기술은 없지만, 사람들 목소리를 똑같이 흉내 낼 수 있어. 그리고 불어라면 천사나 프랑스 여성들처럼 유창하게 할 수 있지. 그래, 내가 아주 꼭 들어맞는 사람인데. 그 사람들 내가 나타나면 놀라자빠질 거야. 제인 클리블랜드, 가자, 그리고 이기는 거야."
결심이 선 제인은 광고문을 찢어 핸드백 안에 넣었다. 그런 다음 아까와는 다른 명쾌한 목소리로 계산서를 달라고 했다. 5시 5분 전에 제인은 엔더슬레이가 근처로 접어들고 있었다. 엔더슬레이가는 커다란 두 길 중간에 끼어 있는 아주 작은 도로였고, 그 근처에는 옥스퍼드 서커스가 있었다. 단조롭기는 했지만 경치가 괜찮았다.
7번지는 이웃의 다른 집들과 하등 다를 것이 없었다. 겉으로 보이게는 사무실로 쓰이는 것 같았다. 그러나 그것을 본 순간 그녀는 검푸른 눈을 갖고 순수한 금발과 오똑한 코와 날씬한 몸매를 가진 25세 이상 30세 미만의 아가씨들이 자기 혼자만이 아니라는 사실을 처음으로 깨달았다. 런던은 분명히 이런 아가씨들로 꽉 차 있는 모양이었다. 적어도 40~50명쯤 되는 여성들이 엔더슬레이가 7번지 밖에서 떼를 지어 서 있었다.

"생존경쟁이로군. 빨리 줄을 서야겠는데." 제인은 혼자 중얼거렸다.

그녀가 줄을 서자 세 아가씨가 길모퉁이에서 또 나타났다. 다른 여자들이 그 뒤를 이어 계속 나타났다. 제인은 자기 근처에 서 있는 여자들을 보고서 혼자 미소 지었다. 그들 하나하나를 바라보니 무언지 한 가지씩은 광고와는 다른 것을 찾을 수 있었다. 눈썹이 검지 않고 밝은 색이라든가 눈이 검푸른 색이 아니고 회색빛이라든가, 금발이긴 한데 원래부터 타고난 금발이 아니라 염색을 했다든가. 코가 잘못 생겼다든가, 날씬한 몸매라고 해주기에는 너무 엄청난 자비가 필요한 여자들이었다. 제인의 사기는 치솟았다.

"내가 보기에는 누구보다도 내가 제일 좋은 기회를 잡을 것 같은데."

그녀는 혼자 중얼거렸다.

"대체 무엇 때문에 그런 사람을 구하는 걸까? 미인 합창단 같은 것이었으면 좋겠는데."

줄은 서서히, 그러나 끊임없이 앞으로 움직이고 있었다. 면담을 마치고 한 무리가 나오고 있었다. 머리를 흔들기도 하고, 또 허탈한 웃음을 짓고 나오는 여자들도 있었다.

"떨어졌군. 내가 들어가기 전에 끝나지 않았으면 좋겠는데."

그녀는 웃으며 말했다.

아직도 계속 아가씨들의 줄은 앞으로 움직이고 있었다. 제인은 손거울을 걱정스럽게 들여다보며 열심히 콧등을 높아 보이게 하고는 입술을 맘껏 칠했다.

"아주 깔끔한 모자 하나만 있었으면 좋겠는데." 제인은 슬프게 중얼거렸다.

마침내 그녀의 차례가 되었다. 그 집 현관문 안으로 들어서니 한쪽에 유리로 된 문이 있었는데, 쿠스버트슨 상사라고 쓰인 간판이 붙어 있었다. 이 문을 통해 지원자들이 한 사람씩 들어가는 것이었다.

제인의 차례가 되었다. 그녀는 숨을 한번 크게 쉬고는 들어갔다. 그 안은 외부 사무실이었는데, 직원들이 근무하는 곳인 모양이었다. 한쪽에 유리문이 또 있었다. 제인은 곧바로 그 문을 열고 들어갔다.

그녀는 아주 작은 방으로 들어섰다. 그 안에는 커다란 책상이 있었는데, 그 책상 뒤에는 눈이 날카롭고 이국적으로 보이며 풍성한 콧수염을 한 중년의 신사가 앉아 있었다. 그 사람은 제인을 위아래로 훑어보았다. 그런 다음 왼쪽에 있는 문을 가리켰다.

"저곳에서 좀 기다려 주시지요." 그는 딱딱하게 말했다.

제인은 그 말에 따랐다. 제인이 들어간 곳에는 이미 다섯 명의 아가씨들이 앉아 있었는데, 모두 꼿꼿하게 앉아서 서로를 노려보고 있었다. 제인이 1차 심사에는 합격한 게 분명했다. 그녀의 사기는 치솟았다. 그러나 여기 앉아 있는 다섯 명의 아가씨들도 광고에 나와 있는 조건에 한해서는 그녀와 똑같다는 것을 인정하지 않을 수 없었다.

시간은 흘러갔다. 아가씨들의 물결이 계속 내부 사무실로 스쳐갔다. 그들 중 대부분은 복도로 통하는 다른 문을 통해서 나갔고, 때때로 한두 명이 이 '비밀의 방'으로 들어왔다.

6시 30분이 되자 그 방에 모인 아가씨들은 모두 열네 명이 되었다. 제인은 안쪽 사무실에서 중얼거리는 소리가 나는 것을 들었다. 그리고는 외국인처럼 보이는 그 신사가 문 앞에 나타났다. 제인은 마음속으로 그를 대령이라고 별명을 지어 불렀다. 그의 콧수염이 꼭 군인 같은 인상을 주었기 때문이다.

"여러분들이 원한다면 한 번에 한 분씩 보도록 하겠소." 그가 말했다.

"여기에 도착한 순서대로 오시지요."

제인은 여섯 번째였다. 그녀가 불리지기까지는 20분이 흘렀다. 그 대령은 손을 뒷짐 지고 서 있었다. 그는 제인에게 몇 가지 질문을 한 다음 불어를 어느 정도 아는가에 대해 테스트를 하고서 키를 쟀다.

"마드모아젤, 이 정도면 충분하겠군요. 당신이 적당할 것 같소, 확실한 건 아니지만. 일단 가능성은 있다는 것이오." 그가 불어로 말했다.

"무슨 일을 하는 건가요? 물어보는 게 실례가 안 된다면."

제인은 솔직히 물었다.

"아직은 말해 줄 수 없소" 그는 어깨를 으쓱했다.

"당신으로 결정이 되면 그때 알려주지요"

"너무 비밀스러우신데요" 제인이 반박하고 나섰다.

"전 어떤 일을 하는지 모르고서는 아무것도 받아들일 수가 없어요. 혹시 무대와 관련된 일인가요?"

"무대? 그런 건 절대로 아니오"

"오!" 제인은 약간 놀라며 말했다.

그 남자는 제인을 날카롭게 바라보았다.

"지적(知的)인 면은 어떻소, 아가씨? 그리고 신중함에 대해서는?"

"오, 전 제 스스로 지적인 면을 갖추고 있다고 자신 있게 말씀드릴 수 있어요. 또, 성격도 매우 신중한 편이고요." 제인은 침착하게 말했다.

"보수는 어떤가요?"

"보수는 2주일 일하고 2천 파운드 정도 받게 될게요"

그녀는 그 남자가 말한 액수에 깜짝 놀랐으나 곧 정신을 가다듬었다.

대령은 계속해서 말했다.

"또 다른 한 명은 이미 뽑아놓았소. 당신과 그녀가 아주 조건이 비슷해요. 아직 내가 보지 않은 사람들 중에서도 어쩌면 대상자가 있을지도 모르지만. 당신이 앞으로 밟아야 할 절차에 대해 설명해주겠소. 해리지 호텔을 아시오?"

제인은 숨이 막혔다. 영국에 사는 사람들 중에서 해리지 호텔을 모르는 사람이 있을까? 그 유명한 호텔은 메이페어 뒷길에 점잖게 자리 잡고서 그에 걸맞게 귀족들과 유명한 인사들이 머물다 가는 곳이 아닌가. 오늘 아침에만도 오스트로바의 폴린 황녀가 도착했다는 것을 신문에서 읽지 않았던가. 그녀는 러시아 피난민을 돕기 위한 커다란 바자회를 열려고 왔는데, 물론 해리지 호텔에 계속 머무른다는 것이었다.

"예." 제인은 대령의 질문에 대답했다.

"좋아요. 그곳으로 가시오. 그곳에서 스트렙티치 백작을 찾아 당신의 명함을 내놓으면 됩니다. 명함 있소?"

제인은 명함을 한 장 꺼냈다. 대령은 그것을 받아 한쪽 구석에다가 P라는 글자를 써놓고서 다시 돌려주었다.

"그 글자를 보면 카운터에서 당신을 안내해줄 거요. 그렇게 되면 백작이 내가 당신을 보냈다는 것을 알게 되는 거요. 최종 결정은 그 사람에게 달렸소. 그리고 또 말해둘 것이 하나 있소. 만일 당신을 선택하게 된다면 그분이 모든 상황을 설명해줄게요. 그러고 나서 그 제안을 받아들이든지 거절하든지 하면 돼요. 알겠소?"

"예, 이젠 됐어요." 제인이 말했다.

"그런데 말이야." 그녀는 길가로 나오면서 중얼거렸다.

"무슨 함정이 있는 것 같지는 않아. 하지만 있을지도 모르지. 아무런 일도 하지 않고 그렇게 큰돈을 줄 리가 없잖아. 범죄단이 틀림없어! 그밖에는 다른 것이 없잖아!"

그녀의 마음은 흥분되었다. 제인은 범죄를 전적으로 거부하지는 않고 있었다. 신문들은 최근에 여러 소녀 범죄단 사건을 전면으로 보도하고 있었다. 제인은 모든 것에 실패할 경우 그런 일도 불사하겠다는 생각을 내심 굳히고 있는 터였다. 그녀는 약간 두려움을 가지고 해리지 호텔의 고급스러운 현관에 들어섰다. 그 어느 때보다도 그녀는 세련된 모자에 대한 생각이 간절했다.

그러나 그녀는 용감하게 카운터로 걸어가 명함을 내놓고는 조금도 주저하는 기색없이 스트렙티치 백작을 만나겠다고 했다. 안내원이 자기를 좀 이상스러운 듯 바라보고 있다는 생각이 들었다.

그는 명함을 받아들더니 보이에게 작은 목소리로 뭐라고 지시했다. 제인은 알아듣지 못했다. 곧 보이는 되돌아왔다. 그러고는 자기를 따라오라는 것이었다. 그들은 엘리베이터를 타고 올라가서 복도를 걸어가 커다란 더블도어 앞에 멈춰 섰다. 보이가 문을 노크하자 잠시 뒤 문이 열렸다.

제인은 커다란 방으로 안내되어 키가 크고 말랐지만 근사한 턱수염을 기른 남자와 마주 앉았다. 그는 섬세하게 생긴 하얀 손으로 그녀의 명함을 받아들었다.

"제인 클리블랜드 양." 그는 천천히 읽었다.

"나는 스트렙티치 백작이오."

그의 입술이 갑자기 웃을 것처럼 벌어지며 희고 고른 두 줄의 치아가 나타났다. 그러나 흥겨운 분위기로 바뀌지는 않았다.

"아가씨는 우리 광고를 보고 온 모양이군요." 백작은 계속해서 말했다.

"그 유능한 크라닌 대령이 당신을 이곳으로 보내던가요?"

'역시 대령이었구나.'

제인은 자신의 통찰력에 쾌감을 느꼈다. 그러나 그녀는 단지 고개만 끄덕였다.

"내가 몇 가지 질문을 해도 괜찮겠소?"

그는 제인이 대답하기도 전에 크라닌 대령의 질문과 거의 비슷한 것들을 그녀에게 묻기 시작했다. 그녀의 대답이 어느 정도 그를 만족시킨 것 같았다.

그는 한두 번 머리를 끄덕였다.

"마드모아젤, 이제 문쪽을 향해서 천천히 걸어갔다가 다시 이쪽으로 와보시오."

'이 사람들은 나를 모델로 쓰고 싶은 모양이군.'

제인은 속으로 이렇게 생각하면서 그대로 따랐다.

'그러나 모델에게 2천 파운드를 주진 않을 텐데. 아직은 묻지 않는 것이 좋겠군. 좀더 기다려보자.'

스트렙티치 백작은 얼굴을 찡그렸다. 그는 흰 손가락으로 책상을 두드렸다. 그러더니 갑자기 일어서서 옆방의 문을 열고는 안에 있는 사람을 큰소리로 불렀다.

그가 다시 자리로 돌아오자 키가 작달막한 중년 여성이 들어와서는 문을 닫았다. 그녀는 통통하게 살이 찌고 너무 못생긴 얼굴을 하고 있었다. 그런데도 그녀의 태도는 중요한 사람임을 나타내는 정중한 것이었다.

"안나 미카엘로브나, 이 아가씨를 어떻게 생각하시오?" 백작이 물었다.

그 여자는 제인을 마치 쇼윈도에 진열된 밀랍인형 보듯이 위아래로 훑어보았다. 인사 같은 것도 전혀 없이.

"이 아가씨라면 가능하겠는데요." 그녀가 마침내 이렇게 말했다.

"엄밀히 말해서 똑 닮았다고는 할 수 없지만 그래도 외모나 뭐로 보나 누구보다도 훌륭하군요. 당신은 어떻게 생각하세요. 페오도르 알렉산드로비치?"

"나도 당신 말과 같소, 안나 미카엘로브나."

"불어는 할 줄 아나요?"

"아주 유창하오."

제인은 점점 더 어리둥절해졌다. 이 이상한 두 사람은 자기를 의식하는 것 같지 않았다.

"그런데, 이 아가씨, 신중하게 행동할까요?"

인상을 찡그리며 그 여인이 물었다.

"이분은 포포렌스키 공작부인이시오."

스트렙티치 백작이 제인에게 불어로 말했다.

"이분이 아가씨가 신중하게 행동할 수 있을지 묻고 있는데?"

제인은 공작부인에게 대답했다.

"제가 무슨 일을 하게 되는지 알지 못하고서는 아무런 약속도 할 수 없어요."

"이 말이 바로 이런 상황에서 이 아가씨가 대답할 수 있는 거랍니다."

그 여자가 말했다.

"내 생각에는 이 아가씨는 아주 지적인 것 같군요, 페오도르 알렉산드라비치. 어느 누구보다도 아주 지적인 것 같아요. 이봐요, 아가씨, 물론 용기도 있겠죠."

"잘 모르겠는데요." 제인은 당황했다.

"전 몸을 다치는 것을 좋아하진 않지만 견딜 순 있어요."

"아니, 내가 말한 것은 그런 뜻이 아니에요. 아가씨는 모험을 겁내지 않지요?"

"오, 모험이라고요? 그건 괜찮아요. 저는 모험을 좋아하거든요."

제인이 말했다.

"실례가 될지 모르지만, 아가씨는 가난한가요? 그렇다면 많은 돈을 벌고 싶겠죠?"

"예." 제인은 뭔가 와 닿는 게 있어서 진지하게 대답했다.

스트렙티치 백작과 포포렌스키 공작부인은 시선을 주고받았다. 그런 다음 그들은 동시에 고개를 끄덕이는 것이었다.

"내가 설명을 해줄까요, 안나 미카엘로브나?" 백작이 물었다.

공작부인은 머리를 흔들었다.

"황녀께서 직접 하시겠답니다."

"그럴 필요가 없는데, 현명치도 않은 일이고"

"그 문제는 그분 생각에 달렸어요. 당신 얘기가 다 끝나면 곧 그분에게 데리고 가야 합니다."

스트렙티치 백작은 어깨를 으쓱했다. 분명히 그는 그 말에 찬성하는 것 같진 않았다. 하지만 그 명령에 따르지 않겠다는 의지도 없는 것 같았다.

그는 제인에게 돌아섰다.

"포포렌스키 공작부인이 당신을 폴린 황녀에게 안내할게요. 놀라지 마시오."

제인은 놀라지 않을 수 없었다. 그녀는 진짜 살아 있는 황녀 앞에 설 수 있다는 것이 너무나도 기뻤다. 제인에게 사회주의자 같은 면은 없었다. 그리고 그때는 모자에 대한 걱정 같은 것은 이미 사라진 지 오래였다.

포포렌스키 공작부인이 앞장섰다. 그녀는 어떤 위엄을 나타내 보이려고 느릿느릿 걸어갔지만, 제인이 보기엔 마치 오리가 뒤뚱뒤뚱 걷는 것 같았다. 대기실인 듯한 옆방을 지나 벽 쪽에 나 있는 문을 공작부인이 두드렸다. 안쪽에서 어떤 목소리가 대답하자 공작부인은 문을 열고 들어갔다.

제인도 그 뒤를 따랐다.

"말씀드리겠습니다. 제인 클리블랜드 양입니다."

공작부인은 확고한 목소리로 말했다.

방 저쪽 끝의 커다란 팔걸이의자에 앉아 있던 젊은 여성이 일어나 앞으로 걸어나왔다. 그녀는 제인을 잠시 똑바로 바라보는 것이었다. 그런 다음 만족한 듯이 미소를 지었다.

"이건 정말 놀라운 일이에요, 안나. 정말 이렇게 멋지게 성공할 줄은 상상도 못했어요. 이리 와서 우리 함께 나란히 서 봐요."

그녀는 제인의 팔을 잡고 방을 가로질러가 벽에 걸려 있는 전신을 비출 수 있는 거울 앞에 섰다.

"보여요? 이것이야말로 완벽한 조화로군요." 그녀는 기쁨에 넘쳐 외쳤다.

폴린 황녀를 처음 보는 순간 제인은 이미 모든 것을 알아차리기 시작했다. 황녀는 제인보다 한두 살 위인 듯한 젊은 여성이었다. 그녀는 자기와 같은 빛깔의 금발을 하고 있었으며, 똑같이 날씬한 체격이었다. 키는 그녀가 약간 큰 것 같았다. 그들이 나란히 서자 서로가 닮았다는 것을 알 수 있었다. 세세한 부분까지도 비슷했고 모든 것이 거의 똑같았다.

황녀는 손뼉을 쳤다. 그녀는 아주 쾌활한 젊은 여성 같았다.

"정말 최고야." 그녀가 소리쳤다.

"안나, 페오도르 알렉산드로비치에게 축하해주세요. 그분은 정말 멋지게 해내셨군요."

"아직은 이 젊은 여성이 자기가 뭘 해야 할지를 모르고 있습니다."

공작부인은 아주 작은 목소리로 중얼거렸다.

"그렇겠죠." 어딘지 침착한 태도로 바뀌면서 황녀가 말했다.

"내가 잊고 있었군요. 좋아요. 내가 모든 것을 알려주겠어요, 안나 미카엘로브나. 우리 둘만 좀 있게 해주시겠어요?"

"그러나, 저……."

"우리 둘만 있게 해달라고 했잖아요."

그녀는 화가 난 듯 쿵쿵거리며 나갔다. 안나 미카엘로브나는 꽤나 그 방을 떠나기 싫었던 모양이다. 황녀는 제인을 마주 보고 앉았다.

"저렇게 나이 든 분들은 아주 귀찮단 말이야." 폴린이 말했다.

"그러나 우리 같은 사람은 저런 사람들이 필요하죠. 안나 미카엘로브나는 그래도 다른 사람들보다는 나은 편이에요. 그래요, 제인 클리블랜드 양. 이름이 마음에 드는군요. 그리고 당신도 역시 마음에 들어요. 당신은 동정심이 많아 보이는군요. 나는 동정심이 많아 보이는 사람에게는 뭐든지 다 얘기할 수 있어요."

"매우 예리하시군요." 처음으로 입을 열어 제인이 말했다.

"나는 예리하답니다." 폴린이 담담하게 말했다.

"흠, 지금부터 당신에게 상황을 설명해주겠어요. 설명할 게 그리 많지는 않답니다. 혹시 오스트로바의 역사를 알고 있는지 모르겠군요. 우리 가족은 모두 죽었어요. 공산주의자들에게 암살을 당한 거죠. 나는 아마도 우리 가문의 마지막 인물일 거예요. 하지만 여자라서 왕위에 오를 수가 없어요. 그 사람들이 나를 왕위에 오르게 할 것 같죠? 하지만 그렇지 않답니다. 내가 어디를 가든지 나를 살해하려는 음모가 따르는 거예요. 엉터리 같은 이야기죠? 그러나 그 보드카를 마시는 짐승 같은 사람들에게는 신사적인 면이라곤 눈곱만큼도 없답니다."

"이해할 수 있겠어요."

제인은 자기에게 무엇을 요구하는 건지 어렴풋이 느끼면서 말했다.

"나는 대부분의 시간을 숨어서 살았답니다. 내 몸을 보호할 수 있는 곳에서 말이죠. 그러나 가끔은 공식적인 행사에 나가야 해요. 예를 들면, 이곳에 와 있는 동안에 말이에요. 반공식적인 몇몇 모임에도 나가야 하고, 또 귀국 도중에 파리에서도 그래야 해요. 당신이 아는지 모르겠지만 내 영지가 헝가리에 있답니다. 그곳에선 운동경기가 아주 멋지게 열린 답니다."

"정말이세요?" 제인이 말했다.

"굉장하죠. 나는 스포츠를 무척 좋아한답니다. 또한, 이 말은 해서는 안 되는데 해야 하겠군요. 당신 얼굴이 너무도 동정적이기 때문이에요. 지금 그곳에선 어떤 계획들이 진행되고 있어요. 아주 극비로 말이죠. 그 계획들이 무척 중요해서 나는 적어도 다음 2주일 동안만큼은 암살되면 안 돼요."

"그럼, 경찰한테……." 제인이 말을 꺼냈다.

"경찰? 오, 그렇죠. 그 사람들은 무척 훌륭하죠. 물론, 그들을 믿어요. 게다가 우리도 역시 스파이가 있어요. 그래서 음모가 있을 때 미리 알아차릴 수 있는 거죠. 그렇다 할지라도 우리가 알아내지 못하는 게 있어요."

그녀는 어깨를 으쓱했다.

"이젠 좀 알 것도 같군요. 저한테 당신 역할을 해달라고 하시는 거죠?"

제인이 천천히 말했다.

"오직 특별한 경우에만 한해서예요." 황녀는 진지하게 말했다.

"당신은 나와 아주 가까운 곳에 있어야 해요. 다음 2주일 동안 두세 번, 아니 네 번 정도 당신이 필요해질 것 같군요. 모두 공식적인 행사지요. 물론 아주 친숙한 모임일 때는 내가 참석해야겠죠."

"물론 그렇겠죠." 제인이 그렇겠다고 대꾸했다.

"당신은 정말 잘해낼 수 있을 것 같아요. 그런 광고를 생각하다니 페오도르 알렉산드로비치도 참 기막혀요, 안 그래요?"

"제가 살해되는 경우를 상상해보셨나요?" 제인이 물었다.

황녀는 어깨를 움찔했다.

"물론 위험은 따르죠. 비밀 정보에 의하면 그 사람들은 나를 납치하려고 하지 그 자리에서 죽이려 하진 않는데요. 그러나 아주 솔직히 말한다면 폭탄을 던질 가능성도 항상 있답니다."

"알겠어요." 제인이 말했다.

그녀는 아주 담담하게 말하는 폴린의 태도를 흉내 내어서 말했다. 사실 보수문제에 대해서도 자세히 알고 싶었으나 그 말을 어디에서 꺼내야 할지 좀 막연했다. 그러나 폴린이 그 문제를 해결해주었다.

"물론 보수는 아주 충분히 주겠어요." 그녀는 스스럼없이 말했다.

"페오도르 알렉산드로비치가 얼마를 얘기했는지 지금 정확히 기억할 수 없군요. 프랑이나 크로넨(옛날 오스트리아의 은화)으로 말했던 것 같은데."

"크라닌 대령은 대략 2천 파운드 정도라고 했어요." 제인이 말했다.

"맞아요. 이제 기억나는군요." 폴린이 얼굴이 밝아지며 말했다.

"그거면 충분하겠어요? 그랬으면 좋겠는데. 만족하지 못한다면 한 3천 파운드는 어때요?"

"글쎄, 큰 부담이 되지 않으신다면 3천 파운드를 주셨으면 좋겠군요."

"아주 실무적이군요, 좋아요." 황녀는 아주 자상하게 말했다.

"그렇게 됐으면 좋겠네요. 하지만 난 돈에 대해서는 전혀 모른답니다. 내가 필요하다고 생각만 하면 그만이죠."

제인에게는 그녀의 그런 말이 단순하면서도 아주 호감이 가는 것이었다.

"그리고 물론 당신이 좀 전에 말했듯이 위험이 뒤따른답니다."

폴린이 깊은 생각에 잠긴 채 말을 계속했다.

"당신이 위험을 느끼는 것만큼 사람들은 그렇게 생각해주지 않겠지만 말이에요. 내가 겁쟁이라서 내 역할을 대신해 달라고 부탁한다고는 생각지 말았으면 좋겠어요. 당신도 아시겠지만 내가 결혼을 해서 적어도 아들 둘을 낳는 것이 오스트로바를 위해서는 중요하기 때문이에요. 그런 뒤에는 나한테 무슨 일이 일어나도 상관없어요."

"알겠어요." 제인이 말했다.

"그럼 승낙하는 거예요?"

"예, 하겠어요." 제인이 확고하게 대답했다.

폴린은 아주 열정적으로 손뼉을 쳤다. 포포렌스키 공작부인이 곧 나타났다.

"안나, 내가 이 아가씨에게 모든 것을 설명해줬어요."

황녀가 말했다.

"우리 부탁을 들어주겠대요. 그리고 3천 파운드를 원하는군요. 페오도르에게 말해서 그렇게 하라고 하세요. 이 아가씨는 나와 정말로 닮았어요, 그렇죠? 나보다는 좀더 잘생긴 것 같지만 말이에요."

그녀는 발소리를 내며 방을 나간 뒤에 스트렙티치 백작과 함께 들어왔다.

"페오도르 알렉산드로비치, 모두 결정했어요." 황녀가 말했다.

그는 고개를 끄덕였다.

"이 아가씨가 대역을 잘해낼 수 있을지 걱정이 되는군요."

그가 제인을 의심스러운 듯 바라보며 말했다.

"제가 보여드리죠." 제인이 갑자기 말을 꺼냈다.

"허락해주시겠죠?" 그녀는 황녀에게 말했다.

황녀는 밝게 고개를 끄덕였다.

제인은 자리에서 일어섰다.

"이거 정말 놀라운데요, 안나. 이렇게 성공할 수 있으리라고는 정말 상상도 못했어요. 이리 와서 우리 한번 나란히 서 봐요."

폴린은 거울 앞으로 가면서 제인을 불렀다.

"보이세요? 완전한 쌍둥이예요!"

말과 태도, 눈동자가 그대로 폴린을 빼어 닮은 것이었다.

공작부인은 고개를 끄덕이며 찬사를 터뜨렸다.

"정말 훌륭하군요! 그 아가씨라면 모든 사람들을 속일 수 있을 거예요"

"아가씬 정말 대단해요. 난 내 목숨을 구하기 위한 일이라 할지라도 다른 사람의 흉내는 낼 수가 없을 거예요."

폴린이 감탄하며 말했다.

제인은 그녀를 믿었다. 폴린이 자기와 무척 닮은 젊은 여성이란 사실이 그녀의 머릿속에 깊은 인상을 남겼다.

"안나가 자세한 계획을 당신에게 설명해줄 거예요." 황녀가 말했다.

"안나, 이 아가씨를 내 침실로 데리고 가서 내 옷을 입혀 보세요."

그녀가 우아하게 인사를 하고서 제인은 포포렌스키 공작부인을 따라갔다.

"이것이 황녀께서 바자회 오픈식 때 입을 옷이에요."

그 노부인은 흰색과 검은색으로 된 귀여운 옷을 집어들며 말했다.

"오픈식은 사흘 뒤에 있어요. 그날 그분 대역을 하게 되는지도 모르겠어요. 아직 정보를 받진 못했지만."

안나의 말대로 제인은 자신의 낡은 옷을 벗고서 그 옷을 걸쳤다. 그 옷은 그녀에게 꼭 맞았다. 안나도 감탄하며 고개를 끄덕이는 것이었다.

"정말 잘 맞는데. 그러나 아가씨에겐 약간 긴 것 같군요. 아가씨가 그분보다 1인치 정도 작아서 그래요."

"그 문제는 쉽게 해결할 수 있어요." 제인이 얼른 말했다.

"황녀께서는 낮은 굽의 구두를 신고 있더군요. 아까 보니까 제가 같은 구두에다가 굽만 좀 높여 신으면 아주 꼭 들어맞게 될 거예요."

안나 미카엘로브나는 황녀가 그 옷과 함께 주로 신는 구두를 보여주었다. 도마뱀 가죽에다가 사선이 그어져 있는 구두였다. 제인은 그것을 기억해두었다가 모양은 똑같고 굽만 높은 것으로 맞추리라 마음먹었다.

"아가씨는 그분의 옷과는 아주 다른 색깔과 무늬의 옷을 입고 있는 것이 좋겠어요. 그러고 있다가 필요해지면 어느 순간에 옷을 바꿔 입는 거예요. 아무도 눈치 못 채게 해야 해요"

제인은 잠시 생각했다.

"불길 같은 붉은 바로케인(비단같이 무거운 그레이프 천)이 어떨까요? 그리고 도수 없는 코안경을 쓰는 것도 괜찮겠어요. 그렇게 하면 얼굴 모습이 무척 다르게 보일 거예요"

이 두 가지 모두 받아들이기로 하고 그들은 좀더 세부적인 사항을 검토하기 시작했다.

제인은 1백 파운드짜리 수표를 지갑에 집어넣고서 호텔을 떠났다. 그리고 필요한 물건들을 사고서 블리치 호텔에다 뉴욕에서 온 몬트레조 양 이름으로 방을 하나 얻어놓으라는 지시를 받았다.

이틀 뒤 아침에 스트렙티치 백작이 그녀를 찾아왔다.

"정말 몰라보게 달라졌군." 그는 고개를 끄덕이며 말했다.

제인은 답례로 황녀와 같은 인사를 했다. 그녀는 새 옷과 호화로운 생활을 즐기는 중이었다.

"여기 있는 것들은 모두 훌륭해요." 그녀가 한숨을 쉬며 덧붙였다.

"그러나 저한테 약속한 돈을 벌려면 일을 시작해야 한다는 것을 알리려고 찾아오신 것 같네요."

"맞소. 우리는 방금 정보를 받았소. 아마 황녀께서 바자회에 갔다가 호텔로 돌아오는 길에 납치할 계획이 세워진 모양이오. 바자회는 당신도 알다시피 오리온 하우스에서 열릴 예정인데, 그곳은 런던에서 10마일쯤 떨어져 있소. 그 바자회를 주관하는 안체스터 백작부인이 황녀를 잘 알기 때문에 황녀께서 직접 가지 않을 수 없어요. 그러나 그다음은 내가 꾸민 계획대로 진행될 거요."

그가 그 계획에 대해서 설명해주자 그녀는 주의깊게 들었다. 그녀는 두세 가지 질문을 한 끝에 마침내 자신의 역할에 대해 완전히 알겠다고 대답했다.

그 다음 날은 맑고 화창했다. 런던 사교 시즌에 벌어지는 큰 축제 중 하나인 오리온 하우스의 바자회 같은 큰 행사를 열기에는 아주 좋은 날씨였다. 그 바자회는 이 나라에 거주하는 오스트로바의 피난민들을 돕기 위해 안체스터 백작부인이 주관하는 것이었다. 변덕스러운 영국 날씨를 감안해서 바자회는 오리온 하우스의 넓은 방 안에서 열렸다.

그 집은 5백 년 동안 안체스터 백작의 소유로 내려오는 저택이었다. 여러 가지 물건들이 전시되었고, 자신의 목걸이에서 진주 하나를 빼내어 기부한 수백 명의 여성들에게 줄 기발한 아이디어의 선물들이 준비되어 있었다. 기부된 진주들은 그 다음 날 경매에 부쳐 팔 예정이었다. 마당에서는 여러 가지의 사이드 쇼와 흥미로운 구경거리들이 마련되어 있었다.

제인은 몬트레조 양이라는 이름으로 그곳에 일찍 도착해 있었다. 그녀는 불길같이 붉은 색깔의 비단 옷을 입고 있었으며, 빨간색 클로치 모자(종을 매단 모양의 모자)를 썼다. 발에는 굽이 높은 도마뱀 가죽 구두를 신고 있었다.

폴린 황녀의 도착은 그날의 가장 큰 행사였다. 그녀는 플랫폼에서부터 경호를 받으며 왔으며, 어린 소녀에게서 장미꽃다발을 증정받았다. 그녀는 간단하면서도 매력적인 연설을 한 뒤에 바자회가 시작됨을 알렸다. 스트렙티치 백작과 포포렌스키 공작부인도 그녀와 함께 참석했다.

황녀는 제인이 그전에 보았던 흰 바탕에 대담한 검은색 무늬가 있는 옷을 입었는데, 가장자리에 백로의 깃이 많이 달린 작은 검은색 클로치 모자를 쓰고 있었고 촘촘한 레이스 베일이 반쯤 내려와 얼굴을 가리고 있었다. 제인은 그녀에게 웃음을 보냈다.

황녀는 바자회 전체를 돌면서 모든 매장에 들러 몇 가지 물건을 샀으며, 시종일관 우아한 모습을 잃지 않았다. 그런 뒤 그녀는 떠날 준비를 했다.

제인은 재빨리 자기 임무를 수행하기 시작했다. 그녀는 포포렌스키 공작부인에게 황녀와 잠깐 인터뷰했으면 좋겠다고 하며 시간을 내달라고 했다.

"아, 좋아요." 폴린이 또박또박한 발음으로 대답했다.

"몬트레조 양, 이름이 기억나는군요. 미국기자라죠? 그녀는 우리의 입장을 변호하기 위해 많은 일을 했지요. 신문에 낼 간단한 인터뷰라면 기쁘게 받아들이겠어요. 우리가 방해받지 않을 수 있는 조용한 장소가 혹시 있을까?"

황녀의 명령에 의해 즉시 작은 대기실에 인터뷰실이 마련되었고, 스트렙티치 백작은 몬트레조 양을 그리로 데리고 갔다. 그리고 나서 그는 곧 물러났다.

포포렌스키 공작부인이 그 방에 남았고, 두 사람은 재빨리 옷을 바꿔 입었다. 3분 뒤 문이 열리고 황녀가 나타났다.

그녀의 장미꽃다발이 얼굴을 반쯤 가리고 있었다. 안체스터 백작부인에게 우아하게 인사하며 잘 있으라는 몇 마디 인사말을 불어로 한 뒤에 황녀는 바자회장을 나와 대기하고 있는 차에 올라탔다.

포포렌스키 공작부인이 그녀 옆에 자리를 잡자 차는 곧 떠났다.

"이제 일이 이렇게 됐군요. 그 몬트레조 양은 무얼 타고 갈지 걱정인데요."

제인이 말했다.

"아무도 그분을 눈여겨보지는 않을 거예요. 그러니 조용히 빠져나갈 수 있지요."

"그렇겠군요. 전 멋지게 해냈어요, 그렇죠?" 제인이 말했다.

"아가씨는 맡은 역할을 아주 훌륭히 해냈어요."

"왜 백작님이 우리와 함께 타지 않았죠?"

"그분은 거기에 남아 있어야 해요. 누군가가 황녀를 안전하게 지켜 드려야 하니까."

"제발 아무도 폭탄을 던지지 않았으면 좋겠는데."

제인이 걱정스러운 듯이 말했다.

"아니, 그런데 우리는 주도로를 벗어나고 있잖아요. 왜 그러죠?"

차는 속력을 더하여 계속 샛길로 달려가고 있었다.

제인은 벌떡 일어나 운전사에게 항의하듯이 머리를 창밖으로 내밀었다. 그러나 그는 그녀를 흘끗 쳐다만 볼 뿐 속력을 더욱 높이는 것이었다. 제인은 다시 자리로 돌아와 깊숙이 의자에 몸을 기댔다.

"당신네들 정보원들이 정확했어요." 그녀는 소리 내어 웃으며 말했다.

"어쨌든 우리는 할 일을 하고 있는 거예요. 제가 오래 견디면 견딜수록 황녀께서는 더 안전하실 것 아니겠어요? 어떤 일을 치르더라도 우리는 그분이 안전하게 런던으로 돌아갈 시간을 끌어야 해요."

다가올 위험을 생각하니 제인은 긴장이 되었다. 그녀는 폭탄이 던지는 위험에 대해서는 사실 관심이 없었다. 그러나 이런 형태의 모험은 그녀의 본성적인 스포츠 기질에 잘 맞았다.

갑자기 끽하는 브레이크 소리와 함께 차 길이만큼 가서 멈춰 섰다. 한 남자가 뛰어내렸다. 그의 손에는 권총이 들려 있었다.

"손들어." 그가 협박했다.

포포렌스키 공작부인은 빨리 손을 들었다. 그러나 제인은 경멸하는 눈초리로 그를 바라보기만 할 뿐 계속 손을 무릎 위에 얹어놓고 있었다.

"이러한 폭력 행위를 하는 의미가 뭔지 좀 물어보세요."

그녀가 동료에게 불어로 말했다.

그러나 그녀가 한마디 대답도 하기 전에 그 남자가 끼어들었다. 그는 어떤 외국어로 거친 말을 내뱉기 시작했다. 단 한마디도 알아들을 수가 없었다. 제인은 단지 어깨를 으쓱했을 뿐 아무 말도 하지 않았다. 운전사도 자리에서 일어나서 아까 그 남자와 합세했다.

"고귀한 아가씨, 좀 내려주시겠소?" 그는 이빨을 드러내며 말했다.

꽃을 얼굴로 치켜들며 제인은 차에서 내렸다. 포포렌스키 공작부인도 따라 내렸다.

"고귀한 아가씨, 이쪽으로 오실까?"

제인은 그 남자의 조롱하는 듯한 무례한 태도를 무시하고 자신의 의향대로 나지막하고 산만하게 지어진 집을 향해서 걸어갔다. 그 집은 차가 선 곳에서 한 100야드 떨어진 곳에 있었다. 그 집의 현관은 막다른 골목 끝에 있었다.

그들은 분명히 사람이 살고 있지 않은 것 같은 그 집 안으로 끌려갔다. 남자는 계속 손에 권총을 들고 두 여자 바로 뒤를 따라왔다. 그들이 계단을 올라갈 때 그 남자가 갑자기 그들을 밀어젖히고 뛰어 올라가 왼쪽에 있는 문을 열어젖혔다. 방은 비어 있었고, 방 안에는 테이블 한 개와 의자 두 개가 놓여 있었다.

제인은 방으로 들어가 자리에 앉았다. 안나 미카엘로브나도 그녀를 뒤따랐다. 남자는 문을 꽝 닫고 열쇠로 잠갔다.

제인은 창가로 걸어가 밖을 내다보았다.

"여기서 뛰어내릴 수도 있어요." 그녀가 말했다.

"하지만 그런 위험한 짓은 안 되겠죠. 여기에 계속 있으면서 좋은 방법을 생각해봐야겠어요. 먹을 것 좀 갖다 주었으면 좋겠는데."

30분 뒤에 그 소원에 답변이 왔다. 따뜻한 수프가 들어 있는 큰 그릇이 들어와서 그녀 앞의 테이블에 놓였다. 그리고 마른 빵 두 조각도 곁들여졌다.

"분명히 귀족들을 위한 훌륭한 식사는 아니군요."

제인은 문이 닫히고 열쇠가 다시 잠기는 소리를 듣고서 웃으며 말했다.

"드시지 않겠어요? 저 먼저 먹을까요?"

포포렌스키 공작부인은 두려움으로 아무것도 먹을 생각을 못하는 것 같았다.

"어떻게 먹을 수 있겠어요. 황녀께서 어떤 위험에 처해 있는지도 모르는데."

"그분은 무사해요." 제인이 말했다.

"걱정해야 할 것은 바로 저예요. 이 남자들이 황녀가 아닌 사람을 납치해왔다는 것을 알면 펄펄 뛸 텐데. 그들이 화낼 건 뻔해요. 전 할 수 있는 한은 계속 도도한 황녀 역할을 할 거예요. 그러다가 기회가 생기면 도망가는 거예요."

포포렌스키 공작부인은 아무 대답도 하지 않았다. 제인은 배가 고팠으므로 수프를 하나도 남기지 않고 먹었다. 맛이 묘하긴 했으나 따뜻하고 그런대로 풍미가 있었다.

잠시 뒤 그녀는 졸음이 왔다. 포포렌스키 공작부인은 소리 없이 우는 것 같았다. 제인은 자신의 불편한 의자를 최대한으로 정리하고서 머리를 기댔다. 그녀는 잠에 빠져들어 갔다.

제인은 깜짝 놀라 깼다. 매우 오래 잔 것 같았다. 머리가 무겁고 아팠다.

그녀는 금방 뭔가 매우 크게 달라진 것을 알 수 있었다. 자기가 불길 같은 그 비단 옷을 입고 있었던 것이다. 그녀는 앉아서 주위를 둘러보았다. 아직도 그 빈집의 방에 있는 것은 분명했다. 모든 것이 그녀가 잠들기 전에 있었던 그대로였다. 두 가지 점을 제외하고는 말이다. 첫 번째는 포포렌스키 공작부인이 없었다. 두 번째는 입은 옷이 바뀐 것이다.

"내가 꿈을 꾸는 것은 아닐 텐데." 제인은 중얼거렸다.

"꿈을 꿨다면 여기에 있지도 않을 테니까 말이야."

그녀는 창을 내다보았다. 그러고는 두 번째로 중요한 사실을 알아냈다. 그녀가 잠들기 시작할 땐 창을 통해 햇빛이 들어오고 있었다. 그런데 지금은 따가운 햇볕을 온통 덮어쓰고 있는 것이었다.

'이 집은 서쪽을 향하고 있군.' 그녀는 생각했다.

'내가 잠들 때는 오후였고, 지금은 그 다음 날 아침이 틀림없어. 그러니까 수프에 수면제가 들어 있었어. 그래서……, 오, 아무것도 모르겠어. 미칠 것만 같아.'

그녀는 일어나서 문으로 갔다. 문은 열려 있었다. 그녀는 집 안을 뒤져 보았다. 집은 조용하고 비어 있었다. 제인은 지끈거리는 머리에 손을 대고 어떻게든 생각해보려고 애썼다.

그때 문 앞에 떨어져 있는 찢어진 신문조각이 눈에 들어왔다. 커다란 제목이 눈에 띄었다.

미국 처녀 영국에서 강도.

그녀는 읽어 내려갔다.

"붉은 옷을 입은 처녀가 오리온 하우스의 바자회에서 세상을 놀라게 하는 강도질하다."

제인은 밝은 쪽으로 비틀거리며 나아갔다. 계단에 앉아 그녀는 계속 읽어 내려갔다. 그녀의 눈은 점점 더 커졌다. 사실은 간단명료했다.

폴린 황녀가 떠나자마자 붉은 옷을 입은 여자와 세 남자가 권총을 들고 들어와서 사람들을 위협했다. 그들은 백 개도 넘는 진주를 손에 넣고서 경주용 차를 타고 달아났다. 지금까지 그들을 잡지 못하고 있다. 그 기사를 보면(이 신문은 어제 저녁신문이었다). '붉은 옷을 입은 여자범죄단'은 뉴욕에서 온 몬트레조 양이라는 이름으로 블리츠 호텔에 머물렀다고 한다.

"함정에 빠진 거야." 제인이 말했다.

"완전히 속았어. 이런 것에는 항상 함정이 있다는 것을 눈치 챘어야 했는데 말이야."

이런 생각을 하고 있을 때 이상한 소리가 꽝하고 났기 때문에 제인은 깜짝 놀랐다. 어떤 남자의 목소리가 한마디씩 또박또박 들렸다.

"빌어먹을." 하고 그 남자는 말했다.

"빌어먹을." 그리고 또 같은 소리.

"빌어먹을!"

제인은 그 소리에 몸이 떨렸다. 그 말은 자기가 표현하고 싶은 감정을 그대로 대신하는 것이었다. 그녀는 계단을 뛰어 내려갔다.

계단의 한 귀퉁이에 어떤 젊은 남자가 쓰러져 있었다. 그는 땅에서 머리를 들려고 애쓰는 중이었다. 그 얼굴은 제인이 지금까지 본 중에서 가장 잘생긴 얼굴이었다. 제인은 깜짝 놀랐다.

"아이고, 머리야." 젊은이가 외쳤다.

"제기랄."

그는 머리를 들고서 제인을 바라보았다.

"내가 꿈을 꾸고 있는 게 틀림없군." 그는 나지막이 말했다.

"바로 내가 할 말인데요. 하지만 분명 꿈은 아니에요. 대체 머리를 어떻게 다친 거예요?" 제인이 물었다.

"어떤 놈이 내 머리를 내리쳤소. 다행히 내 머리가 단단했기에 망정이지."

그는 정신을 가다듬고 일어서려고 애썼다.

"내 머리가 곧 제대로 돌아갈 거요. 분명히 내가 쓰러졌던 바로 그 장소인 것 같은데."

"당신은 어떻게 여기 오게 됐나요?" 제인이 의아한 듯이 물었다.

"말하자면 길어요. 어쨌든 당신은 황녀가 아니지요?"

"예, 나는 평범한 제인 클리블랜드라는 사람이에요."

"아니, 당신은 평범하다고는 할 수 없어요."

젊은이가 솔직히 감탄하는 눈빛으로 그녀를 바라보았다.

제인의 얼굴이 붉어졌다.

"당신에게 물이나 뭐 마실 것을 좀 갖다 줄까요?"

제인이 머뭇거리며 물었다.

"고맙습니다." 젊은이가 말했다.

"될 수 있으면 위스키를 한잔 마시고 싶군요. 찾을 수만 있다면 말이오."

제인은 위스키를 찾지 못했다. 젊은이는 물을 단숨에 마시고서 좀 나아졌다고 말했다.

"내가 먼저 겪은 일을 말할까요, 아니면 당신이 먼저 하겠소?"

"당신이 먼저 하세요."

"내 얘기는 그리 길지 않아요. 나는 우연히 황녀가 굽이 낮은 구두를 신고 그 방으로 들어가더니 나올 때는 높은 굽의 구두를 신고 있는 것을 보았죠. 그 점이 내게는 의심스러웠고 호기심이 생기더군요. 난 의심스러운 건 좋아하지 않지요. 그래서 오토바이를 타고 그 차를 뒤따랐습니다.

당신이 이 집으로 들어가는 것이 보이더군요. 한 10분쯤 지났을까, 커다란 경주용 차가 이 집 앞에 멈추더니 붉은 옷을 입은 아가씨와 세 남자가 내리더군요. 그녀는 굽이 낮은 구두를 신고 있었어요. 그들은 집 안으로 들어가더니, 잠시 뒤에 낮은 굽의 아가씨가 흰 바탕에 검은색 무늬가 있는 옷을 입고 나오더군요. 키가 크고 금빛 턱수염을 기른 사람과 함께 처음 여기 온 차를 타고 떠났어요. 다른 사람들은 그 경주용 차를 타고 가더군요. 난 그들 모두가 가버린 것으로 생각하고 당신을 구하려고 창을 타고 들어가려는데 바로 그 순간 누군가가 뒤에서 내 머리를 내리친 겁니다. 그게 다예요. 이젠 당신 차례요."

제인은 자기가 지금까지 겪은 일을 얘기해주었다.

"당신이 그 차를 따라오신 게 내게는 천만다행이군요. 그렇지 않았다면 나는 빠져나올 수 없는 함정에 처했을 거예요. 황녀는 완벽한 알리바이를 가지고 있으니 말이에요. 그녀는 강도가 덮치기 전에 바자회장을 떠나서는 자기 차로 런던에 도착했을 테니까요. 어느 누가 내가 겪은 이 꿈 같은 이야기를 믿겠어요?"

"맹세코 나는 믿습니다." 젊은이가 힘주어 말했다.

그들은 서로의 이야기에 너무 몰두해 있었기 때문에 전혀 주위에 신경을 쓰지 않았다. 그들은 고개를 들고는 벽에 기대어 서 있는 슬픈 얼굴을 한 키큰 사나이를 발견하고는 깜짝 놀랐다.

그 남자는 그들을 보고 고개를 끄덕였다.

"매우 재미있군요." 그가 말했다.

"당신은 누구세요?" 제인이 물었다.

슬픈 얼굴의 사나이는 눈을 깜박였다.

"파렐 수사과 경감이오." 그는 부드럽게 말했다.

"나는 당신과 이 젊은 아가씨의 이야기를 아주 흥미있게 들었소. 아가씨의 이야기를 전부 믿기에는 좀 어려움이 있지만 한두 가지 점만은 분명한 것이 사실이오."

"예를 들면?"

"글쎄, 말하자면 오늘 아침 진짜 황녀가 파리에서 운전사와 함께 사라졌다는 소식을 들었소."

제인은 가슴이 마구 뛰었다.

"그런 다음, 미국 여성 강도단이 우리나라로 왔다는 정보를 받았소. 우리는 어떤 일이 일어날 것이라는 예상을 했었지. 그들은 곧 잡게 될 거요. 그 점은 약속할 수 있어요. 미안하지만 나를 좀 잡아주시겠소?"

그는 돌층계를 뛰어올라 집 안으로 들어왔다.

"잘됐네요!" 제인이 말했다. 그녀의 말에는 힘이 들어가 있었다.

"구두 굽의 차이를 알아차리시다니 참 현명하군요."

제인이 젊은이를 보고 말했다.

"조금도 그렇지 않아요." 젊은이가 말했다.

"나는 구두 가게 집안에서 자랐어요. 우리 아버지는 구두를 만드는 데는 최고랍니다. 그분은 나한테도 그 기술을 익히라고 하셨죠. 그러고는 결혼해서 그 가게를 이어받기를 바라셨어요. 모두 그렇고 그런 거죠. 그러나 나는 예술가가 되고 싶었답니다." 그가 한숨을 쉬었다.

"그거 안됐군요." 제인이 다정하게 말했다.

"6년간이나 노력했어요. 그러나 어떠한 재능도 찾아낼 수 없더군요. 나는 썩은 화가예요. 나는 모든 것을 집어 던져버리고 아버지 말씀대로 집으로 돌아가기로 마음먹었어요. 아버지 곁에는 좋은 일자리가 항상 나를 기다리고 있기 때문이지요."

"일자리를 갖는 것은 굉장한 일이죠." 제인이 부러워하며 말했다.

"나도 그곳에서 구두 만드는 일자리를 얻을 수 있을까요?"

"그 일보다 더 좋은 것을 당신에게 줄 수 있어요. 당신이 받아들이기만 한다면."

"그래요? 어떤 일인데요?"

"지금은 말하지 않겠소. 나중에 말할게요. 내 말 좀 들어봐요. 어제까지는 내가 결혼하고 싶은 여자를 보지 못했죠."

"어제?"

"바자회에 가기 전까지만 해도 말이오. 그런데 거기서 그녀를 본 겁니다. 이 세상에 단 하나뿐인 바로 그녀를 말이에요."

그는 꿈꾸는 듯한 얼굴로 제인을 바라보았다.

"이 꽃 좀 봐요. 참제비꼬깔이 참 예쁘죠?"

제인은 볼이 빨개지며 당황해서 말했다.

"그 꽃은 참제비꼬깔이 아니라 루핀이오."

"아무래도 상관없잖아요?" 제인이 말했다.

"그건 그렇지."

그가 말했다. 그러고는 좀더 가까이 그녀에게 다가갔다.

"아, 정말 너무너무 멋져요!"

도로시 프랫 양은 벌써 네 번째 이 말을 되풀이하고 있었다.

"그 늙은 고양이가 지금 나를 보면 얼마나 좋을까. 그 여자는 나를 '제인, 제인' 하고 부른다니까요."

'늙은 고양이'란 바로 프랫 양의 존경해 마지않는 고용주인 매켄지 존스 부인을 고소하게 꼬집는 별명이다. 그녀는 객실담당 하녀들에게는 세례명이 어울린다는 생각을 굳게 가지고 있어서 제인의 이름인 도로시를 부르지 않았다.

프랫 양의 친구는 아무 대답도 하지 않았다—그것이 사실 가장 현명한 행동일 것이다. 누구든지 중고 소형자동차인 어스틴을 자그마치 20파운드를 주고 산 지 얼마 되지 않고, 또한 사고 나서 두 번째로 그 차를 밖으로 끌고 나왔다면 순간순간 일어나는 온갖 위험한 일에 대비해서 두 손과 두 발을 어떻게 쓸 것인가에 온 정신을 집중해야 할 것이다.

"어—휴."

에드워드 팰그로브는 프로 경주용 차 선수라도 이를 꽉 물 정도로 끔찍한 소리를 내면서 위기를 모면했다.

"당신은 여자가 하는 말은 듣지도 않는군요."

도로시가 불만스럽게 말했다.

팰그로브가 승용차와 버스 운전사들의 빗발치는 욕설을 온통 뒤집어쓴 뒤였다.

"무례하고 경솔한 사람들 같으니라고." 프랫 양은 고개를 흔들며 말했다.

"저 사람들한테도 이 브레이크를 좀 써보라고 할 걸 그랬어."

그녀의 연인이 씁쓸하게 말했다.

"뭐가 잘못됐어요?"

"당신은 잠자코 다리를 거기다 올려놓고 있으면 돼. 아무 일도 아니야."

팰그로브가 말했다.

"테드, 당신은 20파운드짜리가 모든 것이 완벽하리라고 생각해서는 안 돼요. 그렇지만 우리는 지금 차 안에서 다른 사람들과 마찬가지로 일요일 오후에 도시를 벗어나고 있으니 그것으로 만족해야죠."

무엇인가가 갈리는 듯한 소리와 함께 와지끈하는 소리가 났다.

"아, 이젠 됐어. 한결 좋아졌는데."

테드는 성취감으로 얼굴이 환해지며 말했다.

"당신의 운전 솜씨는 참 멋져요." 도로시가 감탄스러운 듯 말했다.

여성의 찬사를 받고서 우쭐해진 팰그로브는 해머스미스 브로드웨이를 거칠게 횡단하다 결국엔 경찰에게 심한 욕을 얻어먹고 말았다.

"나는 정말 알 수가 없어요."

차분하게 해머스미스 브리지 쪽으로 가면서 도로시가 말했다.

"경찰이 어쩌자고 그러는지 모르겠어요. 아까와 같은 그런 언동보다도 좀더 정중해야 하지 않겠어요?"

"좌우간 난 이리로 가고 싶지가 않았어." 에드워드가 씁쓸름하게 말했다.

"나는 그레이트 웨스트로(路)로 내려가서 한바탕 실컷 마시고 싶었단 말이야."

"그러고는 함정에 걸리고요. 바로 얼마 전에도 그런 일이 있었잖아요. 벌금 5파운드하고 소송비용을 물고서." 도로시가 말했다.

"경찰은 그렇게 지저분하지는 않아." 에드워드가 너그럽게 말했다.

"그 친구들, 돈 있는 사람들도 마구 몰아붙이던데. 봐주질 않더라고. 나를 미치게 만드는 것은 바로 그런 돈 있는 작자들이야. 그 사람들은 자동차 판매점 안으로 들어가서 롤스로이스 두 대를 고개도 한 번 흔들지 않고 사들이거든. 말도 안 되는 얘기야. 나도 그들과 별 다를 게 없잖아."

"보석도 마찬가지예요." 도로시도 한숨을 쉬며 말했다.

"본드가(街)에 있는 보석상들 좀 보세요. 다이아몬드와 진주, 그리고 이름도 모를 것들이 얼마나 많은지 몰라요. 그런데 나한테는 싸구려 진주 목걸이가 하나밖에 없으니."

그녀는 그걸 생각하고서는 서글픈 표정이 되었다. 에드워드는 다시 한 번 정신을 집중시키고는 차를 몰아 실수없이 리치몬드를 빠져나갔다. 경찰과의 말다툼이 에드워드의 신경을 건드려 놓았었기 때문이다. 그는 이제 가장 한가한 도로를 택해서 앞에 있는 차를 그냥 따라가고 있었다.

그 길을 따라가다 보니 한가로운 시골길로 이어지고 있어서 기분이 한결 좋아졌다. 경험 많은 운전사들이 찾고 싶어 할 만한 그런 길이었다.

"방향을 바꾸기를 아주 잘했는데." 에드워드는 꽤나 뿌듯하게 말했다.

"정말 아름다운 곳이군요." 프랫 양이 말했다.

"아마 과일 파는 사람이 있을 거예요."

그녀의 말이 맞았다. 물건을 팔기에 적당한 한 귀퉁이에 버들가지로 엮어 만든 자그마한 판매 탁자 위에 조그만 과일 바구니들이 놓여 있었다. 그러고 는 그 옆에는 '과일을 많이 드세요'라고 쓰여 있었다.

"얼마나 살까?" 하고 물으며 에드워드는 핸드 브레이크를 잡고 원하는 곳에 다 조심스레 차를 세웠다.

"탐스러운 딸기가 있습니다." 상인이 말했다.

그는 곁눈질로 흘끔거리며 살피는, 별로 호감이 가지 않는 사람이었다.

"여자분들에게는 아주 좋답니다. 잘 익고 신선한 것만 골라 땄습니다. 버찌도 있어요. 진짜 영국산이죠. 버찌 한 바구니만 사시죠, 아가씨."

"정말 싱싱해 보이는군요." 도로시가 말했다.

"보기에만 싱싱한 게 아니라 맛도 기막힙니다."

장사꾼이 수선스럽게 말했다.

"아가씨, 이 바구니는 행운을 가져다준답니다."

그는 이제는 에드워드의 처분만을 기다렸다.

"선생님, 2실링입니다. 이만하면 무척 싸죠. 바구니 안에 무엇이 들어 있는 지 아신다면 제 말을 인정하실 겁니다.

"정말 맛있어 보여요." 도로시가 말했다.

에드워드는 한숨을 내쉬며 2실링을 내주었다. 그의 머리는 계산에 골몰해 있었다.

"앞으로 차도 마셔야 하고 기름도 넣어야 할 텐데…… 이런 일요일의 드라이브는 결코 싼 게 아니야. 이 세상에서 가장 귀찮은 것은 여자를 데리고 나가는 거야. 도대체 뭐든지 보는 것마다 사달라고 한단 말이야."

"고맙습니다." 불쾌하게 생긴 그 사람이 말했다.

"이 버찌 바구니 속에서 내신 돈보다 훨씬 더 귀한 것을 얻게 될 겁니다."

에드워드가 다리를 신경질적으로 내리뻗어 액셀러레이터를 밟자 소형 어스틴 차가 버찌 판매대 쪽으로 튀어나갔다. 거친 알자스인 기질이었다.

"미안해. 기어를 넣은 걸 잊었어." 에드워드가 말했다.

"제발 조심 좀 하세요. 하마터면 저 사람을 칠 뻔했잖아요."

도로시가 말했다. 에드워드는 아무 말도 하지 않았다. 또다시 반 마일 정도를 달려 그들은 강둑에서 아주 좋은 장소를 발견했다.

어스틴 자동차를 길옆에 세워두고 에드워드와 도로시는 강둑에 다정하게 앉아서 버찌를 먹었다. 일요일 신문이 그들의 다리쯤에 무심히 놓여 있었다.

"무슨 뉴스거리가 있나?"

에드워드가 드러누우며 모자로 햇빛을 가리면서 말했다.

도로시는 대충 제목만 훑어보았다.

"어느 안된 부인에 대한 이야기가 났군요. 좀 특이한 이야기예요. 지난주에는 28명이 익사했군요. 어느 조종사의 죽음에 대한 것. 기막힌 보석 강도사건도 있었고. 5만 파운드나 나가는 루비 목걸이가 없어졌대요. 오 테드, 5만 파운드래요. 상상해보세요!" 그녀는 계속해서 읽어 내려갔다.

"그 목걸이는 백금으로 세팅된 것으로, 스물한 개의 알맹이가 끼워져 있고 파리에서 등기우편으로 보내졌대요. 도착해서 보니까 그 소포 속에는 조약돌만 몇 개 들어 있고 보석은 없어졌대요."

"배달 도중에 강도를 당했군. 프랑스의 우편배달은 아주 끔찍해, 내가 알기로는." 에드워드가 말했다.

"그런 목걸이를 한번 보기만이라도 했으면 좋겠다." 도로시가 말했다.

"핏빛처럼 붉대요. 비둘기의 피처럼 말이에요. 사람들은 그 색깔을 그렇게 비유하죠. 그런 것을 목에 걸고 있으면 어떤 느낌이 들지 궁금하네."

"내가 보기에 당신은 결코 그런 건 느껴볼 수 없을 것 같은데."

에드워드가 심술궂게 말했다.

도로시는 머리를 쳐들었다.

"아니, 그건 몰라요. 난 한번 꼭 걸어보고 말겠어요. 여자가 세상에 진출하는 방법을 알고 보면 놀랍다고요. 난 무대에 서고 말 거예요."

"제멋대로 행동하는 여자들은 결코 아무 곳에도 이르지 못해."

에드워드가 씁쓰름하게 말했다.

도로시는 입을 열고서 한마디 하려다가 그만두고 이렇게 말했다.

"그 버찌 바구니 이리 좀 주세요. 난 당신보다 더 많이 먹었어요. 남은 것을 나눠야겠어. 어? 바구니 바닥에 있는 게 뭐지?"

그녀는 이렇게 말하면서 그것을 끄집어 올렸다. 핏빛 같은 붉은 빛깔의 구슬이 달린 반짝이는 긴 목걸이였다.

두 사람은 모두 깜짝 놀라서 그것을 바라보았다.

"바구니 안에 있었다고 했어?" 에드워드가 마침내 말을 꺼냈다.

도로시는 고개를 끄덕였다.

"오른쪽 밑바닥에요. 버찌 아래에 있었어요."

두 사람은 또다시 서로의 얼굴을 마주 보았다.

"어떻게 이게 여기 들어 있지?"

"정말 상상도 할 수 없는 일이네. 너무나 이상해요, 테드. 신문에서 루비에 대해 지금 막 읽었잖아요."

에드워드가 웃어댔다.

"당신이 5만 파운드를 손에 쥐고 있다고 상상하는 건 아니겠지, 그런 거야?"

"그러니까 나도 이상하다는 거예요. 백금으로 세팅된 루비라고 했는데. 백금은 은은하게 은빛 나는 물질 아녜요? 바로 이것처럼. 백금은 광채가 안 나요. 이 색깔, 너무너무 예쁘지 않아요? 이 보석들, 모두 몇 갠지 모르겠네."

그녀는 세기 시작했다.

"테드, 꼭 스물한 개예요."

"아닐 거야."

"맞아요. 신문에 난 바로 그 숫자예요. 오, 테드, 당신 설마……."

"그럴 수도 있지." 그는 자신 없는 듯이 말했다.

"확인해보는 방법이 몇 가지 있긴 있어. 유리에 대고 긁어 봐."

"그건 다이아몬드예요, 테드. 저, 그 과일 팔던 사람 말이에요, 매우 이상하게 생겼다는 생각 들지 않아요? 험상궂은 얼굴이었어요. 그 사람이 묘한 표정을 지으면서 말했잖아요. 이 과일 바구니에서 우리가 낸 돈보다 훨씬 더 많은 것을 얻을 거라고 말이에요."

"그러긴 했지. 그렇지만, 도로시, 무엇 때문에 그 사람이 5만 파운드나 되는 거금을 우리에게 주겠어."

프랫 양은 풀이 죽어 머리를 흔들었다.

"이 문제는 도저히 이해할 수가 없겠군요. 경찰이 그 사람을 쫓고 있었던 게 아니라면 그런 행동은 하지 않았을 거예요."

"경찰?" 에드워드가 하얗게 질리며 외쳤다.

"예, 신문에 그렇게 나와 있었잖아요. '경찰이 단서를 추적 중에 있다'고."

에드워드의 머리에 차가운 것이 스치고 지나갔다.

"나는 이런 일에 끼어드는 게 싫어. 도로시, 경찰이 우리를 뒤쫓고 있다고 생각해봐."

도로시는 입을 벌린 채 그를 쳐다봤다.

"그렇지만, 테드, 우린 아무 짓도 안 했잖아요. 우리는 단지 과일 바구니 속에서 이 목걸이를 발견했을 뿐이에요."

"하지만 그렇게 말한들 그 바보 같은 이야기를 누가 믿겠어? 그게 어디 있음직한 일이야?"

"하긴, 매우 드문 일이긴 하죠." 도로시가 인정했다.

"오, 테드, 당신 정말로 이게 바로 그 목걸이라고 생각해요? 이건 정말 동화에 나오는 이야기 같군요."

"나는 동화 이야기 같다고는 생각지 않아." 에드워드가 말했다.

"오히려 한 영웅이 14년 동안 억울하게 갇혀 있는 다트무어 교도소로 가게 되는 이야기처럼 들리는군."

그러나 도로시는 그 말을 듣고 있지 않았다. 그녀는 목걸이를 목에 걸고서 핸드백에서 거울을 꺼내어 자기 모습을 비춰보고 있었다.

"공작부인이 목에 건 것 같아." 그녀는 황홀경에 빠져 중얼거렸다.

"난 정말 믿을 수가 없어. 그 목걸이는 모조품이 틀림없어."

에드워드가 말했다.

"예, 그럴지도 모르죠. 그럴 가능성이 크죠."

도로시는 아직도 거울을 비춰보면서 만족스러워하며 말했다.

"많은 것들이 진품과 거의 비슷하게 나오고 있어."

"비둘기의 핏빛이야." 도로시가 중얼거렸다.

"그건 망상이야, 망상이라니까. 이봐, 도로시, 당신, 내 말 들려, 안 들려?"

도로시는 거울을 집어넣었다. 그녀는 한 손으로 자기 목에 걸린 루비를 만지작거리며 그에게로 몸을 돌렸다.

"어때요?" 그녀가 물었다.

에드워드는 그녀를 바라보았다. 화가 치밀던 것이 어느새 사라져 버렸다.

지금처럼 아름다운 도로시는 여태껏 본 적이 없었다. 그 목걸이는 그녀에게 정말 잘 어울렸다. 도로시의 모습은 그에게는 색다른 아름다움이었다.

도로시가 5만 파운드나 나가는 목걸이를 목에 걸고 있다는 그 사실이 도로시 프랫을 새로운 여성으로 탄생시킨 것이다. 그녀는 도도하고 평온하게 보였고, 클레오파트라 같기도 하고 세미라미스(앗시리아의 여왕)와 제노비아(솔로몬이 세운 시리아 사막에 있던 도시인 팔미라의 여왕) 같기도 했다.

"당신, 기절할 만큼 멋진데." 그가 어깨를 으쓱하며 말했다.

도로시는 웃었다. 그 웃음조차도 아까와는 완전히 달라 보였다.

"이봐. 우리, 어떻게 해야 되잖겠어? 경찰서에 갖다 주거나, 아니면 다른 조처라도 취해야 해."

에드워드가 말했다.

"쓸데없는 소리 마세요." 도로시가 말했다.

"좀 전에 당신 입으로 말했잖아요. 그 사람들이 우리 말을 믿지 않을 거라고 말이에요. 당신은 아마 이 목걸이를 훔친 죄로 감옥으로 가게 될 거예요."

"그러나 달리 취할 방도가 없잖아."

"이 목걸이를 우리가 갖는 거예요." 새로이 태어난 도로시 프랫이 말했다.

에드워드는 그녀를 바라보았다.

"이걸 갖겠다고? 당신 미쳤군."

"우리가 찾아낸 거예요. 그렇잖아요? 이것이 꼭 값비싼 거라고 생각할 이유가 어디 있어요? 우린 이 목걸이를 가져도 되는 거고, 난 걸고 다닐 거예요."

"그러면 경찰이 당신을 그냥 두지는 않을 거야."

도로시는 이 문제에 대해서 1~2분간 생각에 잠겼다.

"그렇다면 좋아요. 이걸 파는 거예요. 그러면 당신은 롤스로이스를 두 대라도 살 수 있어요. 그리고 나는 다이아몬드와 반지를 사겠어요."

에드워드는 아직도 계속 바라만 보고 있었다.

도로시가 재촉했다.

"당신은 이제 멋진 기회를 잡는 거예요. 그것을 잡는 것은 당신 손에 달렸어요. 우린 이것을 훔친 게 아니에요. 이게 우리 손에 들어왔으니 우리가 원하는 모든 것을 가질 기회가 될지도 몰라요. 당신은 그렇게 용기가 없으세요, 에드워드 팰그로브?"

에드워드는 정신을 차렸다.

"그걸 팔자는 거야? 파는 게 그렇게 쉽지는 않을 것 같은데. 보석상들은 그것이 어디서 났는지를 캐물을 텐데."

"이 목걸이를 보석상한테 갖다 주면 안 돼요. 테드, 당신은 탐정소설도 읽지 않았어요? 장물아비에게 갖다 주는 거예요."

"누가 장물아비인지 어떻게 알아? 나는 그러한 세계는 전혀 모르고 자라왔단 말이야."

"남자라면 당연히 모든 걸 다 알고 있어야죠. 그것이 바로 남자다운 거예요."

그는 그녀를 바라보았다. 그녀는 아주 침착했으며, 뜻을 굽힐 것 같지도 않았다.

"도대체 믿을 수가 없는데." 그가 심약하게 말했다.

"난 당신이 용기 있는 사람이길 바라요."

잠시 침묵이 흘렀다. 그런 다음 도로시는 자리에서 일어났다.

"이젠 집으로 돌아가는 것이 좋겠어요." 그녀가 가볍게 말했다.

"그 목걸이를 목에다 걸고 말이야?"

도로시는 목걸이를 풀러 감탄 어린 눈으로 바라보더니 핸드백에 집어넣었다.

"이봐, 도로시, 그 목걸이를 내게 맡겨." 에드워드가 말했다.

"싫어요"

"그렇게 하라니까. 나는 정직한 사람이야."

"그래요, 당신은 계속 정직하세요. 당신은 이 일과는 아무 상관도 말고요."

"내게 달라니까." 에드워드가 거칠게 말했다.

"당신 말대로 할게. 장물아비를 찾아보겠어. 당신 말대로 우리가 모든 것을 할 수 있는 좋은 기회가 될지도 몰라. 우린 정직하게 그것을 얻었어. 2실링을 주고 산 거야. 매일같이 고물상에서 자신이 찾는 것을 평생 뒤지는 사람들도 있지. 그들은 그런 일을 자랑스럽게 여기잖아."

"바로 그거예요!" 도로시가 말했다.

"오, 에드워드, 당신 정말 멋져요!"

그녀는 목걸이를 그에게 건네주었고, 그는 주머니 속에다 집어넣었다. 그는 악마가 자기 마음속에서 요동치며 일어나는 것을 느꼈다. 이런 기분으로 그는 어스틴 차에 시동을 걸었다. 그들은 너무 흥분해서 차 마시는 것도 잊어버렸다. 그들은 아무 말도 하지 않고 런던으로 차를 몰았다. 교차로에서 경찰이 그들에게 다가왔을 때 에드워드의 가슴은 쿵쿵거렸다. 그러나 그들은 실수 없이 무사히 집에 도착했다.

에드워드가 도로시에게 한 마지막 말은 모험적인 기질을 불러일으켰다.

"우리는 이 목걸이와 함께 살아나가는 거야. 5만 파운드란 말이야. 이건 그만한 가치가 있어."

그는 그날 밤 두꺼운 화살과 다트무어 교도소의 꿈을 꾸었다. 아침 일찍 일어났는데 몸이 개운치 않았다. 그는 장물아비를 찾아야 했다—하지만 대체 방법이 떠오르지 않았다.

사무실에서도 그는 일을 제대로 처리하지 못해서 점심 전에만도 두 번이나 심한 꾸지람을 들었다. 어떻게 '장물아비'를 찾을까? 그는 생각해보았다. 화이트채플 근처던가? 아니면 스테프니가 그런 사람들이 모여 있는 곳인가?

사무실로 돌아오자마자 그를 찾는 전화가 걸려왔다. 도로시의 목소리가 들렸다. 너무나 슬퍼서 당장에라도 울음을 터뜨릴 것만 같은 목소리였다.

"당신이세요? 테드? 지금 전화를 하고 있지만 존슨 부인이 언제 돌아올지 몰라요. 그러면 전화를 끊을게요. 테드, 당신 무슨 일 했어요? 안 했죠?"

에드워드는 안 했다고 대답했다.

"나 좀 봐요, 테드, 당신 어떤 일도 해서는 안 돼요. 난 어젯밤 내내 뜬눈으로 보냈어요. 너무너무 무서웠어요. 성경에 도둑질하지 말라고 한 것을 생각해봐요. 어젠 미쳤던 게 틀림없어요. 미쳤었어요. 테드, 정말 아무 일도 하지 않은 거죠?"

팰그로브는 안도의 한숨을 몰아쉬었을까? 아마 그랬을 것이다. 그러나 그는 그것을 인정하지는 않았다.

"내가 그걸 처리하겠다고 했으면 그렇게 하는 거야."

그는 강철 눈을 가진 건장한 슈퍼맨이나 함직한 그런 목소리로 대답했다.

"오, 테드, 제발 아무 일도 해선 안 돼요. 오 세상에, 존슨 부인이 오고 있어요. 테드, 존슨 부인은 오늘 저녁식사를 하러 밖으로 나갈 거예요. 그러면 빠져나가 당신을 만날 수 있어요. 나를 만날 때까지 어떤 일도 해선 안 돼요. 8시예요. 그 모퉁이 근처에서 기다리세요."

그녀의 음성이 갑자기 사무적으로 변했다.

"예, 부인, 전화를 잘못 거셨습니다. 여기는 블룸즈베리 6234입니다."

에드워드가 6시에 사무실을 나와 보니까 대문짝만 한 제목이 눈에 들어왔다.

보석 강도, 그다음의 경과

황급히 그는 1페니를 내밀었다. 지하철로 뚫고 들어가서 운 좋게 자리를 얻어 앉았다. 그는 신문을 정신없이 훑어 내려갔다. 그가 보고 싶은 곳을 아주 쉽게 찾았다. 그러고는 억눌렀던 휘파람이 자신도 모르게 튀어나왔다.

"휴, 그렇다면······."

그때 옆에 있던 또 다른 기사가 그의 시야에 들어왔다. 그는 그 기사를 읽고서 신문을 바닥에 떨어뜨리고 말았다.

정확히 8시에 그는 약속 장소에서 기다리고 있었다. 숨이 차서 달려온 도로시는 창백했으나 예뻐 보였다.

"테드, 아직 어떤 일도 하지 않았죠?"

"아무 일도 하지 않았어." 그는 주머니에서 루비 목걸이를 꺼냈다.

"이젠 이 목걸이를 해도 괜찮아."

"그렇지만, 테드"

"경찰이 그 루비를 찾았어. 그것을 훔쳐간 도둑도 자, 이 기사를 좀 읽어봐."

그는 신문 기사를 그녀의 코앞에 들이댔다. 도로시는 읽어 내려갔다.

기발한 광고 묘안

기발하고 새로운 광고 묘안이 그 유명한 울월즈(미국의 10센트 상점)에 도전하는 '전 영국 5페니 상품사'에 의해서 개발되었다. 어제 과일 바구니가 판매대에서 팔렸는데, 앞으로는 매주 일요일마다 시행될 것이다. 그 바구니는 50개당 하나에는 여러 빛깔의 구슬로 만들어진 모조 목걸이가 들어 있다. 그 목걸이들은 과일 바구니 가격에 비해서는 정말로 굉장한 것이다. 어제 그 뜻밖의 목걸이로 몇몇 사람들이 크게 놀라고 즐거워했다. 이 '과일을 많이 드세요.'라는 행사는 다음 일요일에는 큰 성황을 이루리라고 기대된다. 기발한 아이디어를 생각해내 성공한 5페니 상품사에 축하를 보내며, 그들이 벌이는 국산품 애용운동에 행운이 있기를 바란다.

"오!" 도로시가 말했다. 그러고는 잠시 뒤에, "세상에!"라고 말했다.

"그래, 나도 동감이야." 에드워드가 말했다.

"한 장 가지세요."

어떤 남자가 종이 한 장을 그의 손에 던지고 지나갔다.

'정숙한 여성의 가치는 루비보다 훨씬 값어치 있다(구약성서의 '지혜의 값은 루비보다 비싸다' 참조).'

"맞았어. 이거야. 이 문구가 당신에게 기운을 북돋아 주었으면 좋겠는데." 에드워드가 말했다.

"글쎄요, 나는 꼭 선량한 여성처럼 보이고 싶지는 않아요." 도로시가 의심스럽게 말했다.

"그렇게 보이지도 않아. 그래서 저 남자가 나에게 이 종이를 준 거야. 당신 목에 건 그 루비 때문에 어딘지 선량한 여성처럼 보이지 않는 거야."

도로시는 웃었다.

"당신은 정말 멋진 사람이에요. 테드."

그녀는 사랑스러운 눈빛으로 말했다.

"자, 이제 영화나 보러 가요."

이스트우드는 천정을 바라보았다. 그런 다음 바닥을 내려다보았다. 그의 시선은 마룻바닥에서부터 오른쪽 벽을 타고 천천히 올라갔다. 그리고 나서 갑작스레 정신을 차리며 자기 앞에 놓인 타이프라이터를 다시 한 번 뚫어져라 쳐다보았다. 하얀 종이 위에는 대문자로 제목만이 찍혀 있었다.

《두 번째 오이의 비밀》

마음에 드는 제목이었다. 앤터니 이스트우드는 누구라도 이 제목을 읽기만 하면 곧 매료되리라 생각했다.

"두 번째 오이의 비밀이라." 그들은 생각할 것이다.

"대체 무슨 내용일까? 오이? 두 번째 오이? 이걸 좀 읽어봐야겠구나."

그러고는 이 평범한 채소를 소재로 해서 탐정소설의 대가가 흥미롭게 엮은, 더할 나위 없게 쉽게 쓰인 이 소설에 스릴을 느끼고 매료될 것이다.

그것까지는 아주 좋았다. 앤터니 이스트우드는 어느 누구 못지않게 이야기가 어떻게 흘러야 한다는 것을 알고 있었다. 다만 망설여지는 것은 어딘지 잘 이어지지 않는 부분이 있었던 것이다. 소설에서 두 가지 중요한 것은 제목과 구성, 나머지는 단지 살을 붙이는 작업이다. 가끔은 제목이 그 구성을 이끌어 나가기도 한다. 그러면 모든 것은 평탄한 항해이다. 그러나 이번 경우는 제목이 종이의 윗부분을 장식하고만 있을 뿐, 그 구성이 시작될 기미조차도 보이지 않고 있었다. 또다시 앤터니 이스트우드는 천정과 마룻바닥과 벽지에서 영감을 얻으려고 했다. 그러나 아직도 뚜렷이 나타나는 것이 없었다.

"여주인공을 소녀로 해야겠군."

앤터니는 의미심장하게 말했다.

"소냐, 혹은 돌로레스도 괜찮겠어. 그녀는 상아처럼 맑은 피부를 가진, 그렇지만 병약한 색을 띤 것은 아니고, 눈은 깊은 연못 같다고 해야지. 남자 주인공은 조지나 존으로 정하고. 그는 키가 작달막한 전형적인 영국의 젊은이로 하는 게 좋겠어. 그런 다음 정원사, 여기에는 꼭 정원사가 등장해야 할 것 같은데. 여기저기에서 더러운 오이를 파내야 할 필요가 있을 테니까. 그는 스코틀랜드인으로 하는 게 좋겠어. 그리고 이른 서리에 대해서 지나칠 정도로 비관적인 사람으로 해야지."

이런 방법이 때로는 잘 작용을 했는데, 오늘 아침에는 잘 되어가는 것 같지 않았다. 비록 소냐와 조지, 그리고 우스꽝스러운 정원사가 앤터니의 머릿속에 아주 분명히 떠올랐다 할지라도, 그들이 활동적으로 무슨 사건을 전개할 것 같지는 않았다.

"하긴 바나나를 끌어들일 수도 있지." 앤터니는 절망적으로 중얼거렸다.

"아니면 양상추나 싹양배추도 괜찮고……, 싹양배추라. 그런 다음 어떻게 할까? 브뤼셀에 대한 암호, 도난당한 수취인 지불 수표, 기분 나쁜 벨기에인 남작."

잠깐 어떤 생각이 퍼뜩 떠오르는 것 같다가 이내 사라져버렸다. 벨기에인 남작이 잘 떠오르지 않았다. 그러다가 앤터니는 갑자기 이른 서리와 오이가 모순된다는 것을 깨달았다. 그것은 스코틀랜드인 정원사의 우스꽝스런 말에 들어가야 할 것 같다.

"오, 제기랄." 이스트우드가 외쳤다.

그는 일어나서 '데일리 메일'을 움켜잡았다. 진땀 흘리며 고민하는 소설작가에게는 한두 건의 살인 기사가 큰 영감을 줄 수도 있기 때문이다. 그러나 오늘따라 기삿거리는 주로 창의적인 것과 해외 화제였다.

이스트우드는 얼굴을 찌푸리며 신문을 던져버렸다. 잠시 뒤 그는 탁자 위에 놓인 소설책을 집어들었다. 그러고는 눈을 감고 아무 곳이나 펼쳤다. 이렇게 해서 운명적으로 눈에 띈 단어가 바로 '양(羊)'이었다. 갑자기 머리에 번쩍 불이 비치며 이스트우드의 머리에 전체 이야기가 풀려나가기 시작했다.

어떤 사랑스러운 아가씨, 애인이 전쟁에서 죽자 머리가 혼란스러워진 그녀는 스코틀랜드의 어느 산촌으로 가서 양을 키우게 된다. 그러는 중에 죽은 애인과의 불가사의한 재회, 눈 속에 처녀가 죽어 누워 있는 아카데미 수상의 영화와도 같이 양떼와 달빛을 배경으로 해서 두 줄의 발자국이 이어진다……

정말 아름다운 이야기다. 앤터니는 이 공상에서 깨어나며 한숨을 쉬고서 답답한 듯 머리를 흔들었다. 문제는 그의 편집자는 그런 종류의 이야기—즉, 아름다운 이야기를 원하고 있지 않다는 것을 그는 너무나도 잘 알고 있었다. 그가 원하는 내용, 아니 꼭 써달라고 부탁한 것은(또한 인정 많게도 원고료를 미리 내주기까지 했다), 수수께끼 같은 음산한 여성들이 등장해서 가슴에 칼이 찔리고, 또 한 젊은 주인공이 억울하게 의심을 받다가 갑작스럽게 그 미스터리가 풀리면서 전혀 예기치 않았던 사람이 범인으로 나타나 뜻밖의 결말로 끝나는 내용이다. 즉, '두 번째 오이의 비밀' 같은 것이다.

"그렇지만……." 앤터니는 다시 생각에 잠기며 중얼거렸다.

"십중팔구 그 사람은 제목을 바꿀 거야. 《가장 더러운 살인》과 같이 엉터리 같은 제목으로 나에겐 단 한마디 상의도 없이 바꿔버릴 게 틀림없어. 오, 저놈의 전화."

그는 성난 듯 전화기 앞으로 다가가서 수화기를 집어들었다. 한 시간 동안에 이미 두 번이나 그를 귀찮게 굴던 터였다. 한 번은 잘못 걸린 전화였고, 또 한 번은 그가 혐오하는 그룹의 사람들이 함께 저녁을 먹자는 것이었다. 그는 마음이 내키지 않았지만, 그렇다고 거절하기에는 너무 끈질겼다.

"여보세요." 그는 수화기에 대고 소리쳤다.

약간 외국적인 악센트가 있는 부드러운 여성의 목소리가 대답했다.

"당신이세요, 내 사랑?" 부드러운 목소리였다.

"저—어, 무슨 말씀이신지?" 이스트우드는 조심스럽게 말했다.

"누구신가요?"

"저예요, 카르멘. 전 지금 쫓기고 있어요(아슬아슬해요). 빨리 와주셔야겠어요. 생사가 달렸단 말이에요."

"죄송하지만 전화를 잘못……." 이스트우드는 예의 바르게 말했다.

그가 말을 채 끝맺기도 전에 그녀가 말을 가로막았다.

"Marde de Dios!(아, 큰일 났네!) 그 사람들이 오고 있어요. 제가 뭘 하는지를 보면 절 죽이려고 할 거예요. 제발 저를 구해 주세요. 지금 당장 오세요. 당신이 오지 않으면 전 죽을 거예요. 커크가(街) 320번지예요. 암호는 오이예요. 쉿!"

그는 상대방이 수화기를 살짝 '찰칵' 하고 내려놓는 소리를 들었다.

"제기랄. 이게 무슨 소리지."

이스트우드는 매우 놀라며 말했다. 그는 담배통 쪽으로 방을 가로질러 가서 생각에 잠긴 채 파이프에 담배를 채워 넣었다.

"내 생각엔……." 그는 골똘히 생각에 잠겼다.

"내 무의식이 기묘하게 작용한 것 같은데. 그녀가 오이라고 말할 리가 없지. 정말 이상한 일인데. 오이라고 했던가, 안 했던가."

그는 마음을 잡지 못하고 방을 왔다 갔다 했다.

"커크가 320번지라. 대체 거기에서 무슨 일이 벌어지고 있는지 궁금한데. 전화를 한 그 여자는 누군가가 와주기를 기다리고 있을 거야. 내가 가서 그녀가 찾는 사람은 내가 아니라고 설명해줘야겠군. 커크가 320번지라고 했겠다. 암호는 오이였고. 오, 이건 정말 불가능한 일이야. 있을 수도 없어. 복잡한 내 머리가 환각을 일으킨 거야."

그는 심술궂은 얼굴로 타이프라이터를 응시했다.

"네가 무슨 소용이 있니? 아침 내내 너를 바라보고 앉아 있었어. 행운의 여신이라도 와주었으면 좋겠는데. 작가는 생활에서 우러나오는 글을 써야 해. 자신의 생활에서 말이야. 내 말 듣고 있는 거야? 나는 지금 나가서 직접 겪어볼 거야."

그는 머리에 모자를 눌러쓰고는 자신이 정성 들여 모아들인 골동품 도자기들을 애정 어린 눈길로 둘러보고는 아파트를 나섰다.

커크가는 대부분의 런던 사람들이 알고 있듯이 길고 복잡한 상가 거리였는데, 주로 골동품 가게들이 많이 있었으며, 여러 종류의 모조품들이 비싼 가격으로 진열되어 있었다. 또한 청동제 골동품을 파는 가게와 유리로 된 골동품을 파는 가게, 고물상, 헌옷 가게들도 있었다. 320번지는 유리로 된 골동품들을 파는 가게였다. 모든 종류의 유리제품이 가득 차 있었다.

앤터니는 몸을 조심스럽게 움직여서 포도주잔을 파는 중간통로로 나아갔다. 샹들리에들이 그의 머리 위에서 흔들리며 반짝이고 있었다. 가게의 노파는 젊은 대학생들이 어쩌면 부러워할는지도 모르는 콧수염이 돋아나 있었으며 태도는 거칠었다. 그녀는 앤터니를 쳐다보고, "뭘 찾으시우?" 하고 탐탁지 않은 목소리로 물었다. 앤터니는 어딘지 쉽게 침착성을 잃는 젊은이였다. 그는 즉시 포도주잔들의 가격을 물었다.

"여섯 개 한 세트에 45실링입니다."

"오, 그렇습니까? 괜찮은 편이군요." 앤터니가 말했다.

"이것은 얼마나 합니까?"

"참 예쁘죠? 옛날 워터퍼드라오. 한 쌍에 18기니만 주고 가져가요."

이스트우드는 곤경에 처했음을 느꼈다. 앞으로 몇 분 안에 아무 거라도 사야 할 것만 같았다. 이 험상궂은 늙은 여인의 눈에 최면이 걸릴 것만 같았다. 그러나 아직은 이 상점을 떠날 수가 없다.

"저건 어떻게 하나요?" 샹들리에를 가리키며 물었다.

"35기니예요."

"아, 그건 내가 가진 돈보다 좀 비싸군요." 그가 유감스러운 듯이 말했다.

"대체 사고 싶은 게 뭐요? 결혼기념 선물 같은 걸 찾으시오?" 노파가 물었다.

"바로 그겁니다. 그런 걸 찾기가 무척 어렵군요." 앤터니는 그녀의 말을 받으며 말했다.

"아, 그렇다면 알겠어요." 노파는 뭔가가 생각난 듯이 일어섰다.

"유리로 된 골동품 세트는 누구에게나 환영받는다오. 이것이 옛날 유리병 세트고, 저기에 있는 건 고급품 유리병 세트인데, 저게 바로 신부들이 좋아하는 거죠."

그 뒤 10분간을 앤터니는 고통 속에서 망설였다. 이제 그는 그녀의 손아귀에서 빠져나갈 수가 없었다. 노파는 모든 유리제품을 그의 앞에 들이댔다. 그는 어쩔 도리가 없었다.

"아름답군요, 참 멋진데요."

그는 마지못해 형식적으로 감탄하며 그녀가 들이민 커다란 유리잔을 내려놓았다. 그런 다음 갑자기 급하게 물었다.

"저, 여기 전화 있습니까?"

"아니, 없는데요. 전화를 걸려면 맞은편 우체국이 있는 곳으로 가야 해요. 거기에 공중전화 박스가 있어요. 그런데 뭘로 정하셨수? 그 유리잔으로 하겠어요? 아니면 이 술잔으로 하겠어요?"

여자가 아니라서 앤터니는 상점에서 아무것도 사지 않은 채 거만한 태도로 나오는 것이 서툴렀다.

"저 병 세트를 사겠습니다."

그가 우울하게 말했다. 그것이 가장 작아 보였다. 그는 샹들리에 밑에 있는 것이 두려웠다. 그는 매우 씁쓸한 마음으로 산 것에 대한 돈을 지불했다. 그런 다음 그 노파가 꾸러미를 포장하고 있을 때 갑자기 용기가 치솟았다. 뭐 이 노파야 단지 손님이 좀 괴짜라고밖에 더 생각하겠어. 또 이 노파가 자신을 어떻게 생각하든 그게 무슨 문제냐는 생각이 들었다.

"오이." 그가 명확하고도 똑똑하게 말했다.

그 노파는 갑자기 포장하던 손을 멈췄다.

"예? 지금 뭐라고 했죠?"

"아무것도 아니에요." 앤터니가 서둘러 얼버무렸다.

"오, 오이라고 했죠?"

"그랬습니다." 앤터니는 대담하게 말했다.

"아니, 왜 진작 그렇게 말하지 않았어요? 괜히 시간만 낭비했군. 저 문으로 들어가면 2층으로 향하는 계단이 나와요. 그녀가 거기에서 당신을 기다리고 있어요."

노파가 말했다.

꿈을 꾸는 듯한 기분으로 앤터니는 노파가 가리킨 문을 지나 극도로 지저분한 계단을 올랐다. 계단 끝에 문 하나가 열려 있었는데, 아주 작은 거실로 통하고 있었다. 한 아가씨가 간절한 기다림을 담은 표정으로 의자에 앉아서 문을 뚫어져라 쳐다보고 있었다.

이런 아가씨가 이런 곳에 있다니! 그녀는 정말로 상앗빛의 창백한 얼굴을 하고 있었다. 앤터니가 수십 번이나 쓴 그런 얼굴이었다. 그리고 저 아가씨의 눈, 저 아가씨는 영국 여자가 아니야.

그는 한눈에 그것을 알아볼 수 있었다. 그녀는 이국적인 아름다움을 갖추고 있었는데, 그것은 그녀의 단순한 옷차림에서도 풍겨오고 있었다. 앤터니는 잠시 넋이 나간 듯 복도에 서 있었다. 설명을 좀 해줘야 할 것 같았다. 그러나 기쁨의 함성을 지르며 그 아가씨가 일어나서 그의 팔에 안겨들었다.

"오셨군요." 그녀는 울음을 터뜨렸다.

"당신이 오시다니, 오, 성인들과 성모님께 감사드립니다."

앤터니는 이 좋은 기회를 놓치지 않았다.

그는 그녀를 뜨겁게 껴안았다. 그녀는 마침내 손을 풀고 수줍음이 가득한 매력적인 얼굴로 그를 쳐다보았다.

"전 당신을 전혀 알지 못해요." 그녀가 말했다.

"정말, 조금도요."

"그래요?" 앤터니가 안됐다는 듯이 말했다.

"그런데 당신의 눈조차도 달라 보여요. 그리고 당신은 제가 생각했던 것보다 열 배는 더 근사해요."

"내가 그래요?"

앤터니는 자기 자신에게 타일렀다.

'이봐, 입을 좀 다물어. 조용히 하란 말이야. 상황이 아주 멋지게 진척되고 있잖아. 제발 정신을 좀 차리고 있어.'

"다시 한 번 키스해도 괜찮겠어요, 예?"

"물론이죠." 앤터니는 기쁘게 말했다.

"당신이 정말 원한다면……."

그들은 다시 한 번 뜨겁게 키스했다.

앤터니는 생각했다.

'대체 내가 어디에 와 있는지 통 모르겠군. 제발 하나님이 도우셔서 진짜

그 친구가 나타나지 않았으면 좋겠는데. 이 여자는 정말 더할 나위 없이 아름답구나.'

그녀는 갑자기 그에게서 물러나더니 얼굴에 두려움이 가득 찬 표정을 나타냈다.

"여기 올 때 누구 따라온 사람 없었나요?"

"맹세코 없었습니다."

"오, 하지만 그 사람들은 매우 민첩한 사람들이에요. 당신은 그들에 대해 제가 아는 것만큼 알지 못해요. 보리스는 악마처럼 잔인한 사람이에요."

"당신을 위해서라면 내가 곧 보리스를 처치해주겠소."

"당신은 사자예요. 그래요, 사자와 같은 분이세요. 그 사람들은 악당이에요. 모두 다 그래요. 전 알아냈어요. 그들이 저를 죽이고 말 거라는 사실을요. 전 무서워서……, 어떻게 해야 할지 알 수가 없었어요. 그때 당신이 생각난 거예요……. 쉿! 저게 무슨 소리죠?"

그건 아래층에 있는 가게에서 나는 소리였다.

그녀는 그에게 가만히 있으라는 시늉을 하고는 발끝으로 걸어 계단을 내려갔다. 그러더니 곧 얼굴이 창백해져 돌아왔다. 그녀의 눈은 빛나고 있었다.

"Marde de Dios!(아, 큰일 났네!) 경찰이에요. 그 사람들이 이리로 올라오고 있어요. 당신, 칼 가진 거 있으세요? 권총은요? 무엇을 가지고 있나요?"

"아가씨, 설마 내가 경찰을 살해하기를 바라는 건 아니겠죠?"

"오, 당신 미쳤군요. 미쳤어요. 그 사람들, 당신을 잡아가서 당신이 죽을 때까지 목을 매달아 놓을 거예요."

"그들이 어쩐다고요?"

이스트우드는 척추를 타고 불쾌한 감정이 오르내리는 것을 느끼며 말했다.

계단을 올라오는 발걸음 소리가 들렸다.

"이리로 오고 있어요." 그녀가 속삭였다.

"무조건 아무것도 모른다고 하세요. 그것밖엔 길이 없어요."

"그거야 굉장히 쉬운 일이지."

이스트우드는 낮은 목소리로 중얼거렸다.

바로 그때 두 사람이 방 안으로 들어왔다. 그들은 사복을 입고 있었으나, 오랜 직업 탓에 사무적인 태도가 몸에 배어 있었다.

깊은 회색빛 눈을 가진 작고 가무잡잡한 사람이 말했다.

"콘라드 플레크만, 당신을 안나 로젠버그 살인죄로 체포하겠소. 당신이 무슨 말을 하든지 그것은 당신에게 불리한 증거가 될 거요. 여기 영장이 있소. 순순히 따라오는 게 좋을 거요."

반쯤 죽을 것 같은 비명소리가 아가씨의 입에서 터져 나왔다.

앤터니는 여유 있는 미소를 지으며 한 걸음 앞으로 나갔다. 그러고는 쾌활한 어조로 말했다.

"이것 보시오, 무언가 잘못 아신 것 같군요. 내 이름은 앤터니 이스트우드요."

두 형사는 그의 말에 조금도 놀라는 것 같지 않았다.

"그것에 대해서는 나중에 알아보겠소."

둘 중 하나가 말했다. 그는 좀 전에 말한 사람이 아니었다.

"어쨌든 우리와 함께 가야겠소."

"콘라드……, 제발 가지 마세요." 아가씨는 울부짖었다.

앤터니는 형사들을 바라보았다.

"당신들이 허락해주리라 믿습니다만, 이 젊은 아가씨와 작별할 시간을 좀 주겠소?"

그가 생각했던 것보다는 점잖게 두 남자가 문쪽으로 돌아섰다.

앤터니는 아가씨를 창문 옆의 구석으로 데리고 가서 재빨리 속삭였다.

"내 말을 잘 들어요. 내가 말하는 것은 사실입니다. 나는 콘라드 플레크만이 아니에요. 당신이 오늘 아침에 한 전화는 잘못된 전화였어요. 내 이름은 앤터니 이스트우드요. 난 당신의 구조요청을 듣고서 온 것뿐이오. 왜냐하면……, 어쨌든 그래서 왔어요."

그녀는 조금도 믿을 수 없다는 듯이 그를 바라보았다.

"콘라드 플레크만이 아니라고요?"

"그래요."

"오!" 그녀는 깊은 걱정의 한숨을 몰아쉬며 외쳤다.

"그런데 전 당신에게 키스했잖아요!"

"그건 괜찮아요." 이스트우드는 그녀를 안심시켰다.

"초대 기독교인들은 그런 것들을 연습했다지 않습니까? 무척 재미있는 일이죠. 자, 이제 내 말을 잘 들어요. 나는 이 사람들과 함께 이곳을 떠날 겁니다. 그러고는 곧 내 신분을 밝힐 겁니다. 그러는 사이에 이 사람들이 당신에게 해를 끼치진 않을 테니까 당신은 그 귀한 콘라드에게 알릴 수 있을 거요. 그리고 나중에……."

"예?"

"아니오. 이것뿐입니다. 내 전화번호는 노스 웨스턴 1743입니다. 그 사람들에게 이 전화로 잘못 걸지 않도록 주의를 주세요."

그녀는 반은 눈물을 머금은 채, 반은 미소를 지은 채 그에게 매력적인 표정을 지어 보였다.

"난 절대 잊지 않겠소. 정말 절대 잊지 않을 거요."

"그러면 됐어요. 저, 잠깐만……."

"예?"

"초대 기독교도들에 대해서 말했었죠? 한 번 더 하는 게 문제가 되진 않겠죠, 예?"

그녀는 팔을 뻗어 그의 목을 감았다. 그녀의 입술이 살짝 그의 입술을 스쳤다.

"전 당신이 좋아졌어요. 당신이 좋아졌다고요. 어떠한 일이 일어난다 해도 이 사실을 기억해주시겠죠?"

앤터니는 매우 아쉬워하며 그녀와 떨어졌다. 그러고는 자기를 기다리는 사람들에게로 돌아갔다.

"이제 당신들과 함께 갈 준비가 됐소. 이 젊은 아가씨는 잡아가지 않겠죠?"

"그렇소. 그것만은 분명해요."

키 작은 사람이 예의 바르게 말했다.

'이 형사들은 점잖은 사람들이로군.'

그는 그들을 따라 좁은 계단을 내려가면서 속으로 생각했다.

가게에는 노파가 보이지 않았다. 그러나 앤터니는 뒤쪽 문에서 나는 거친 숨소리를 들었다. 그러고는 그녀가 문 뒤에 서서 이 사건을 조심스레 바라보고 있다는 것을 알아차렸다.

음침한 커크가를 일단 나오자 앤터니는 긴 한숨을 내쉬었다. 그러고는 둘 중에서 작은 사람에게 말했다.

"자, 이제 경감님, 당신이 경감님이시죠?"

"그렇소. 수사과 베랄 경감이오. 이쪽은 수사과 카터 경사요."

"그렇다면, 베랄 경감님, 이제 사실을 말할 때가 온 것 같군요. 내 말을 들으셔야 합니다. 나는 콘라드가 아닙니다. 내 이름은 앤터니 이스트우드이며 작가입니다. 당신들이 나하고 우리 아파트로 가신다면 내 신분에 대한 걸 만족스럽게 증명해 드릴 수 있겠는데요."

앤터니의 화술이 형사들을 감동시킨 것 같았다. 처음으로 의심스런 표정이 베랄의 얼굴에서 스쳐갔다. 카터를 믿게 하는 데는 좀더 힘이 들었다.

"이런 말 해서 안됐지만……." 그는 비웃는 조로 말했다.

"분명히 그 젊은 아가씨가 당신을 콘라드라고 불렀다는 사실을 기억해야 할 거요."

"아, 그건 좀 다른 문젭니다. 내가 하는 설명을 당신들이 믿든지 안 믿든지는 상관할 바 아니오만, 나는 그 아가씨가 콘라드라고 잘못 알고 있는 사람으로서 찾아갔던 거요. 이것은 개인적인 문제라서 당신들이 이해할지 모르겠군요."

"매우 그럴 듯한 이야기로군요." 카터가 말했다.

"어쨌든 우리와 함께 가야겠소. 택시 좀 잡으시죠, 경감님."

지나가던 택시가 멈춰 섰다. 그리고 세 남자가 차에 탔다.

앤터니는 제일 마지막에 올라타서는 두 형사 중 좀 쉽게 설득할 수 있을 것 같은 베랄에게 자신의 이야기를 하는 중이었다.

"이것 보시오, 경감님. 가는 길에 내 아파트에 들러 내가 하는 말이 사실인지를 확인해본다고 손해 볼 건 없지 않습니까? 당신들이 원한다면 이 택시를 타고 가도 되고요. 괜찮은 제안 아닙니까? 나는 결코 5분 이상은 지체하지 않아요."

베랄은 그를 탐색하는 듯이 쳐다봤다.

"그렇게 합시다." 그가 갑자기 말했다.

"지금까지와는 좀 다른 이야기지만 나는 당신이 진실을 말하고 있다고 믿기로 했소. 우리는 엉뚱한 사람을 잡아가 경찰서에서 바보가 되는 건 원치 않으니까. 주소가 어디요?"

"브란덴버그 맨션 48호요."

베랄은 앞으로 몸을 숙여서 운전사에게 주소를 말해주었다. 세 사람 모두 목적지에 도착할 때까지 아무 말도 않고 앉아 있었다. 카터가 먼저 뛰어내리고 베랄이 앤터니에게 먼저 내리라는 시늉을 했다.

"불쾌한 표정을 지을 필요는 없지." 베랄이 차에서 내리며 말했다.

"우리는 친구들처럼 걸어가는 겁니다. 마치 이스트우드 씨가 친구 두 사람을 집에 데리고 오는 것처럼 말이오."

앤터니도 이 말이 매우 반가웠다. 그리고 범죄 수사부에 대한 그의 생각이 점점 좋아지고 있었다. 현관에서 운 좋게도 수위인 로저스를 만났다.

앤터니는 걸음을 멈췄다.

"아, 안녕하시오, 로저스." 그는 평상시처럼 말했다.

"안녕하십니까, 이스트우드 씨."

수위는 존경하는 태도로 반갑게 인사했다. 그는 앤터니를 좋아했다. 그는 다른 이웃에게서는 볼 수 없는 관대함이 있었기 때문이다.

앤터니는 계단을 오르려다 발을 멈췄다.

"그런데, 로저스." 그가 평소처럼 말했다.

"내가 여기 산 지가 얼마나 됐죠? 지금 이 친구들과 그것에 대해 얘기하고 있었어요."

"가만있자, 거의 4년이 다 되어갈 겁니다."

"맞아, 내 생각도 그래요."

앤터니는 두 형사에게 승리의 눈길을 보냈다.

카터는 못마땅한 표정을 지었으나 베랄은 크게 웃었다.

"좋소. 그러나 그것만으로는 충분치 않아요."

"자, 그러면 우리 올라가 볼까?"

앤터니는 가지고 있던 열쇠로 아파트 문을 열었다. 그는 하인인 시마크가 집에 없다는 사실을 기억해내고는 감사했다. 왜냐하면 이러한 불미한 상황에서는 사람들이 적으면 적을수록 좋기 때문이다.

타이프라이터는 그가 놔두고 간 그대로 있었다. 카터는 테이블 쪽으로 걸어가서 종이 위에 찍힌 제목을 읽었다.

"두 번째 오이의 비밀?" 그는 가라앉은 목소리로 읽었다.

"내 소설의 제목이요." 앤터니가 태연하게 말했다.

"이건 좋은 증거가 되겠구먼."

베랄이 눈을 반짝이면서 고개를 끄덕이며 말했다.

"그런데, 이봐요, 선생, 대체 무슨 내용이오? 두 번째 오이의 비밀이라는 것이 대체 뭐요?"

"아, 그걸 보고 날 의심하는군요. 이러한 사태가 벌어지기까지의 밑바닥에는 《두 번째 오이》가 한몫을 했죠."

앤터니가 말했다.

카터는 그를 뚫어져라 쳐다봤다. 갑자기 그는 머리를 흔들며 이 말을 의미심장하게 두세 번 음미하는 것이었다.

"안됐소, 친구." 그는 곁에서 소리 나게 중얼거렸다.

"자, 여러분." 이스트우드가 쾌활하게 말했다.

"이제 우리 일을 시작하십시다. 여기에 나한테 온 편지가 있고, 수표책과 편집자와 주고받은 편지들도 있어요. 이밖에 더 뭘 원하시죠?"

베랄은 앤터니가 건네준 편지들을 자세히 조사했다.

"나로서는……" 그가 예의 바르게 말했다.

"더 이상 요구하고 싶지 않아요. 나는 당신의 말을 모두 믿소. 그러나 내 맘대로 당신을 풀어줄 권한은 없어요. 당신도 알겠지만, 당신이 이곳에서 이스트우드라는 이름으로 몇 년간 살아온 것은 사실인 것 같지만, 그렇다고 콘라드 플레크만과 앤터니 이스트우드가 한 사람이며 동일인물일 가능성은 아직도 남아 있는 거요. 나는 이 집을 철저히 수색하고 당신의 지문도 찍은 다음 본부에 전화해야겠소."

"꽤 복잡한 절차로군요." 앤터니가 말했다.

"그러나 뭐든지 찾아내고 싶으시면 찾아내시지요."

경감은 싱긋 웃었다. 형사치고는 너무나 인간적인 사람인 것 같았다.

"선생은 카터와 함께 저 끝에 있는 작은 방에 가 있겠소? 내가 여기서 일을 하는 동안 말이오."

"그렇게 하시죠." 앤터니는 내키지 않은 듯이 말했다.

"하지만 그 반대는 어떻겠습니까?"

"그게 무슨 뜻이오?"

"내 말은 이 경사께서 이 방을 열심히 수색하는 동안 당신과 나는 위스키와 소다수를 가지고 저 끝방에 가 있는 것이 어떻겠느냐는 겁니다."

"그게 더 낫겠소?"

"그렇습니다만."

그들은 능숙한 솜씨로 책상에 놓인 서류들을 조사하는 카터를 남겨둔 채 떠났다. 그들이 그 방을 나설 때 카터가 전화기를 들고 런던경시청을 불러달라고 하는 소리를 들었다.

"기분이 그렇게 나쁘진 않군요."

앤터니가 위스키와 소다수를 옆에다 내려놓으며 말했다. 그는 베랄 경감에게 뭘 마시겠느냐고 물었다.

"내가 먼저 마셔볼까요? 그래야만 위스키에 독약이 들어 있지 않다는 사실을 알 테니 말입니다."

경감은 싱긋 웃었다.

"이런 일은 흔치 않은 경운데요." 그가 말했다.

"그러나 내 경험으로 봐서 한두 가지는 처음부터 느끼고 있었답니다. 난 처음부터 우리가 뭔가 실수하고 있는지도 모른다는 것을 느꼈었죠. 그러나 우리는 늘상 하는 절차를 거쳐야 했거든요. 즉, 형식적인 절차에서 벗어날 순 없단 말입니다. 이해하시겠어요, 선생?"

"이해가 잘 안 가는군요." 앤터니는 유감스럽다는 듯이 대꾸했다.

"그런데 저 경사는 그렇게 이해심 많은 사람 같지는 않군요."

"아, 저 친구 말이오? 저 친구는 아주 좋은 사람이지요. 카터 경사랍니다. 그에게는 어느 것 하나도 속이고 그냥 넘어갈 수가 없어요."

"나도 그 점을 알아차렸지요." 앤터니가 대꾸했다.

"그런데 말입니다, 경감님. 내가 좀 궁금한 게 있는데 물어도 될까요?"

"뭔데요?"

"내가 호기심으로 가득 차 있는 사람이라는 것을 깨닫지 못하셨습니까? 대체 안나 로젠버그는 누구이며, 또 왜 콘라드라는 사람이 그녀를 죽여야 했을까요?"

"아, 내일 아침 신문을 보면 모든 것을 알게 될 거요."

"내게 있어 내일이란 아마 어제부터 천 년쯤 지난 시간일 겁니다."

앤터니가 말했다.

"당신은 나의 이 정당한 호기심을 만족시켜 주리라 생각합니다. 제발 그 공적인 신분을 버리고 모든 것을 말해주시죠."

"이건 예전엔 없던 일인데."

"오, 경감님, 언제 또 우리가 이렇게 빠른 속도로 친구가 될 수 있겠습니까?"

"좋아요, 선생. 안나 로젠버그는 햄프스테드에 살았던 독일계 유대인이었죠. 눈에 띄게 일하지도 않았는데 해마다 점점 더 부자가 되어갔지요."

"나와는 정반대로군요." 앤터니가 끼어들었다.

"나는 눈에 띄는 활동을 하고 있는데도 해마다 점점 더 가난해지고 있는데, 아마 내가 햄프스테드에 살았더라면 점점 더 나아졌을지도 모르지. 햄프스테드는 매우 돈이 많은 곳이라고 들었습니다만."

"그런데 한번은……, 그녀가 헌옷 장사를 했었죠."

베랄이 계속해서 말했다.

"아, 그거 말입니까?" 앤터니는 말을 가로막고 나섰다.

"전쟁 후에 나도 군복을 판 일이 있어요. 그땐 카키색 군복이 아니고 다른 거였습니다. 아주 눈에 잘 띄게 집 전체에다 온통 붉은색 바지와 금색 레이스를 펼쳐놓았죠. 어느 날 체크무늬 양복을 입은 한 뚱뚱한 사람이 가방을 든 고용인과 함께 롤스로이스를 타고 왔죠. 그는 전부를 1파운드 10실링으로 값을 매기더군요. 마지막에 나는 2파운드를 채우려고 사냥 코트와 어떤 제이스 쌍안경까지 내놓았답니다. 그 뚱뚱한 사람은 고용인에게 가방을 열고 물건들을 넣으라고 하더군요. 그러자 그 뚱뚱보가 나에게 10파운드 지폐를 주면서 거스름돈을 달라고 하는 겁니다."

"한 10년 전에……." 경감이 말을 계속했다.

"스페인에서 정치상 망명한 사람 몇 명이 런던에 오게 되었습니다. 그들 중에 돈 페르난도 페레레즈라는 사람과 그의 젊은 아내, 그리고 아이도 있었죠. 그들은 매우 가난했으며, 그 아내는 병들어 있었습니다. 안나 로젠버그가 어느 날 그들이 세 들어 있는 곳을 찾아와서는 팔 물건이 없느냐고 물었습니다. 돈 페르난도는 집에 없었는데, 그 사람 아내가 아주 호화스러운 스페인 숄을 그녀에게 팔았습니다. 그 숄은 아주 멋지게 수가 놓인 것인데, 그녀의 남편이 스페인을 떠나오기 전에 그녀에게 준 마지막 선물 중 하나였지요.

돈 페르난도는 집에 돌아와서 그 숄을 팔아버렸다는 소리를 듣고는 크게 화를 냈습니다. 그 뒤 그 사람은 그 숄을 찾으려고 사방팔방으로 뛰어다녔지요. 그가 마침내 문제의 그 헌옷 장사인 그 여자를 찾긴 했으나 그녀는 그 숄을 이름도 알 수 없는 어떤 여자에게 팔아버렸다고 하는 거였습니다. 돈 페르난도는 크게 실망했죠. 그 뒤 두 달 뒤에 그는 길거리에서 칼을 맞고 쓰러졌는데, 결국 그 상처로 죽고 말았습니다. 그가 죽고 난 뒤로도 안나 로젠버그는 이상하게 점점 더 부자가 되어갔지요. 그러나 그때부터 10년 동안 그녀의 집은 여덟 번 이상이나 도둑을 맞았습니다. 네 번은 실패해서 아무것도 훔쳐가지 못했고, 네 번은 도난품 중에는 꽃이 수놓아진 숄이 끼어 있었던 겁니다."

경감이 여기까지 말을 하고 잠시 멈췄다. 그러고는 앤터니가 빨리 계속하라고 재촉하자 말을 이었다.

"일주일 전이었습니다. 카르멘 페라레즈, 즉 돈 페르난도의 딸인 그녀가 프랑스에 있는 어떤 수녀원에서 나와 영국에 왔지요. 그녀가 이 나라에서 와서 첫 번째로 한 일은 햄프스테드에서 안나 로젠버그를 찾아가는 것이었습니다. 그녀와 안나라는 노파가 격렬하게 싸우는 장면을 하인 한 사람이 보았다는 애길 들었습니다. 그녀는 떠나면서 이런 말을 남겼다는군요. '당신은 아직도 그것을 가지고 있어요.' 그녀가 소리쳤답니다. '최근 몇 년 동안 당신은 그것 때문에 부자가 되었어요. 그러나 당신에게 분명히 말하겠는데, 언젠가 그 숄이 당신에게 불행을 안겨다 줄 거예요. 당신은 그 숄을 소유할 정당한 자격이 없어요. 언젠가는 당신이 수천 개의 꽃이 수 놓인 그 숄을 다시는 보고 싶지 않다고 할 날이 올 거예요.'

그 일이 있은 지 사흘 뒤 카르멘 페라레즈는 묵고 있었던 호텔에서 아무도 모르게 사라졌지요. 그녀의 방에서 어떤 이름과 주소가 발견되었는데, 그게 바라 콘라드 플레크만이었던 겁니다. 또한 골동품 상인이라고 한 남자가 보낸, 수놓아진 그 숄을 팔 의사가 있느냐고 묻는 쪽지도 있었지요. 분명히 그 사람은 그녀가 그 숄을 갖고 있다고 생각한 겁니다. 하지만 쪽지에 적혀 있는 주소는 엉터리더군요. 이 사건의 핵심이 되는 것이 그 숄이라는 건 분명합니다. 어제 아침 콘라드 플레크만이 안나 로젠버그를 찾아갔지요. 그녀는 그 사람과 한 시간 이상이나 문을 닫고 얘기를 나눴습니다. 그런 뒤에 그가 떠났을 때, 그녀는 침대로 가서 누워야만 했는데, 그건 그녀가 너무 창백하게 지쳐 있었기 때문입니다. 그러나 그녀는 하인들에게 만일 그 남자가 다시 찾아오면 언제든지 안으로 들여보내라고 해놓았답니다. 어제저녁 그녀는 일어나서 9시경에 집을 나갔는데, 그 뒤로는 돌아오지 않았습니다. 오늘 아침 그녀는 콘라드 플레크만이 사는 집에서 가슴을 칼에 찔린 채 발견되었지요. 그녀의 옆에는……, 대체 무엇이 있었을 거라고 생각합니까?"

"그 숄입니까?" 앤터니는 숨을 내쉬며 말했다.

"수천 개의 꽃이 수놓아졌다는 그 숄 말입니다."

"그것보다도 더욱 끔찍한 것이었습니다. 그것은 숄에 얽힌 수수께끼를 모두 설명해주는 것이었고, 그 숄의 진짜 가치를 드러내 주는 것이었는데……. 실례합니다. 거실에서 하는 조사가 어떻게 진행되고 있는지 궁금하군요."

그때 정말 벨이 울렸다. 앤터니는 최대한의 인내를 발휘해서 경감이 빨리 돌아오기만을 기다렸다. 그는 아주 편한 상태로 앉아 있었다.

그들이 지문을 찍어가기만 하면 자신들이 잘못 판단했다는 것이 밝혀질 것이기 때문이다. 그리고 어쩌면 카르멘이 전화해올지도 모른다……

수천 개의 꽃이 수놓아진 숄이라! 이 얼마나 희한한 이야기인가, 그 빼어나게 아름다운 검은 미인에게 꼭 들어맞는 이야기가 아닌가.

카르멘 페라레즈……

그는 한낮의 몽상에서 깨어났다. 경감이 방을 나간 지 얼마나 흘렀을까. 그는 일어나서 문을 열어보았다. 집 안 전체가 이상하리만치 조용했다.

그들이 간 걸까? 한마디 말도 없이 가버릴 리는 없는데.

그는 다음 방으로 가보았다. 그곳도 역시 비어 있었다. 거실도 마찬가지였다. 그 사람들 도대체 어디를 간 거지? 집 안은 온통 흐트러져 있었다.

"오, 이런, 맙소사! 내 에메랄드와 은은 또 어디 갔지?"

그는 집 안을 온통 뒤지며 돌아보았다. 어느 곳에나 다 같았다.

온 집 안의 물건이 모조리 없어진 것이다. 조금이라도 가치가 있는 것은 단 한 개도 남아 있지 않았다. 앤터니는 조그맣고 예쁜 것들을 수집하는 취미가 있는데, 그런 것들이 모조리 없어진 것이다.

앤터니는 비명을 지르며 손으로 머리를 쥐어뜯고는 의자로 쓰러졌다. 현관 벨 소리에 그는 몸을 일으켰다. 문을 여니 로저스가 서 있었다.

"저를 부르셨다고요, 선생님?" 로저스가 말했다.

"그 신사분 두 분이 선생님이 저를 부르셨다고 해서요."

"신사들이라고?"

"선생님 친구 분들 말입니다. 전 제가 할 수 있는 한은 최선을 다해 그분들이 물건 싸는 것을 도와드렸습니다. 다행히도 지하실에서 괜찮은 상자 두 개를 찾아냈거든요." 그는 눈을 방바닥으로 향했다.

"그리고 이 쓰레기들도 치우려고 하긴 했는데……."

"당신이 이곳의 물건을 쌌다고?"

앤터니는 신음하듯 말했다.

"예, 선생님. 선생님이 제게 시킨 일이 아니었던가요? 키가 큰 신사분이 제게 그렇게 말씀하시던데요. 선생님은 저 끝방에서 다른 분하고 말씀을 나누시기에 바쁘신 것 같아 방해하고 싶지 않았죠."

"내가 그 사람한테 얘기한 게 아니고, 그 사람이 나에게 얘기하고 있었는데……, 저주받을 놈들 같으니라고!"

앤터니가 큰소리로 말했다.

로저스는 헛기침을 하고는 중얼거렸다.

"선생님의 그 물건들에 대해서는 정말 유감입니다."

"물건들이라고?"

"선생님이 아끼시던 그 작은 보석들 말입니다."

"오, 아, 그거, 하하하!" 그는 허탈하게 웃었다.

"그들이 다 가져갔단 말이지? 친구라고 하는 그놈들 말이야"

"예, 맞습니다, 선생님. 불과 몇 분 전이었죠. 제가 택시에다가 그 상자들을 실어 드렸는데, 키 큰 신사분이 2층에 다시 올라갔다가 그 두 분이 함께 내려 와서 차를 타고 가버렸습니다. 그런데, 선생님, 뭐 잘못된 거라도 있나요?"

로저스가 이렇게 묻는 것도 당연했다.

앤터니는 허탈하게 신음했다.

"모든 게 잘못됐지. 하지만 고맙소, 로저스. 당신은 아무 잘못도 없으니까. 나를 혼자 내버려둬요. 전화를 걸 일이 좀 있어서."

5분 뒤 앤터니는 드라이버 경감과 마주 앉아, 수첩을 들고 앉아 있는 그에 게 모든 이야기를 해주고 있었다. 드라이버 경감은 아주 냉정한 사람이었는데, 앤터니 생각엔 진짜 형사 같아 보이진 않았다. 사실은 뚜렷하게 배우 기질이 엿보였다. 이것은 예술이 자연을 능가한 한 예에 불과하다.

앤터니가 얘기를 끝마쳤다. 경감도 수첩을 덮었다.

"어떻습니까?" 앤터니가 근심스럽게 물었다.

"불투명하지만 좀 짚이는 게 있군요."

경감이 생각에 잠기며 말했다.

"그들은 아마 패터슨 일당일 게요. 요사이 그들이 완전 범죄에 가까운 일들 을 많이 저지르고 있지요. 한 사람은 키가 크고 금발이며, 또 한 사람은 좀 작 고 검죠. 여자도 있고?"

"여자?"

"예, 가무잡잡하고 선이 강하며 잘생긴 여자죠. 그 여자는 주로 유혹하는 역할을 합니다."

"저, 스페인 여잔가요?"

"자신은 그렇다고 하지만, 실은 햄프스테드에서 태어났습니다."

"그곳이 바로 그들의 근거지라고 내가 말했었죠."

앤터니가 중얼거렸다.

"예, 분명합니다." 경감이 가려고 일어서며 말했다.

"그 여자가 전화로 당신을 유인해낸 겁니다. 적당한 이야기를 꾸며서. 그녀는 당신이 자기한테로 올 거라고 생각한 거죠. 그런 다음 깁슨 부인의 상점으로 가서 애인을 만나는 장소로 그 노파의 방을 좀 빌려 달라고 하면서 돈을 주었겠죠. 겉으로 보기에는 아무런 의심스러운 점도 없는 거죠. 당신이 그녀의 미끼에 걸린 다음 그들이 당신을 이리로 데리고 와서 한 사람은 당신과 이야기하면서 정신을 빼놓는 동안 다른 사람은 물건을 챙겨 달아날 준비를 한 거죠. 맞아요, 그것은 분명히 패터슨 일당이 쓰는 수법입니다."

"그럼, 이제 내 물건을 어떻게 찾을 수 있겠습니까?"

앤터니가 근심스럽게 물었다.

"할 수 있는 방법은 다 동원해보겠습니다만, 패터슨 일당은 수법이 너무도 높아 놔서."

"정말 그런 것 같군요." 앤터니는 씁쓰름하게 말했다.

경감이 떠나자마자 현관 벨 소리가 났다. 앤터니가 문을 열어보니 어떤 소년이 꾸러미를 들고 서 있었다.

"소포예요."

앤터니는 약간 놀라며 그것을 받아들었다. 그에게는 소포가 올 게 없었기 때문이다. 거실로 그것을 들고 들어가 포장을 뜯었다. 그것은 자신이 산 술병 세트였다.

"빌어먹을!"

앤터니가 내뱉었다. 그런 뒤에 병 바닥에 작은 장미 조화가 들어 있는 것을 발견했다. 그의 마음은 커크가의 2층 방으로 날아갔다.

"나는 당신을 좋아해요. 예, 나는 당신을 좋아해요. 어떤 일이 일어나도 이 사실을 기억하시겠죠, 예?"

그녀가 한 말이었다. 어떠한 일이 일어나도……, 그녀는 바로…….

앤터니는 벌떡 일어났다.

"이제는 생각하지 말자."

그는 자신을 타일렀다. 그의 시선이 타이프라이터에 머물자 그는 결심한 듯한 얼굴로 그 앞에 앉았다.

《두 번째 오이의 비밀》

그의 얼굴이 다시 꿈꾸는 듯해졌다.

수천 개의 꽃이 수놓아진 숄. 안나의 시체 옆에 떨어져 있었던 것이 바로 그것일까? 그 전체의 수수께끼를 푸는 것이 아주 무시무시한 일일까?

아니, 그건 아무것도 아니야. 그건 단지 내 정신을 빼앗기 위해 만들어낸 이야기에 불과해. 그 작자는 가장 흥미있는 부분에서 말을 멈춰 버리는 아라비안나이트의 수법을 사용했어. 그 사건의 실마리를 풀어줄 단서가 무시무시하고 끔찍한 일일까? 지금은 일어날 수 없는 걸까? 만일 누군가가 그 이야기에 마음을 쏟는다면?

앤터니는 타이프라이터에 꽂혀 있던 종이를 빼서 찢어버리고 종이를 새로 끼웠다. 그는 타이프를 치기 시작했다. 제목은…….

《스페인 숄의 비밀》

그는 잠시 고요하게 생각에 잠겼다. 그런 다음 재빨리 타이프를 쳐나가기 시작했다…….

황금의 공

　조지 던다스는 런던 시내 한복판에 서서 생각에 잠겼다. 뼈 빠지게 일하는 사람들과 돈 벌기에 열심인 사람들이 그에게 파도처럼 밀려왔다 밀려가는 것 같았다. 그러나 멋지게 정장을 하고 날카롭게 주름이 세워진 바지를 입고 있는 조지는 그들에게는 아무런 관심도 쏟지 않았다. 그는 이제부터 무엇을 할 것인가에 대해 골똘히 생각하고 있었다.

　조금 전 그의 신상에 변화를 가져온 사건이 벌어졌던 것이다! 조지와 그의 부자 외삼촌(리드베터 길링 사(社)를 경영하는 에프라임 리드베터 외삼촌 말이다) 사이에 소위 하층계급 사람들이 말하는 '입씨름'이 오간 것이다.

　엄밀히 말한다면 그 입씨름은 거의 전적으로 리드베터 외삼촌에게서 쏟아졌지만, 그는 끓어오르는 분노의 감정을 한결같은 억양으로 계속 퍼부어댔던 것이다. 사실 그 말은 거의 전부가 똑같은 내용을 반복하는 것이었으며, 조지에게는 아무런 감동도 주지 못하는 것 같았다. 한 번 멋지게 타이르고 나서 내버려두는 방법은 리드베터 외삼촌의 사전엔 결코 없었다.

　내용은 간단했다. 출세가도에 있는 한 청년이 어리석기 짝이 없는 짓을 저지른 것이다. 즉, 허락을 받지도 않고 주중(週中)에 하루를 빠져버린 것이다. 리드베터 외삼촌은 자기가 하고 싶은 말을 다 퍼붓고서도 몇 가지를 또 반복해서 늘어놓고는, 잠깐 멈추고서 숨을 들이쉰 다음 조지에게 왜 그런 행동을 했느냐고 물었다.

　조지는 단지 하루를 쉬고 싶어서 그랬다고 간단히 대답했다. 말하자면 휴일을 갖고 싶었던 것이다. 그러자 리드베터 외삼촌은 토요일 오후와 일요일은 뭐냐고 물었다. 바로 며칠 전에 지나간 성신 강림절을 제외하고라도 며칠 뒤면 8월의 은행법정휴일(영국에서는 8월의 첫째 월요일은 공휴일이다)이 다가

오지 않는가.

조지는 토요일 오후나 일요일, 또는 은행법정휴일 같은 건 좋아하지 않는다고 말했다. 조지는 진짜 휴일을 말한 것이다. 어느 곳에든 런던 시민의 반 이상이 모여드는 그런 날이 아니고 말이다.

그러자 리드베터 외삼촌이 말했다. 자신은 죽은 누이의 아들에게 정말 최선을 다했다고 아무도 자기가 어린 조카에게 기회를 주지 않았다고는 말할 수 없을 거라고. 그러나 그 기회라는 것이 물거품이 되어 버린 게 분명하다. 이제 앞으로 조지는 일주일 중 5일을 휴일로 가질 수 있게 되었고, 또 원하기만 한다면 거기에다 토요일과 일요일까지도 덧붙일 수 있게 되었다.

"그 좋은 기회인 황금 공이 너에게 던져졌지만 넌 그것을 붙잡지 못했어."

리드베터 외삼촌은 시적인 감정을 곁들여서 말을 끝맺었다.

조지가 그 말을 듣고는 자신은 지금 막 그 행운을 잡은 것 같다고 대꾸하자 리드베터 외삼촌은 분노로 시적인 감정 같은 건 사라지고 당장 나가라고 고함을 지르는 것이었다.

그리하여 조지는—지금 생각에 잠겨 있는 것이다. 외삼촌의 마음이 다시 누그러질 것인가, 아니면 그렇지 않을 것인가? 혹시 조지에 대해서 숨은 애정을 가진 건 아닐까? 아니면, 단지 차디찬 혐오만이 남아 있는 것일까?

바로 그 순간 어떤 목소리가, 누구도 흉내 낼 수 없는 굉장히 독특한 목소리가 들려왔다.

"안녕하세요?"

어마어마하게 긴 보닛을 가진 주홍빛 여행용 차가 그의 옆으로 휘어지며 다가서고 있었다. 운전대에 앉아 있는 사람은 아름답고 인기있는 사교계의 여성인 메리 몬트레서였다(이것은 한 달에 적어도 네 번은 그녀의 사진을 싣고 있는 잡지에 기록된 표현이다). 그녀는 아주 자신 있는 태도로 조지를 보고 웃고 있었다.

"당신같이 그렇게 외롭게 보이는 사람은 본 적이 없어요."

메리 몬트레서가 말했다.

"타시겠어요?"

"오, 물론입니다."

조지는 아무런 망설임 없이 이렇게 말하며 대뜸 그녀 옆에 올라탔다. 교통이 혼잡해서 그들은 천천히 나아갈 수밖에 없었다.

"난 시티(런던의 금융·상업 중심지)가 지긋지긋해요."

메리 몬트레서가 말했다.

"상태가 어떤지 보러 왔었어요. 다시 런던으로 돌아가야 할까 봐요."

조지는 굳이 지리에 대한 지식이 잘못된 것을 고쳐줄 생각도 하지 않고 아주 멋진 생각이라고 대꾸했다.

천천히 나아가다가 메리 몬트레서는 끼어들 만한 공간이 생기면 난폭하게 속력을 내곤 했다. 조지가 보기에 그녀는 어쩐지 끼어들기에 재미를 붙인 것 같았다. 그러나 그에겐 사람은 오직 한 번 죽을 뿐이라는 생각이 떠올랐다. 하지만 지금은 아무런 말도 하지 않는 것이 상책이라고 생각했다. 이 아름다운 여자가 운전에만 신경을 집중하게 하고 싶었기 때문이다.

말을 다시 꺼낸 것은 그녀였다. 하이드 파크 코너 근처를 거친 속력으로 돌 때였다.

"나하고 결혼하는 게 어때요?" 그녀는 아무렇지도 않게 물었다.

조지는 숨을 몰아쉬었다. 하마터면 커다란 버스와 부딪칠 뻔했기 때문이다. 그는 얼른 몸의 균형을 잡은 것이 자랑스러웠다.

"그거 좋지요." 그가 쉽게 대답했다.

"언젠가는 말이죠."

메리 몬트레서가 말끝을 흐리며 말했다.

그들은 무사히 모퉁이를 돌아 직선으로 달리게 되었다. 그 순간 조지는 하이드 파크 코너 지하철역에 새로 붙인 커다란 벽보 몇 장을 보았다. 심각한 정치적 상황과 피고석에 앉은 육군 대령에 대한 내용 사이에 '사교계의 여성, 공작과 결혼하다.'라는 말이 쓰여 있었다. 즉, 에드거 힐 공작과 몬트레서 양을 일컫는 내용이었다.

"에드거 힐 공작에 대한 저 내용이 어떻게 된 겁니까?" 조지가 물었다.

"나하고 빙고 말이에요? 우린 약혼했어요."

"그렇다면, 방금 한 말은 뭐죠?"

"아, 그거?" 메리 몬트레서가 말했다.

"실은 아직도 내 마음을 정하지 못했어요. 정말로 누구와 결혼해야 할지 말이에요."

"그렇다면 왜 그와 약혼했소?"

"그냥 나도 그럴 수 있나 알아보기 위해서였어요. 모든 사람들이 그것이 굉장히 어려운 일이라고 생각하는 것 같아요. 그런데 절대 그렇지가 않더군요!"

"하, 빙고라는 사람, 운이 무척이나 없는 사람이군."

조지는 말하면서도 지금 살아 있는 공작의 별명을 부르는 것이 좀 껄끄러웠다.

"조금도 그렇지 않아요." 메리 몬트레서가 말했다.

"나는 빙고에게 좋은 아내가 될 거예요. 그분에게 좋은 변화가 일어난다면 말이에요. 그 점이 의심스럽긴 하지만."

조지는 그 기사를 또 보게 되었다. 이번에도 가까이에 있는 벽보 덕분이었다.

"아, 정말 오늘은 애스콧 경마장에서 우승배 쟁탈전이 있는 날이로군. 당신은 오늘 그곳에 가 있어야 할 사람 아닌가요?"

메리 몬트레서는 한숨을 내쉬었다.

"나는 휴일을 갖고 싶었어요." 그녀가 애처롭게 말했다.

"오, 이런. 나와 똑같은 심정이었군요. 그 결과로 내 외삼촌께서 나를 내쫓아버렸죠."

조지는 마음이 맞은 듯해서 기분 좋게 말했다.

"그렇다면 우리가 결혼했을 경우엔 1년에 2만 파운드 받는 내 수입만으론 매우 위태위태하겠군요."

"그만한 돈이라면 어느 정도 안락한 가정을 꾸려나갈 수 있을 거요."

조지가 말했다.

"집에 대한 말이 나왔으니 우리 시골로 나가서 우리가 살 만한 집을 찾아보죠."

그 제안은 간단한 것이면서도 아주 매력적으로 들렸다. 그들은 퍼트니 브리지를 지나고 킹스턴을 무사히 통과했다. 메리는 안도의 한숨을 내쉬며 액셀러 레이터를 힘차게 밟았다. 그들은 얼마 안 되어 시골로 접어들었다. 그 뒤 한 30분쯤 뒤에 메리는 손으로 어떤 곳을 가리키며 갑자기 놀람에 찬 탄성을 질렀다.

그들 바로 앞쪽 언덕꼭대기에 집 한 채가 서 있었는데, 그 집은 부동산 매매업자가 '고풍스러운 우아함'으로 묘사할(그 사람들은 거의 진실하게 말하지 않지만) 그런 집이었다. 모든 시골에 지어져 있는 집들의 모양을 다 종합해서 단 한 채로 짓는다면 바로 이런 집이 탄생할 것 같았다.

메리는 하얀색 문 바깥까지 다가갔다.

"차를 여기다 세워놓고 올라가서 저 안을 들여다보는 것이 좋겠어요. 저 집은 우리 집이에요."

"결론적으로 말해서 우리 집이지." 조지가 동의했다.

"그러나 지금 저 집에는 다른 사람이 살고 있는 것 같은데요."

메리는 조지에게 오라고 손짓하며 먼저 올라갔다. 그들은 바람 부는 언덕을 함께 걸어 올라갔다. 가까이에 나타난 그 집은 멀리서 볼 때보다 더 아름답게 느껴졌다.

"우리 들어가서 창문을 통해 안을 들여다봐요." 메리가 말했다.

"다른 사람이 살고 있으면……." 조지는 좀 망설였다.

"아무래도 상관없어요. 이 집은 우리 집이잖아요. 그 사람들은 단지 이 집에 우연히 살고 있을 뿐인데요, 뭐. 그렇지 않으면 오늘같이 쾌청한 날씨에 틀림없이 외출했을 거예요. 그리고 만일 누가 우리를 보게 되면 난 이렇게 말하겠어요. '난 이 집이, 음, 파던스텐저 부인의 집인 줄 알았다고요.' 그러고는, '실수한 것 같군요, 미안해요.' 하고 말하면 되잖아요?"

"음, 그 정도면 되겠군요." 조지는 생각에 잠기며 말했다.

그들은 창문을 통해 안을 들여다보았다. 집 안은 값비싼 가구들이 비치되어 있었다. 그들이 막 서재로 들어가려 할 때 그들 뒤에서 자갈길을 저벅저벅 걸어오는 소리가 들렸다. 뒤돌아보니 험상궂은 집사가 서 있었다.

"오!"

메리는 깜짝 놀랐다. 그런 다음 가장 매력적인 미소를 지으며 말했다.

"파던스텐저 부인 계세요? 그분이 서재에 계신가 하고 들여다보고 있었어요."

"파던스텐저 부인은 안에 계십니다." 집사가 말했다.

"이리로 오시겠습니까?"

그들은 그를 따라가는 수밖엔 별도리가 없었다. 그를 따라가면서 조지는 이런 일이 어떻게 일어날 수 있는가 곰곰이 생각하고 있었다. 파던스텐저라는 이름은 2만 명 중의 하나 있을까 말까 할 텐데.

그의 동료가 그에게 속삭였다.

"내게 맡겨요. 내가 다 처리할 테니까."

조지는 그녀에게 이 일을 맡기는 것도 괜찮겠다고 생각했다. 이러한 상황은 여성의 애교로 해결될 수 있을 것 같았기 때문이다. 그들은 응접실로 안내되었다. 집사가 그 방을 나가자마자 거의 동시에 문이 다시 열리며 머리를 염색한 키가 크고 화려하게 생긴 한 여인이 들어왔다.

메리는 얼른 그녀에게 한 걸음 다가가며 멈춰 서서는 놀라움의 탄성을 질렀다.

"어머나, 에이미가 아니잖아. 세상에, 이런 이상한 일이 또 있을까요?"

그녀가 소리 질렀다.

"거의 있을 수 없는 일이지."

소름끼치는 목소리가 말했다. 파던스텐저 부인을 뒤따라 들어온 남자는 불독 같은 얼굴을 기분 나쁘게 찡그린 거대한 체구였다.

조지는 이렇게 기분 나쁘고 험상궂은 얼굴은 여태까지 본 적이 없다고 생각했다. 그 남자는 문을 닫고서 문에 등을 기대고 섰다.

"정말 이상한 일이로군." 그가 코웃음을 치며 반복해서 말했다.

"그러나 당신들이 장난하고 있다는 것을 우리는 알고 있소!"

그는 갑자기 권총 같은 것을 들이댔다.

"손들어! 손들라고 했잖아. 손들어! 벨라, 이 사람들을 뒤져봐."

조지는 탐정소설을 읽으면서 몸을 수색당하는 것이 어떤 건지 궁금했었다.

이젠 알 수 있었다. 벨라(그러니까 파던스텐저 부인)는 그와 메리가 무기 같은 것을 가지고 있지 않다는 사실에 대해 만족해했다.

"당신들은 자신들이 꽤 똑똑한 줄 알았겠지?" 그 남자가 비웃었다.

"이런 방법으로 이곳에 들어와서 천진난만한 사람들처럼 연극을 하시는군. 이번에는 그게 안 통하지. 큰 실수를 한 거야. 솔직히 말해서 당신들 친구와 친척들이 당신들을 다시 보게 될지 굉장히 의문인데."

조지가 몸을 움직거리자, "어리석은 짓 하지 마. 당신을 보자마자 쏴버렸어야 하는 건데." 하고 말했다.

"조지, 조심해요." 메리의 목소리가 떨렸다.

"알았어, 조심하지."

조지는 애정 어린 목소리로 말했다.

"자, 이제 걸어가시지!" 그 남자가 말했다.

"벨라, 문을 열어. 머리 위로 계속 손을 들고 있어. 당신들 둘 다. 여자가 먼저 가고 그래 좋아. 내가 이 둘을 뒤따라가겠어. 홀을 지나 계단으로 가……."

그들은 그대로 따랐다. 따르지 않고서 어떻게 하랴. 메리는 손을 높이 들고 계단을 올라갔다. 조지가 그녀를 뒤따라갔다. 그들 뒤에는 권총을 손에 쥔 거구의 악한이 따라오고 있었다.

메리는 계단을 끝까지 올라가서 모서리로 몸을 돌렸다. 바로 그 순간 아무런 예고도 없이 조지는 몸을 날려 잽싸게 뒷발차기를 했다. 그가 그 남자의 배를 내리치는 바람에 그는 계단 아래로 굴러 떨어졌다. 조지는 뒤돌아서 그를 따라 내려가 가슴 위에 올라탔다. 오른손으로는 그 남자가 쓰러질 때 떨어뜨린 권총을 집어들었다.

벨라는 비명을 지르며 베이즈 천으로 된 문쪽으로 도망갔다. 메리도 계단을 뛰어내려 왔다. 그녀의 얼굴은 종이처럼 하얗게 변해 있었다.

"조지, 그 사람을 죽이진 않았죠?"

그 남자는 꼼짝 않고 누워 있었다. 조지가 그에게 몸을 굽혔다.

"죽은 것 같지는 않은데. 그러나 나가떨어진 것만은 분명해."

조지가 숨이 차서 말했다.

"오, 하나님, 감사합니다." 그녀는 숨을 몰아쉬었다.

"꽤 멋졌어."

조지는 자신이 한 행동에 대해 자신만만해하며 말했다.

"이 늙은 당나귀 같은 친구한테서 많은 것을 배웠단 말이야, 안 그래요?"

메리는 그의 손을 잡아끌었다.

"가요." 그녀는 몸을 벌벌 떨며 부르짖듯이 말했다.

"빨리 여기서 나가자니까요."

"이 친구를 묶을 것이 있었으면 좋겠는데." 조지는 자기 생각대로 했다.

"밧줄이나 전깃줄 같은 것을 어디서 찾아낼 수 없을까?"

"아뇨, 찾을 수 없어요." 메리가 말했다.

"제발 가요, 제발. 난 정말 너무너무 무섭단 말이에요."

"무서워할 필요 없어요. 내가 여기 있잖소."

조지는 남자다운 자만심을 갖고 말했다.

"사랑하는 조지, 제발 나를 위해서라도요. 나는 이 일에 끼어들고 싶지 않아요. 제발 가요."

그녀가 '나를 위해서'라고 말할 때 그 애원하는 듯한 표정이 조지의 마음을 움직였다. 그는 그녀와 함께 그 집에서 나와 세워둔 차 곁으로 달려갔다.

메리가 거의 혼비백산한 채 말했다.

"당신이 운전하세요. 난 운전할 수 있을 것 같지 않아요."

조지가 운전대를 잡았다.

"이 일을 잘 생각해봐야겠어." 그가 말했다.

"그 끔찍하게 생긴 악한이 무슨 짓을 하려 했는지는 하늘만이 알고 있을 거야. 당신이 원치 않는다면 이 일을 경찰에게 알리지는 않겠소. 그러나 나 혼자서라도 캐낼 거요. 그들의 음모를 캐낼 수 있을 겁니다."

"아니에요, 조지. 당신이 그러는 거 원치 않아요."

"우린 최상급의 모험을 겪은 겁니다. 그런데 여기서 물러나라고? 절대 그럴 순 없지."

"난 당신이 그렇게 잔인한 면이 있는 줄은 미처 몰랐어요."

메리는 눈물을 글썽이며 말했다.

"나는 피에 굶주린 사람이 아니에요. 그 근처에도 가보지 못했소. 그 나쁜 놈이 우리를 권총으로 위협했잖소. 내가 그 친구를 차서 계단 아래로 떨어뜨렸을 때 권총을 뺏지 못했더라면 어찌 되었을까?"

그는 차를 멈춰 세우고는 권총을 넣어둔 차의 주머니에서 권총을 빼들었다. 그것을 이리저리 살펴본 뒤에 소리를 질렀다.

"이 일은 나에게 걸려든 겁니다. 아주 희한한 일인데. 알아낼 수만 있다면."

그는 생각에 잠겨 말을 멈췄다.

"메리, 이 일은 생각할수록 정말 이상하단 말입니다."

"나는 알고 있어요. 그래서 당신에게 그대로 놔두라고 한 거예요."

"결코 그럴 순 없지." 조지가 단호하게 말했다.

메리는 가슴에서 우러나오는 한숨을 몰아쉬었다.

"모든 것을 다 고백해야겠군요. 일이 이렇게 된 것은 당신이 그렇게 행동하리라고는 전혀 상상치 못했기 때문이에요."

"그게 무슨 말이오? 말해봐요."

"사실은 일이 이렇게 된 거예요."

그녀는 잠시 말을 멈췄다.

"요즘 여자들은 자기들이 만나는 남성들에 대해서 알고 싶어 하는 끈질긴 집념이 있다고 생각해요."

"뭐라고요?" 조지는 의아해하며 물었다.

"그리고 여자가 가장 알고 싶어 하는 것은 그 남성이 긴급한 사태에서 어떻게 행동할까 하는 거예요. 남자가 정신을 잃지는 않는지, 용기를 가졌는지, 민첩하게 대처하는 기민성을 가졌는지 말이에요. 이러한 것들은 서로를 잘 알고 있다 해도 잘 알 수 없는 면이죠. 이런 면을 알고 났을 때는 너무 늦게 될지도 모르고요. 사람들이 결혼하기 전 몇 년 동안엔 이런 긴급한 상태는 별로 일어나지 않는 경우가 많죠. 우리가 남성들에 대해 알고 있는 것은 그 사람이 춤을 잘 춘다든지, 아니면 비 오는 날 밤 택시 잡는 일, 그런 것들일 거예요."

"그 두 가지 모두 매우 유용한 능력이죠." 조지가 말했다.

"예. 그러나 여자는 남성을 남성으로 느끼기를 원해요."

"광활히 펼쳐진 공간이 남성들을 남자답게 한답니다."

조지가 즉각적으로 인용해서 말했다.

"바로 그거예요. 그러나 영국에서는 광활히 펼쳐진 그러한 공간이 없잖아요. 그래서 사람이 상황을 인위적으로 꾸며놓아야만 하는 거예요. 그게 바로 내가 한 일이에요."

"그게 정말이오?"

"예, 그래요. 모든 일이 일어난 아까 그 집은 사실은 내 집이에요. 우리는 계획적으로 그 집에 가게 된 거죠. 우연이 아니었어요. 그리고 그 남자, 당신이 거의 죽일 뻔한 그 남자는……."

"예?"

"그는 루브 윌리스라는 영화배우예요. 그는 프로 권투선수이기도 하죠. 당신도 아시다시피 가장 멋있고 신사적인 남자예요. 나는 그분과 미리 약속을 해놨죠. 벨라는 그분 아내예요. 그랬기 때문에 당신이 그를 죽였을까 봐 내가 그렇게 무서워했던 거예요. 물론 다 배우적인 기질의 소산이죠. 오, 조지, 화나셨나요?"

"내가 첫 번째 사람이었소? 그러니까 그 테스트를 받은 첫 번째였느냔 말입니다."

"오, 아니에요. 가만있자, 아홉 명 반이었어요."

"반은 또 누구요?" 조지는 호기심을 가지고 물었다.

"빙고예요." 메리는 냉랭히 대답했다.

"그들 중에 노새처럼 뒷발질한 사람이 있었소?"

"아뇨, 아무도 없었어요. 어떤 사람은 소리를 질러댔고, 또 어떤 이는 금방 항복해버렸어요. 그러나 그들 모두가 시키는 대로 계단 끝까지 올라가서 묶여서는 입에 재갈이 물렸지요. 그런 뒤에는 물론 내가 수단을 써서 묶은 줄을 풀고—책에 나오는 것처럼 말이에요. 그 사람들도 풀어주고서 집에 아무도 없는 틈을 타서 도망쳐 나왔지요."

"아니, 노새 같은 재주를 부려본 사람이 아무도 없었단 말이오?"

"없었어요."

"그렇다면, 당신을 용서해주겠소."

조지는 아주 자비로운 태도로 말했다.

"조지, 고마워요." 메리는 쾌활하게 말했다.

"사실은 한 가지 궁금한 게 있소. 우린 지금 어디로 가는 거요? 램버스 궁(캔터베리 대주교의 저택)으로 가는 거요, 아니면 닥터스 커먼스(옛날 민법박사회의 공동식당. 현재는 2층만 남아 있으며 유언·결혼·이혼 등을 처리하는 장소)로 가는 것인지 확실치가 않아서." 조지가 말했다.

"지금 무슨 말 하시는 거예요?"

"결혼허가증 말이오. 내 생각에는 특별허가증이 필요한 것 같아서. 당신은 약혼하고 나서도 다른 사람에게 결혼해 달라고 하는 것을 너무 좋아해서 말이오."

"나는 당신에게 결혼해 달라고 한 적 없어요!"

"당신은 그랬소. 하이드 파크 코너에서 말이오. 나라면 결코 그런 곳을 프러포즈 장소로 택하진 않았을 테지만. 그러나 그런 문제는 각자 나름대로 특성이 있으니까."

"나는 그런 사람이 아니에요. 단지 농담으로 나하고 결혼하는 게 어떠냐고 물었을 뿐이에요. 절대 심각한 의도로 물은 것이 아니에요."

"변호사에게 물어본다면 그 사람은 당신이 표현한 그 방법은 진짜 프러포즈라고 말할 게 분명해요. 그뿐만 아니라 당신은 나하고 진짜로 결혼하고 싶어 하는 것도 잘 안다고."

"나는 그렇지 않아요."

"아홉 명 반이나 실패를 한 뒤에도? 어떤 남성이 자기를 위험한 상황에서 구출했다면 그 남성과 함께 있는 것이 그녀에겐 큰 안정감을 줄 게 뻔하잖소."

메리는 이 말에 좀 수그러드는 듯한 눈치였다. 그러나 곧 그녀는 단호히 말했다.

"난 내 앞에서 무릎을 꿇지 않는 남자하고는 절대 결혼하지 않겠어요."

조지는 그녀를 바라보았다. 그녀는 아름다웠다. 그러나 그는 위급한 상황에서 노새처럼 뒷발질할 수 있는 민첩한 행동 외에 또 다른 노새의 성격도 가지고 있었다. 그는 그녀와 마찬가지로 단호한 태도로 말했다.

"여성에게 무릎을 꿇는 것은 치욕스러운 일이지. 난 결코 그런 짓은 하지 않겠소"

메리는 매력적인 표정으로 말했다.

"참 불행한 일이군요."

그들은 다시 런던으로 차를 몰았다. 조지는 딱딱하게 굳은 채로 아무 말도 하지 않았다. 메리의 얼굴은 모자챙에 가려져 잘 보이지 않았다. 그들이 하이드 파크 코너를 지나갈 때 그녀가 부드럽게 속삭였다.

"나에게 한 번만 무릎을 꿇어줄 수 있겠어요?"

조지는 여전히 단호하게 말했다.

"절대 그럴 수 없소"

그는 슈퍼맨이 된 듯한 기분이 들었다. 그녀는 그의 그러한 태도에 감탄했다. 그러나 불행히도 그는 그녀의 노새같이 고집 센 성격을 알고 있었다. 그는 갑자기 차를 멈췄다.

"잠깐 실례하겠소" 그가 말했다.

그는 차에서 뛰어내려 방금 지나온 과일 파는 마차로 다가갔다. 그가 너무나 빨리 돌아왔기 때문에 그의 행동을 보고서 경찰이 그 이유를 물으려고 오기도 전에 다시 출발할 수 있었다.

조지는 운전을 하면서 사과 하나를 메리의 무릎에 가볍게 던졌다.

"과일을 많이 먹으라고요." 그가 말했다.

"이것 또한 상징적이죠"

"상징적인 것?"

"그렇소. 원래 이브가 아담에게 사과를 주었잖소. 요새는 아담이 이브에게 주고 있어요, 알겠소?"

"그래요?"

메리는 좀 의심스러운 듯이 대꾸했다.

"어디로 모실까요?" 조지가 운전사처럼 물었다.

"집으로요"

그는 그로스브너 광장으로 차를 몰았다. 그의 얼굴은 어느 때보다도 감정이 없는 듯했다. 그는 차에서 내려 그녀가 내리는 것을 도왔다. 그녀는 마지막으로 간청했다.

"사랑하는 조지, 제발 그럴 수 없겠어요? 나를 기쁘게 해주세요."

"결코 그러지 않겠소." 조지가 말했다.

그때 일이 벌어졌다. 그가 미끄러지면서 몸의 균형을 잡으려다가 그만 넘어진 것이다. 그러면서 그녀 앞에서 진흙 바닥에 무릎을 꿇게 되었다.

메리는 기쁨의 탄성을 지르며 손뼉을 쳤다.

"사랑하는 조지! 이젠 당신과 결혼하겠어요. 당신이 곧바로 램버스 궁으로 가서 캔터베리 대주교에게 그걸 받아 오세요."

"무릎을 꿇을 생각이 아니었는데." 조지가 얼굴이 붉어지며 말했다.

"이건 순전히 이 바나나 껍질 때문이야."

그는 화난 듯 바나나 껍질을 주워들었다.

"상관없어요." 메리가 말했다.

"어쨌든 당신은 무릎을 꿇었어요. 우리가 말다툼하면서 내가 당신에게 프러포즈했다고 당신이 우길 때, 난 당신과 결혼하기 전에 당신의 무릎을 꼭 꿇게 해야겠다고 마음먹었죠. 그런데 바로 이 은총의 바나나 껍질 때문에 모든 것이 해결됐어요. 이 바나나 껍질에 대해 감사하고 계시는 거죠?"

"그런 기분이 드는군." 조지가 말했다.

그날 오후 5시 30분에 리드베터 씨는 조카가 찾아와서 만나려 한다는 전갈을 받았다.

"흠, 사과를 하러 왔구나." 리드베터 씨는 혼자 중얼거렸다.

"그 애한테 좀더 엄하게 대해야겠어. 그것도 다 그 애를 위해서지."

그런 다음 조지를 들어오라고 했다. 조지는 쾌활한 걸음걸이로 들어왔다.

"외삼촌, 잠깐 드릴 말씀이 있어서 왔어요. 외삼촌께서는 오늘 아침 저에게 너무 심하게 하셨어요. 외삼촌이 저 같은 나이에 친척한테 버림을 받고 길거리로 쫓겨나서 11시 15분부터 5시 30분 사이에 1년에 2만 파운드의 수입을 올릴 수 있는지 정말 알고 싶군요. 그러나 저는 해냈어요!"

"너 미쳤구나."

"절대로 미치지 않았습니다. 전 젊고 아름다운 사교계의 여성과 결혼할 겁니다. 무엇보다도 저는 혼자서 공작을 물리쳤다고요."

"돈을 보고 결혼하겠다는 거냐? 나는 너를 그런 아이론 생각지 않았는데."

"맞아요. 그녀가 저에게 청혼하지 않았더라면 전 결코 그런 생각은 하지 못했을 겁니다. 나중에 그녀는 취소했지만, 제가 그녀의 마음을 바꿔놓았죠. 그리고 외삼촌 어떻게 그 일이 이루어진 줄 아세요? 꼭 2펜스의 돈을 쓰고서 그 기막힌 황금의 공을 붙잡은 거예요."

"아니, 2펜스라니?"

흥미를 나타내며 리드베터 씨가 물었다.

"과일 마차에서 산 바나나 한 개 값이에요. 아무도 결혼에 이르는 방법으로 바나나를 생각지는 못할 거예요. 외삼촌은 결혼허가증을 어디서 얻으셨어요? 닥터스 커먼스인가요, 아니면 램버스 궁인가요?"

라자의 에메랄드

제임스 본드는 다시 한 번 자기 손에 쥐어져 있는 작은 노란 책에 주의를 기울였다. 책 위에는 간단하면서도 기분 좋은 문구가 쓰여 있었다.

'당신은 봉급을 1년에 100파운드로 올리고 싶습니까?'

책값은 1실링이었다. 제임스는 방금 앞쪽의 두 페이지를 읽었는데, 거기에는 상사를 대할 때의 태도, 다이내믹한 개성을 개발하려는 방법, 또 능력 있는 사람임을 나타내주는 방법 등이 명확하게 나와 있었다.

그는 좀 미묘한 문제에 부딪혔다. 그것은 바로 '솔직하게 말해야 할 때와 신중함을 지켜야 할 때'였다. 그 작은 노란 책은 이렇게 말하고 있었다.

'강인한 사람은 자신이 알고 있는 모든 것을 다 털어놓진 않는다.'

제임스는 책을 덮고서 고개를 들어 넓고 푸른 바다를 바라보았다. 생각하기에도 끔찍스런 부정적인 생각이 그를 휩쌌다. 즉, 그가 강인한 사람이 아니라는 것이었다. 강인한 사람은 현 상황을 마음대로 조절하지 그 상황의 피해자가 되지는 않을 것이다.

그날 아침에도 제임스는 자신의 잘못을 60번째 되풀이하고 있었다. 요즘은 그의 휴가 기간이었다. 휴가 기간이라고? 하하하! 냉소적인 웃음이 퍼졌다.

누가 이 유명한 바닷가 휴양지인 킴턴 해안으로 오자고 그를 부추겼던가. 그레이스였다. 그에게 능력 이상의 낭비를 하도록 밀어붙인 사람은 또 누구인가? 그레이스이다. 사실 그는 그녀가 꺼낸 계획에 온통 빠져 들어갔다.

그를 이리로 오게 한 것은 그녀였는데, 지금 그 결과는 어떠한가? 그는 바닷가에서 1마일 반이나 떨어진 어둠침침한 하숙집에서 머무는 데, 비슷한 하숙집을 머물고 있어야 할 그레이스는(같은 하숙집에 머무를 수는 없었다—제임스 친구들의 규율은 아주 엄격했기 때문이다) 의리도 없이 그를 버리고 바닷가와 면해 있는 에스플라네이드 호텔에 묵고 있는 것이다.

그녀는 거기에 친구들이 있는 것 같았다. 친구들이라고! 또다시 제임스는 냉소적으로 웃었다. 지난 3년간 그레이스를 보호해주고 다닌 그 시간들을 생각해보았다. 그가 처음 그녀를 만났을 때 그녀는 너무나 기뻐했었다. 그때는 그녀가 하이가(街)의 바틀리스 상사 여성 장신구 전시장에서 주목받기 이전이었다. 그러한 시절에 그녀에게 자신을 불어넣어 준 것이 바로 제임스였다.

그러나 지금은, 아! 주객이 전도되어 버린 것이다. 그레이스는 기술적으로 '유능한 판매원'으로 평가받았다. 그것이 그녀를 거만하게 만들었다. 그렇다, 바로 그것이었다. 그녀는 교만에 가득 찼다.

시집에서 본 듯한 몇몇 구절이 뒤섞여 제임스의 마음에 떠올랐다.

'단식투쟁이라도 해서 좋은 남자의 마음을 붙잡아둔 것을 하나님께 감사해야겠다(셰익스피어의 희곡 '마음에 드실 때까지' 3막 5장).'

이런 것이었던 것 같다. 그러나 그레이스에게는 그러한 면을 결코 찾아볼 수가 없었다. 에스플라네이드 호텔에서 나오는 훌륭한 아침식사로 배를 채우는 그녀는 선량한 남성의 사랑 같은 것엔 관심도 없었다. 그녀는 정말이지 클로드 숍워스라는 백치 같은 사람의 관심을 받아들이는 중이었다.

제임스가 확신하기에는 그 남성은 도덕적인 가치 기준이 전혀 없는 사람이었다. 그는 구두 뒷굽으로 땅을 파며 우울하게 수평선을 노려보았다.

킴턴 해안. 그가 무엇 때문에 이런 곳에 왔을까? 이곳은 돈 많은 사람들과 유행에 민감한 상류계층의 사람들에게는 최고의 피서지였다. 이곳엔 커다란 호텔이 두 곳 있고, 그림 같은 방갈로가 수 마일이나 뻗어 있었는데 이들은 모두 아름다운 여배우들, 부자 유대인, 그리고 부자 아내를 둔 소위 영국 귀족 계급들이 차지하고 있었다.

가구가 비치된 가장 작은 방갈로를 빌리는 데에만도 일주일에 25기니였다. 그러니 가장 큰 방갈로는 얼마나 할지를 상상해보라. 제임스가 서 있는 곳 바로 뒤에도 그와 비슷한 커다란 저택이 하나 있었다.

그 집은 그 유명한 스포츠맨인 에드워드 챔피언 경의 소유였다. 그리고 바로 이 시기에 유명한 인사들로 이루어진 손님들이 그 집에 잔뜩 머물고 있었는데, 그중에는 막대한 재산으로 널리 소문난 마라푸트나의 라자(인도의 왕에 대한 경칭)도 끼어 있었다.

제임스는 그날 아침 지방 주간신문에서 그 사람에 대한 기사를 읽었다. 인도에 있는 그의 재산, 궁궐, 그리고 그가 모은 엄청난 보석들에 대해서 씌어 있었는데 그중에서도 비둘기 알만한 크기의 그 유명한 에메랄드에 대해 특별히 언급을 했었다. 도시에서 자라난 제임스는 비둘기 알의 크기가 얼마나 될까 궁금했지만, 그의 마음에는 깊은 인상이 남아 있었다.

"그런 에메랄드를 가질 수만 있다면……."

제임스는 또다시 수평선을 노려보며 말했다.

"그레이스에게 보여줄 텐데."

어쩐지 서글픈 감정이 올라왔다. 그러나 그런 것을 입으로 표현해버리고 나니 한결 기분이 좋아졌다. 뒤에서 웃음소리가 들렸다.

그가 얼른 뒤돌아보니 그레이스가 서 있었다. 그녀 곁에는 클라라 솝워스, 엘리스 솝워스, 도로시 솝워스, 그리고—아, 클로드 솝워스도 있군.

그 처녀들은 팔짱을 끼고서 키득거렸다.

"제임스, 딴 사람 같은데요." 그레이스가 짓궂게 말했다.

"그래."

제임스가 대답했다. 뭔가 반박해줄 말을 찾을 수 있을 것도 같았으나 그만두었다. "그래." 하는 말 한마디로는 다이내믹한 인상을 줄 수 없다.

그는 매우 싫은 표정으로 클로드 솝워스를 바라보았다. 클로드 솝워스는 뮤지컬 코미디에 나오는 주인공처럼 옷을 입고 있었다. 그 순간 제임스는 해안을 뛰어다니는 개가 모래가 묻은 젖은 앞발로 클로드의 하얀 플란넬 바지를 문질러 주었으면 하고 생각했다. 자신은 검은 회색빛이 나며 일하기에 편리한 플란넬 바지를 입고 있었다.

"공기가 정말 상—쾌하지?"

깊이 숨을 들이마시면서 클라라가 말했다.

"몸을 아주 가뿐하게 해주잖아?"

그녀는 키득거리며 웃었다.

"오존 때문이야. 그건 마치 토닉만큼이나 우리 몸에 좋아."

엘리스 솝워스가 말했다. 그러고는 그녀도 키득거리며 웃었다.

제임스는 생각했다.

'저 바보 같은 머리통들을 두드려줬으면 좋겠어. 대체 왜 말끝마다 킬킬 웃는 걸까. 전혀 우스운 얘기를 하지도 않았으면서.'

순진무구한 클로드가 느릿느릿하게 말했다.

"우리 수영을 할까? 너무 피곤들 한가?"

수영을 하자는 것이 모두에게 받아들여졌다. 제임스도 그들과 함께 끼게 됐다. 그는 약간 의도적으로 다른 사람들보다 약간 뒤처졌다가 그레이스에게 다가갔다.

"이것 봐. 당신 코빼기도 보기 어려운데." 그가 불만스럽게 말했다.

"아니, 우리 지금 함께 있는 거 아니에요?" 그레이스가 말했다.

"그리고 당신도 호텔에 와서 우리와 함께 점심을 먹을 수 있잖아요. 적어도……."

그녀는 의심스러운 눈으로 제임스의 다리쯤을 바라보았다.

"왜 그래?" 제임스가 대들 듯이 물었다.

"내가 당신들 틈에 끼기에 깨끗지 못하다는 거야? 그래서 그래?"

"그래요. 좀 고통스럽게 들리겠지만 말이에요." 그레이스가 말했다.

"이곳에 있는 사람들은 너무나도 깔끔해요. 클로드 솝워스 좀 보세요."

"나도 봤어." 제임스가 우울하게 말했다.

"난 여태껏 그 친구보다 더 완벽하게 바보 같아 보이는 사람은 보지를 못했어."

그녀는 허리를 꼿꼿하게 폈다.

"내 친구들 욕할 필요까진 없잖아요, 제임스 그건 당신 태도가 아니에요. 그 사람은 호텔에 있는 다른 사람들처럼 입었을 뿐이에요."

"하!" 제임스가 말했다.

"내가 언젠가 '사교 뉴스'에서 읽었던 것을 말해줄까? 이름이 뭐라고 그랬더라, 무슨 공작이라나 아무튼 이름은 잊어버렸지만 그런 사람이 영국에서 가장 옷을 못 입는 사람으로 나와 있더군. 거기에 말이야!"

"나도 한마디 하죠." 그레이스가 말했다.

"그래도 그 사람은 공작이란 말이에요."

"뭐라고?" 제임스가 소리쳤다.

"나도 언젠간 공작이 될지 누가 알아. 적어도, 뭐랄까, 공작은 아니라도 그 비슷한 사람은 될 수가 있잖아."

그는 주머니에서 노란 책을 꺼내어 제임스 본드보다도 더 어렵게 시작해서 상당한 지위로 출세한 사람들의 이름을 불러줬다.

그레이스는 단지 킥하고 웃어대기만 했다.

"제임스, 그렇게 약하게만 생각하지 말고 당신이 이 킴턴 해안의 백작이라고 상상해보시지 그래요?"

제임스는 분노와 절망이 교차하는 마음으로 그녀를 바라보았다. 킴턴 해안의 공기가 분명히 그녀의 머리를 물들인 게 틀림없다. 킴턴 해변은 길고 모래밭이 고르게 펼쳐져 있었다. 샤워실과 탈의실이 해변을 따라 약 1.5마일가량 늘어서 있었다. 그들 일행은 독특한 명칭이 붙어 있는 여섯 개의 샤워실 앞에 멈춰 섰다. 그 팻말엔 '에스플라네이드 호텔 손님 전용'이라고 씌어 있었다.

"다 왔네요." 그레이스가 쾌활하게 말했다.

"제임스, 우리와 함께 사용하지 못해서 유감이군요. 당신은 저쪽에 있는 대중 탈의실로 가야 할 것 같네요. 바다에서 만나요, 제임스."

"그러지."

제임스도 대답하고는 그녀가 가리킨 방향으로 발걸음을 옮겼다. 열두 개의 허름한 천막이 바다를 향해 당당히 서 있었다. 어떤 연로한 선원이 그것을 관리하고 있었는데, 그는 파란색 종이뭉치를 손에 들고 서 있었다.

그는 제임스에게서 샤워실 사용료로 동전 한 개를 받고는 가지고 있던 뭉치에서 파란 티켓 한 장을 뜯어 그에게 건네주었다. 또한 그에게 타월 한 장도 주었다. 그는 엄지손가락으로 그의 등 뒤쪽을 가리켰다.

"당신 차례를 기다리시오." 그는 허스키한 목소리로 말했다.

제임스가 그것도 다 경쟁의 현장이라는 사실을 깨달은 것은 바로 그때였다.

자신 외에도 다른 모든 사람들도 빨리 바다에 뛰어들려는 생각을 가지고들 있었던 것이다. 모든 천막이 다 꽉 차 있을 뿐만 아니라 모든 천막 밖에는 사람들이 떼를 지어 늘어서서는 서로를 바라보고 있었다.

제임스도 사람이 가장 적어 보이는 곳에 끼어서 기다렸다. 천막 밖에 늘어선 줄이 갈라지면서 한 아름다운 여성이 중요한 부분만을 가린 채 눈앞에 나타났다. 비키니 수영복을 걸친 그녀의 몸매를 바라보고 있노라면 한나절을 다 보내도 지루할 것 같지 않았다. 그녀는 물가로 걸어 내려가서 모래밭 위에 마치 꿈을 꾸는 여인처럼 앉았다.

"여기 있어 봤자 헛것이겠군."

제임스는 혼자 중얼거리고는 다른 줄에 가서 섰다.

5분쯤 기다리고 있는데 두 번째 천막에서 뭔가 툭툭 움직이는 듯한 소리가 들렸다. 줄이 잡아 당겨지며 팽팽히 되더니 천막 자락이 열리면서 아이들 네 명과 아버지와 어머니가 나타났다. 천막이 너무나 작아서 마치 그 안에서 마술을 부린 듯한 느낌이었다. 그 순간 두 여자가 뛰어들어서는 천막 한쪽 부분을 각각 잡았다.

"잠깐 실례해요." 첫 번째 여성이 약간 숨을 헐떡이며 말했다.

"나도 실례 좀 하겠어요." 또 다른 여성이 눈을 반짝이며 말했다.

"당신도 아시겠지만 난 여기서 당신이 오기 10분 전부터 기다리고 있었어요." 첫 번째 여성이 재빨리 말했다.

"나는 여기에 15분 전부터 있었어요." 두 번째 여성이 대들듯이 말했다.

"자, 자." 늙은 선원이 가까이 다가왔다.

두 젊은 여성들은 그 선원에게 마구 소리치며 항의를 했다. 그 소리가 끝나자 그는 엄지손가락으로 두 번째 여성을 가리키면서 간단하게 말했다.

"그러면 당신 차례요."

그런 다음 그는 첫 번째 여자가 항의하는 소리를 귀머거리인 양 못 들은 체하고 가버렸다. 그는 누가 그곳에 먼저 왔는지 알지도 못했고 알려고도 하지 않았다. 그러나 신문사 주최의 경기에서처럼 그의 결정은 절대적이었다. 실망한 제임스가 그 사람 팔을 붙잡았다.

"이봐요, 할 말이 좀 있어요."

"뭡니까, 마스터?"

"천막에 들어가려면 얼마나 더 기다려야 합니까?"

나이 든 선원은 냉랭한 눈초리로 기다리는 줄을 바라보았다.

"한 시간이나 한 시간 반 뒤면 되겠구먼. 정확히는 알 수 없지만."

그 순간 제임스는 그레이스와 솝워스 자매들이 가볍게 모래밭을 달려 내려가서 바다로 가는 것을 훔쳐보았다.

"빌어먹을." 제임스는 중얼거렸다.

"이런, 제기랄."

그는 나이 든 선원을 다시 한 번 끌어당겼다.

"여기 말고는 다른 곳에 천막이 없습니까? 저기 죽 서 있는 저 샤워실은 어때요? 모두 비어 있는 것 같은데."

"저 샤워실은, 개인용이오."

늙은 선원이 목에 힘을 주고서 말했다.

그는 마구 욕을 퍼부었다. 괜히 속았다는 느낌이 들어서 제임스는 기다리고 서 있는 사람들의 줄에서 빠져나왔다. 그러고는 화가 난 모습으로 해변을 걸어 내려왔다.

"이제 정말 한계에 도달했군! 이건 절대로 어떻게 해볼 수 없는 한계야!"

그는 지나쳐온 그 샤워실을 분노에 찬 얼굴로 바라보았다. 그 순간에 그는 독립자유당원에서 과격한 사회당원으로 변모했다.

왜 부자들은 개인용 샤워실을 갖고서 원할 때면 언제든지 줄 서서 기다리는 일 없이 수영할 수 있는 거지?

'우리의 이런 사회구조는 잘못된 거야.'

제임스는 나지막하게 말했다.

바다에서 물을 튀기는 요염한 비명소리가 들려왔다. 그레이스의 목소리다! 그녀의 킥킥거리는 소리 위에 "하하하!" 하는 클로드 솝워스의 목소리가 화음을 이루며 들려왔다.

"제기랄."

제임스는 이를 갈며 말했다. 이런 것은 소설에서만 읽었지 그가 당해 보기는 처음이었다.

그는 멈춰 서서 막대기를 마구 흔들어대고는 바다에서 등을 돌렸다. 그러고서 증오에 가득 찬 눈초리로 이글스 네스트(독수리 둥지), 부에나 비스타(멕시코 북서부의 옛날 전쟁터), 그리고 몽 데지르를 뚫어져라 쳐다봤다.

킴턴 해안에 온 사람들은 자기의 개인용 샤워실에다 재미있는 이름을 붙이는 것이 관습으로 되어 있었다. 이글스 네스트는 제임스가 보기엔 바보 같은 이름이었고, 부에나 비스타는 그의 실력으로 알 수 없었다. 그러나 그의 불어 실력으로도 세 번째 이름이 그중 괜찮다는 것을 알 수 있었다.

"몽 데지르(Mon Desir, 내 욕망)라. 저 이름이 제일 나은 것 같군."

제임스는 중얼거렸다.

그 순간 그는 다른 샤워실들이 굳게 잠겨 있는 데에 반해서 몽 데지르만은 열려 있는 것을 보았다. 제임스는 해변을 위아래로 자세히 살폈다. 이곳은 주로 대가족의 어머니가 사용하는 곳이다. 즉, 아이들을 돌보느라 여념이 없다. 지금은 10시이니 킴턴 해안으로 귀족들이 수영하러 내려오기에는 아직 이른 시간이다.

'어제저녁 메추라기와 버섯을 먹은 그들은 아침을 일찍 먹지 않을 거야. 그들 중 아무도 12시 이전에는 이곳에 오지 않겠지.' 제임스는 생각했다.

그는 다시 바다를 바라보았다. 연습을 많이 한 '라이트 모티프(leif motif; 바그너의 악극에서 특정한 인물, 사상 등을 일관하게 나타내는 짧은 악절)'를 옆에서 잘 도와줌으로써 그레이스의 비명소리가 하늘로 치솟았다.

그 비명소리에는 꼭, "하하하!" 하는 클로드 숍워스의 목소리가 뒤따랐다.

"좋아." 제임스는 이를 악물고 말했다.

그는 몽 데지르의 문을 밀고 들어갔다. 그 순간 그는 작은 막대기에 걸어서 말리고 있는 옷을 바라보고는 깜짝 놀랐다. 그러나 그는 곧 정신을 차렸다.

그 샤워장은 두 부분으로 나뉘어 있었는데, 오른쪽에는 여성의 노란색 스웨터와 쭈그러진 파나마모자, 해변용 샌들 한 켤레가 막대기 위에 걸려 있었다. 왼쪽에는 낡은 회색플란넬 바지 한 벌과 스웨터, 그리고 윗도리들이 걸려 있는 것으로 봐서 저쪽과는 달리 남성이 쓰는 곳임을 알 수 있었다.

제임스는 급히 남자용 탈의실로 들어가서 재빨리 옷을 벗었다. 3분 뒤 바다에서 제임스는 수영선수들이나 할 수 있는 고도의 기술을 발휘했다. 물속에 머리를 처박고 있거나 팔로 바다를 껴안듯이 하는 것들 말이다.

"오, 당신 거기에 있었군요." 그레이스가 외쳤다.

"당신이 저 기다리는 사람들 틈에 끼어 수영하지 못하게 될까 봐 걱정했었는데."

"정말?" 제임스가 말했다.

그는 그 사랑스러운 노란 책에 있는 말을 생각했다.

'강인한 사람은 때로는 신중할 줄 알아야 한다.'

그 순간 그는 마음을 가라앉혔다. 그는 이제 클로드 숍워스에게 부드럽고 당당하게 말을 걸 수 있었다. 그는 그레이스에게 손을 몸 위로 내어 앞으로 쭉 뻗치는 수영법을 가르쳐 주고 있었다.

"아니, 아니, 이봐요, 당신은 잘못 가르치고 있어요. 내가 시범을 보여주겠소."

이렇게 자신만만한 목소리로 끼어들더니 클로드는 쩔쩔매며 뒤로 물러날 수밖에 없었다. 그러나 가엾게도 그의 승리의 순간은 짧았다.

영국 바다의 수온은 수영하는 사람들을 오래 있게 하지 못했다. 그레이스와 숍워스 자매들은 이미 입술이 파래져 이를 딱딱 부딪치는 것이었다. 그들은 해변으로 달려 올라갔고, 제임스는 쓸쓸하게 홀로 몽 데지르로 돌아왔다.

그는 힘차게 타월로 몸을 닦고서 셔츠를 머리에 끼면서 자신에 대해 매우 만족해했다. 자기가 느끼기에 다이내믹한 개성을 보여준 것 같았기 때문이다.

그다음 순간 그는 갑자기 그 자리에서 공포로 몸이 얼어붙었다. 밖에서 여자들의 목소리가 들려왔는데, 그레이스나 그 친구들의 목소리와는 아주 다른 것이었다. 잠시 뒤 그는 사태를 알아차렸다.

몽 데지르의 진짜 주인이 나타난 것이다. 만일 제임스가 옷을 다 입기라도 했다면 그들이 들어올 때까지 점잖은 태도로 기다렸다가 변명을 할 수도 있으리라. 그러나 그는 지금 완전히 입장이 난처했다.

몽 데지르의 창문은 진녹색 커튼으로 점잖게 처져 있었다. 제임스는 문으로 달려가서 손잡이를 있는 힘을 다해서 거머쥐었다. 밖에서 그것이 돌아가지 않도록 꼭 쥐었다.

"어, 문이 잠겨 있잖아." 밖에서 한 여자가 말했다.

"퍼그가 열려 있다고 했는데."

"아니야, 워글이 그랬어."

"워글이 잘 모르고 말했는지도 몰라." 또 다른 처녀가 말했다.

"열쇠를 가지러 다시 돌아가야 하니 정말 안됐군."

제임스는 그들의 발걸음 소리가 사라지는 소리를 들었다. 그는 길고도 깊은 안도의 한숨을 내쉬었다. 그러고는 급하게 나머지 옷을 주워 입었다. 그는 1분 뒤 아무런 일도 없었던 사람처럼 해변으로 걸어 내려갔다.

그레이스와 솝워스 자매들이 15분 뒤에 해변으로 나와 그와 합류했다. 정오가 되기까지 그들은 돌 던지기를 하고 모래에다 뭔가를 쓰기도 하고 가벼운 농담을 주고받기도 하며 기분 좋게 보냈다. 그런 다음 클로드가 시계를 보았다.

"점심시간이군. 슬슬 걸어 올라가는 게 좋겠어."

"난 너무너무 배가 고파." 엘리스 솝워스가 말했다.

다른 처녀들도 한결같이 배가 고프다고 했다.

"제임스, 당신도 가겠어요?" 그레이스가 물었다.

물론 제임스는 응하지 않았다. 그는 그녀의 말에서 또 꼬투리를 잡았다.

"내가 입은 옷이 당신들하고 걸맞게 깔끔하다면 몰라도."

그는 쓸쓸하게 말했다.

"아마 당신들은 너무도 특별한 사람들일 테니까 난 가지 않는 것이 좋겠어."

그레이스가 항의하듯이 뭐라고 중얼거릴 것만 같았지만, 해변의 공기가 그녀에게 역작용을 일으켰다. 그녀는 간단히 대답했다.

"좋아요, 당신 좋을 대로 하세요. 그럼, 오후에 봐요."

제임스는 어이가 없어 아무 말도 하지 않고 그 자리에 서 있었다.

"좋아!" 사라져 가는 그들의 뒤를 바라보며 그가 내뱉었다.

"좋아, 모두 다……."

그는 매우 언짢은 기분으로 시내로 걸어 들어갔다. 킴턴 해안에는 카페가 두 군데 있었는데, 둘 다 모두 너무 덥고 시끄러웠으며 혼잡했다. 그곳은 샤워실의 현장을 다시 한 번 재현하는 듯했다.

제임스는 자신의 차례를 기다려야만 했다. 그는 자기 차례보다 더 오래 기다려야 했는데, 빈자리가 하나 나자마자 방금 도착한 부인이 무례하게도 그를 앞질러 자리를 차지해버렸기 때문이다.

마침내 그는 작은 테이블에 자리를 잡고 앉게 되었다. 그의 왼쪽 귀 가까이에서 세련되지 않은 단발머리 아가씨 셋이 이탈리아 오페라를 차마 들어주기 어려운 소음으로 부르고 있었다. 다행히도 제임스는 음악적이지 못했다.

그는 냉정하게 음식값을 검토하고 있었다. 주머니 깊숙이 손을 찔렀다. 그러고는 혼자 중얼거렸다.

"내가 주문하는 것마다 떨어졌을 게 틀림없어. 나 같은 존재는 뻔하지 뭐."

그의 오른손이 주머니 속을 만지작거리다가 이상한 물체를 건드렸다. 그것은 아주 커다랗고 둥근 자갈 같았다.

'대체 내가 무엇 때문에 주머니 속에 돌을 넣었지?' 제임스는 생각했다.

그는 손가락으로 그것을 꼭 잡았다. 웨이트리스가 그에게 다가왔다.

"넙치 튀김과 얇게 썬 감자튀김을 주시오."

"넙치 튀김은 떨어졌어요." 그녀는 시선을 천정에 고정시킨 채 말했다.

"그럼 쇠고기 카레를 먹어야겠군." 제임스가 말했다.

"쇠고기 카레도 떨어졌어요."

"그럼, 이 그럴듯한 메뉴 중에서 떨어지지 않은 것이 뭐요?"

제임스가 물었다. 여종업원은 심술궂은 표정을 짓고서 창백한 회색빛 손가락으로 강낭콩 양고기를 짚었다.

제임스는 마음을 진정시키고는 강낭콩 양고기를 주문했다. 그의 마음은 아직도 이 카페에 관한 것들 때문에 끓어오르는 분노를 누를 수가 없었다. 그는 돌을 손바닥에 쥔 채 주머니에서 손을 뺐다. 손가락을 펴고서 그는 손바닥에 놓여 있는 그 물체를 넋을 잃은 채 바라보았다. 그러고는 놀라움으로 눈을 크게 뜨고서 다시 쳐다봤다.

그가 쥐고 있는 것은 조약돌이 아니었다. 그것은……, 정말 믿을 수 없지만 에메랄드였던 것이다. 거대한 푸른빛 에메랄드였다. 제임스는 두려움에 사로잡힌 채 그것을 쳐다봤다.

"아니야, 이것은 에메랄드일 리가 없어. 이것은 색깔이 칠해진 유리가 분명해. 이런 크기의 에메랄드가 있을 리가 없지. 혹시……"

제임스의 눈앞에는 신문기사에 나 있었던 글자들이 아른거렸다.

'마라푸트나 라자의 그 유명한 에메랄드는 비둘기 알만한 크기이다.'

그 에메랄드가 지금 내가 보고 있는 바로 이것일까? 그럴 수도 있는 걸까?

여종업원이 강낭콩 양고기를 가지고 왔다. 제임스는 반사적으로 주먹을 쥐었다. 뜨겁고도 차가운 떨림이 그의 등골을 오싹오싹하게 했다. 그는 무서운 딜레마 속에 빠져든 듯한 느낌이 들었다. 만일 이것이 바로 그 에메랄드라면 ―아니, 정말 그럴까? 그럴 수도 있을까?

그는 손을 펴고서 자세히 들여다보았다. 제임스는 보석에 대해 아는 것이 없었지만, 그 깊고도 빛나는 광채는 그것이 진짜 보석이라고 느끼게 했다.

그는 두 팔꿈치를 테이블 위에 대고서 시선을 옮겨 자기 앞에서 점점 굳어져 가는 강낭콩 양고기를 뚫어져라 쳐다보았다.

그는 이 일에 대해 생각해야만 한다. 만일 이것이 라자의 에메랄드라면 어떻게 해야 하는 거지? '경찰'이라는 단어가 퍼뜩 그의 머리에 스쳐갔다. 만일 귀중한 물건을 발견하게 되면 경찰에 갖다 주어야 한다.

제임스는 이 원칙에 따라 자랐다. 그 말은 맞다. 그러나……, 대체 어떻게 해서 이 에메랄드가 자신의 바지 주머니 속에 들어 있었단 말인가. 그것은 가장 기본적인 질문일 테고, 이보다 더 그가 대답하지 못할 질문들을 해댈 것이다. 어떻게 이 에메랄드가 내 바지 주머니 속에 들어갔을까?

그는 어이가 없어서 자기 다리를 내려다보았다. 그러자 갑작스러운 의혹이 그를 감쌌다. 그는 좀더 자세히 내려다보았다. 이런 낡은 회색빛 플란넬 바지는 다른 것이 있어도 제대로 구별할 수가 없다. 그러나 제임스는 이 바지가 자기 것이 아니라는 걸 직감적으로 느꼈다. 그는 그런 사실에 정신이 아득해져 의자에 등을 기댔다. 이제 일이 어떻게 된 것인지를 알 수 있었다.

샤워실에서 서둘러 나오느라고 바지를 바꿔 입은 것이다. 이제 기억이 났다. 그가 바지를 작은 막대기에 걸어놓을 때 바로 옆에 또 다른 바지가 걸려 있었던 것이다. 그렇다, 그가 바지를 바꿔 입은 것이다. 그건 그렇다고 해도 대체 왜 수백 혹은 수천 파운드가 나가는 이 에메랄드가 거기에 있었느냐는 것이 의문이다. 생각하면 할수록 점점 더 의문 속으로 빠져 들어갔다. 물론 이 모든 일에 대해서 경찰에게 설명해줄 수도 있다.

그러나 그것은 어리석은 짓이다. 의심할 것도 없이 정말 어리석은 짓이다. 의도적으로 다른 사람의 샤워실에 들어갔다는 사실이야 말할 수 있겠지. 그것이 그리 큰 문제가 될 리는 없으니까. 그러나 그 사실에서부터 그는 그런 사람이라는 인식이 시작되는 것이다.

"뭐 다른 것 갖다 드릴 것 없어요?"

아까 그 여종업원이 또 왔다. 그는 손도 대지 않고 있는 강낭콩 양고기 요리를 바라보았다. 제임스는 급히 접시에 있는 것을 한입 가득히 집어넣고는 계산서를 가져오라고 했다. 계산서를 받자마자 돈을 내주고는 밖으로 나왔다.

마음을 결정하지 못하고 길가에 서 있는데 반대편 신문 판매대에서 눈길이 멈춰졌다. 근처에 있는 할체스터시에서는 석간신문을 발간하는데, 제임스가 바라보는 것은 그 신문의 한 부분이었다. 그것은 간단하면서도 매우 놀라운 사실을 알리고 있었다.

'라자의 에메랄드 도둑맞다.'

"오, 맙소사."

제임스는 쓰러질 것같이 내뱉고는 전신주에 기댔다. 그는 정신을 차리고 1페니를 찾아서 신문 한 장을 샀다. 그가 원하는 것을 찾는 데는 오랜 시간이 걸리지 않았다. 센세이셔널한 뉴스가 시골 신문에는 흔히 있는 일이 아니기 때문이다. 큰 표제가 제1면을 장식하고 있었다.

'에드워드 챔피언 경의 저택에서 세상을 놀라게 하는 도난사건 발생.
유명하고 역사적인 에메랄드를 도둑맞음. 마라푸트나의 라자에게 큰

손해.'

사건의 경위는 간단했다. 에드워드 챔피언 경이 그날 저녁 친구 몇 명을 초대했다. 그곳에 참석한 부인 중 한 사람에게 에메랄드를 보여주려고 라자는 그것을 가지러 갔는데 보석이 없어졌음을 발견했다. 경찰이 동원되었지만 아직 어떠한 단서도 잡지 못했다는 것이다.

제임스는 신문을 땅에 떨어뜨렸다. 아직도 제임스는 어떻게 이 보석이 샤워실에 있는 낡은 플란넬 바지 주머니에 들어가게 되었는지 명확한 이유를 알 수 없었다. 게다가 경찰은 그가 사실대로 말해도 그것을 의심할 것이 틀림없다. 대체 이럴 때는 어떻게 해야 할까?

그는 바로 여기에 한 왕의 몸값을 치를 만큼의 가치가 있는 잃어버린 그 보물을 주머니 속에 아무렇게나 넣고 킴턴 해안의 대로(大路)에 서 있는데 시내의 전 경찰은 바로 그 보물을 찾기 위해 온통 동원된 것이다.

그에게 열린 길은 두 가지였다. 한 가지 방법은 지금 이 길로 경찰에 가서 자기 이야기를 털어놓는 것이다. 그러나 이 방법은 제임스 자신이 아주 꺼리는 것이었다. 두 번째 방법은 어떤 방법, 혹은 사람을 통해서 이 에메랄드를 그로부터 다른 곳으로 옮기는 것이다. 예를 들면 아주 작고 예쁜 상자 속에 그것을 넣어 라자에게 부치면 어떨까 하는 생각이 들었다.

그러나 그는 머리를 흔들었다. 그러한 종류의 탐정소설을 너무나 많이 읽었기 때문이다. 그는 탐정이 어떤 식으로 확대경과 모든 종류의 기구를 사용하는지 잘 알고 있었다. 형사라면 누구든지 제임스가 보낸 소포를 조사해서는, 30분도 채 못 되어 보낸 이의 직업과 나이, 습관, 생김새 등을 알아내게 될 것이다. 그렇게 되면 그가 추적당해 잡히는 것은 단지 시간문제이다.

바로 그때 간단하고도 쉬운 방법이 그에게 떠올랐다. 때는 점심시간이었고 해변은 비교적 한산했다. 그는 몽 데지르로 다시 돌아가서 지금 자기가 입고 있는 그 바지를 다시 걸어놓고 자기 바지를 찾아 입고 오는 것이었다. 그는 쾌활한 걸음걸이로 해변을 걷기 시작했다. 그렇지만 그는 자꾸 양심이 찔렸다. 그 에메랄드는 다시 라자에게로 되돌아가야만 한다. 그는 어쩌면 형사가 해야 할 일을 자기가 어느 정도는 해야 할 것만 같다는 생각이 들었다. 그러나 어떻든 일단 자기 바지를 다시 찾아 입고 이 바지는 걸어놓고 봐야겠다.

그는 자기 생각을 실행하기 전에 먼저 나이 든 선원 쪽으로 걸음을 옮겼다. 그는 분명히 킴턴에 떠도는 모든 정보의 믿을 만한 소식통으로 여겨졌기 때문이다.

"실례합니다." 제임스가 예의 바르게 말했다.

"내 친구 하나가 이 해변에 샤워실을 가진 걸로 아는데요. 찰스 램프턴이라고, 내가 생각하기로는 몽 데지르라는 이름 같은데."

나이 든 선원은 의자에 반듯이 앉아 파이프를 입에 물고는 바다를 응시하고 있었다. 그는 파이프를 약간 옮기며 시선을 수평선에 고정한 채 대답했다.

"몽 데지르는 에드워드 챔피언 경의 소유요. 누구나 다 알고 있소. 나는 찰스 램프턴이란 사람은 들어보지도 못했소. 그는 아마 새로 여기에 온 모양이구먼."

"고맙습니다."

제임스는 그에게 인사를 하고 물러났다. 그 정보는 그를 깜짝 놀라게 했다. 분명히 라자 자신이 그 보석을 주머니 속에 집어넣었다가 그 사실을 잊어버린 것은 아닐 것이다. 제임스는 머리를 흔들었다. 그럴 수는 없다고 생각했다. 가족 중 한 사람이 도둑임이 틀림없다. 상황은 제임스로 하여금 그가 좋아하는 소설의 한 부분을 연상케 했다. 그러나 그는 계획을 변경시키지 않았다. 모든 것이 너무 순조로웠다.

해변은 그가 바란 대로 거의 사람이 없이 한산했다. 더욱더 다행인 것은 몽 데지르의 문이 열려 있는 것이었다. 눈 깜짝할 순간에 그 안으로 들어가서 에드워드는 옷걸이에서 자기 바지를 막 끌어내리려 할 때 등 뒤에서 들려오는 목소리를 듣고는 그 자리에 얼어붙고 말았다.

"오, 이제야 잡았군." 그 목소리가 말했다.

제임스는 입을 다물지 못했다. 몽 데지르의 문에 낯선 사람이 서 있었다. 한 마흔 가량 되어 보이고 옷을 잘 차려입은 남자였는데, 그의 얼굴은 날카롭고 어딘지 매 같아 보였다.

"드디어 잡았어." 낯선 남자가 반복해서 말했다.

"누, 누구시죠?" 제임스는 더듬거렸다.

"런던경시청의 수사과 메릴리스 경감이오." 상대편은 냉랭히 말했다.

"그 에메랄드를 이리 내놓으시지."

"에, 에메랄드라고요?"

제임스는 시간을 끌고 있었다.

"그렇소. 바로 그거요. 그거 말이오."

메릴리스 경감이 말했다. 그는 냉정하고 사무적인 어조였다.

제임스는 정신을 가다듬으려 애썼다.

"무슨 말씀을 하시는지 잘 모르겠군요."

그는 위엄 있는 태도로 말했다.

"이봐, 젊은이, 당신이 그렇게 나올 줄 이미 알고 있었지."

"모든 것이 다 실수였습니다. 간단히 설명 드리겠습니다."

제임스는 이렇게 말하고서 입을 다물었다.

상대방의 얼굴에 지루하다는 표정이 여실히 나타났다.

"모두들 항상 그렇게 말하지."

런던경시청에서 나온 그 사나이는 성마르게 중얼거렸다.

"해변을 걷다가 그것을 주웠다고 말하려는 건가? 설명이란 게 그런 정도일 테지."

그것은 사실 제임스가 말하려 한 것과 거의 비슷했다. 그러나 아직도 그는 시간을 끌어보려 했다.

"당신이 런던경시청의 경감인 걸 무엇으로 증명할 수 있습니까?"

그가 힘없이 물었다.

메릴리스는 잠시 윗도리 양복 깃을 젖히고서 배지를 보여 주었다. 제임스는 얼굴에서 눈이 튀어나올 정도로 그를 뚫어져라 바라보았다.

"자, 이제……." 상대방은 다정한 태도로 말했다.

"당신이 얼마나 어리석었는지 알았지? 당신 초보자군 그래. 나는 다 알지. 이게 처음이지, 안 그래?"

제임스는 고개를 끄덕였다.

"내 그럴 줄 알았지. 자, 젊은이, 이제 그 에메랄드를 내놓겠나, 아니면 내가 뒤질까?"

제임스는 목소리를 가다듬었다.

"저, 사실은 그것을 지금 갖고 있지 않아요."

그는 또박또박 말했다. 그는 필사적으로 생각에 생각을 거듭했다.

"숙소에 놓고 왔단 말인가?" 메릴리스가 의심스러운 듯 물었다.

제임스는 고개를 끄덕였다.

"그렇다면 좋아. 우리 함께 그곳으로 가세."

경감이 말했다. 그는 자기 팔을 제임스 팔에 끼워넣었다.

"이건 당신이 도망가지 못하게 하기 위한 거야." 그가 부드럽게 말했다.

"함께 당신 숙소로 가서 그 보석을 넘겨주어야 해."

제임스는 불안한 어조로 말했다.

"만일 그렇게 한다면 나를 놓아주겠습니까?" 그는 잔뜩 겁을 먹고 물었다.

메릴리스는 잠깐 당황한 듯했다.

"우린 그 보석이 어떻게 도난당했는지 잘 알고 있어. 그리고 그 부인이 관련된 것도 말이야. 이런 만큼 그 라자도 덮어두고 싶어 할 게야. 당신도 그런 원주민 왕들이 어떤지 잘 알 테지."

제임스는 유명한 사건을 한 건 알고 있을 뿐, 원주민 왕들에 대해서는 아무것도 몰랐으나, 그런데도 잘 아는 듯이 크게 고개를 끄덕거렸다.

"물론 이건 이례적인 경우야." 경감이 말했다.

"그러나 자네는 처벌을 받지 않게 될 수도 있지."

제임스는 또 고개를 끄덕였다.

그들은 에스플러네이드 호텔 쪽 도로를 걸어 내려와서 이제 시내를 향해 몸을 향했다. 제임스가 방향을 가리켰으나 상대방은 제임스의 팔을 움켜잡은 그의 손을 결코 느슨하게 하지 않았다.

갑자기 제임스는 머뭇거리며 무슨 말인가를 하려 했다.

메릴리스는 날카롭게 주위를 둘러보고는 웃어댔다. 그들은 막 경찰서 앞을 지나치는 중이었는데, 그는 제임스가 그곳을 고통스러운 표정으로 쳐다보는 것을 알아차렸기 때문이다.

"나는 먼저 당신에게 기회를 줄 작정이야."

그는 유쾌한 표정으로 말했다.

일은 바로 그 순간에 벌어졌다. 커다란 비명소리가 제임스의 입에서 터져 나오면서 그는 상대방의 팔을 움켜잡았다. 그러고는 가장 높은 소리로 외쳐댔다.

"도와주십시오! 도둑입니다. 도와주세요! 도둑입니다."

순식간에 사람들이 모여들었다. 메릴리스는 제임스의 손아귀에서 팔을 빼내려고 비틀고 있었다.

"이 사람이 도둑입니다." 제임스가 외쳐댔다.

"이 사람이 도둑이에요. 내 호주머니에 손을 집어넣었습니다."

"대체 무슨 말을 하는 거야, 이 바보 같은 놈아."

상대방이 부르짖었다. 순경이 다가왔다. 메릴리스와 제임스는 모두 함께 경찰서로 들어갔다.

제임스는 그가 길에서 외쳐댄 말을 계속 반복했다.

"이 사람이 내 호주머니를 뒤졌어요." 그는 열을 내며 말했다.

"이 사람의 오른쪽 주머니에 내 지갑이 있을 겁니다. 거기 좀 뒤져보세요."

"이 사람은 미쳤어요." 상대방이 말했다.

"경감님, 당신 눈으로 봐도 아시겠죠, 이 친구가 진실을 말하고 있는지."

경감의 신호를 받고서 한 순경이 실례한다고 하고는 메릴리스의 주머니에 손을 집어넣었다. 그는 무엇인가를 끄집어내어서는 그것을 쥐고 놀라움으로 바라보았다.

"이런 세상에!" 경감이 직업적인 태도로 놀라면서 말했다.

"이건 라자의 에메랄드가 틀림없어."

그 누구보다도 더 놀란 눈으로 쳐다본 것은 메릴리스였다.

"이건 엉터리 같은 수작이야, 엉터리 같은 수작이라고."

그는 침을 튀기며 말했다.

"이 사람이 우리가 함께 걷는 중에 내 주머니 속에 집어넣은 게 분명하니다. 이것은 계획된 음모라고요."

메릴리스가 하도 강력하게 말하는 바람에 경감은 잠시 머뭇거렸다. 그의 의심은 다시 제임스에게로 돌아갔다. 그가 순경에게 뭔가를 귀엣말로 속삭이자 순경이 밖으로 나갔다.

"그렇다면, 두 분, 이제 한 사람씩 얘기를 해보는 것이 어떨까요?"

경감이 말했다.

"그거 좋죠." 제임스가 대답했다.

"나는 해변을 걷고 있었습니다. 그때 이 사람을 만난 거죠. 그런데 나를 아는 체하더군요. 난 이 사람을 그전에 어디서 만났었는지 기억이 나진 않았지만 예의상 안다고 대꾸했죠. 우리는 함께 해변을 걸었습니다. 그런데 경찰서 맞은편에 왔을 때 갑자기 의심스러운 생각이 들더군요. 이 사람 손이 내 주머니 속으로 들어오는 것을 봤거든요. 그래서 이 사람을 붙들고는 도와 달라고 한 겁니다."

경감의 시선은 이제 메릴리스에게로 옮겨졌다.

"이젠 당신이 말해보시지요."

메릴리스는 약간 당황하는 것 같았다.

"이 사람이 한 얘기가 대부분은 맞아요." 그는 천천히 말하기 시작했다.

"그러나 다 맞는 건 아니죠. 이 사람을 아는 체한 것은 내가 아니라, 바로 이 사람이 나를 아는 체한 겁니다. 의심할 것도 없이 이 사람은 그 에메랄드를 수중에서 없애려고 우리가 얘기하는 동안 내 주머니 속에 슬쩍 넣어놓은 거라고요."

"아! 이 문제를 해결하는 데 도움을 주실 분이 이제 곧 나타날 겁니다."

그는 편견없이 말했다.

메릴리스는 그 자리에 얼어붙었다.

"나는 기다릴 시간이 없습니다." 그는 시계를 꺼내보며 중얼거렸다.

"약속이 있어서요. 이거, 경감님, 내가 에메랄드를 훔쳐서는 주머니 속에 넣고 다녔다는 그런 터무니없는 상상을 하고 계시는 건 아니겠죠?"

"그럴 리가 있겠습니까. 나는 당신의 말을 믿어요." 경감이 대답했다.

"그러나 당신은 이 문제가 밝혀질 때까지 5~10분간만 기다리셔야겠습니다. 야! 그분이 오시는군요."

한 40대쯤 되어 보이는 커다란 남자가 경찰서 안으로 들어왔다. 그는 남루한 바지와 낡은 스웨터를 입고 있었다.

"아, 경감님, 대체 어떻게 된 겁니까?" 그가 말했다.

"당신이 에메랄드를 찾아서 갖고 계시다고요, 맞습니까? 정말 놀라운 일이로군. 정말 훌륭해요. 당신이 여기에 잡아놓은 이 사람들은 누굽니까?"

그의 눈은 제임스를 위에서부터 아래로 죽 훑더니 메릴리스에게로 옮겨졌다. 성급한 성격을 가진 그는 당황하고 놀라는 것 같았다.

"아니, 존스!" 에드워드 챔피언 경이 외쳤다.

"아니, 이 사람을 아십니까?" 경감이 날카롭게 물었다.

"알고말고요." 에드워드 경은 딱딱하게 말했다.

"이 사람은 내 심부름꾼입니다. 한 달 전에 내게 왔죠. 런던에서 내려온 수사관이 이 사람을 의심하긴 했으나 그의 물건 속에서는 에메랄드가 없었지요."

"이 사람은 그것을 윗도리 주머니 속에 가지고 다녔습니다."

경감이 말했다.

"이분이 이 사람을 우리에게 붙잡아 왔어요."

그는 제임스를 가리켰다. 그다음 순간 제임스는 따뜻한 말로 찬사와 악수를 받았다.

"오, 젊은이, 그래 당신이 이 친구를 의심하고서 붙잡아 왔단 말이지?"

에드워드 챔피언 경이 말했다.

"예." 제임스가 대답했다.

"전 이 사람을 경찰서로 붙잡아 오기 위해서 제 주머니가 도둑맞을 뻔했다는 이야기를 꾸며내야만 했습니다."

"그거 정말 훌륭한 생각이군, 젊은이." 에드워드 경이 말했다.

"정말 훌륭해. 당신, 나하고 함께 가십시다. 점심을 하지 않았다면 함께 식사하는 것이 어떻겠소? 좀 늦긴 했지만. 벌써 2시가 다 되어가는군."

"예." 제임스가 대답했다.

"아직 점심을 먹진 않았습니다만……."

"괜찮소. 아무 말 말고 따라와요." 에드워드 경이 말했다.

"당신도 알다시피 라자는 에메랄드를 다시 찾은 대가로 당신에게 고마움을 표시할게요. 그리고 아직 당신 얘기도 못 들었잖소."

그들은 경찰서를 나와 계단에 섰다.

"사실은 선생님께 진실을 얘기하고 싶은데요." 제임스가 말했다.

그는 모든 사실을 전부 얘기했다.

백작은 매우 재미있어하며 얘기를 다 들었다.

"내가 여태까지 들은 이야기 중에서 가장 훌륭한 이야기로군."

그는 단정하듯이 말했다.

"이제 모든 것을 알았소. 존스는 그것을 훔친 뒤에 경찰이 집 안 전체를 수색할 것을 알고는 샤워실로 급히 달려간 게로군. 그러고는 내가 가끔 낚시하러 갈 때 입는 그 낡은 바지가 걸려 있는 걸 보고는 아무도 그것을 건드리지 않을 거라고 생각한 게지. 거기다 에메랄드를 집어넣고는 틈을 봐서 그것을 가지러 그곳으로 다시 간 거요. 그 녀석, 오늘 거기에 갔다가 에메랄드가 사라진 것을 알고는 크게 놀랐겠는데. 그래서 당신이 나타나자마자 당신이 에메랄드를 훔쳐간 사람이라고 생각한 거지. 난 아직도 당신이 어떻게 그 친구를 잡아내는 탐정 역할을 해냈는지 신기하기만 해요."

'강한 사람은 솔직해야 할 때와 신중을 기할 때를 알고 있는 법이지.'

제임스는 혼자 생각했다.

그는 슬며시 미소 지으며 손가락을 살짝 윗도리 양복 깃 안쪽에 집어넣어서 작은 은색 배지를 만지작거렸다. 그것은 거의 사람들에게 알려지지 않은 머턴 파크 슈퍼 사이클링 클럽의 배지였다. 놀라운 우연의 일치로 그 존스라는 사람도 그 클럽의 회원이었던 것이다. 열쇠는 바로 거기에 있었다.

"안녕, 제임스"

그는 돌아섰다. 그레이스와 숍워스 자매들이 길 저편에서 그를 부르고 있었다. 그는 다시 에드워드 경에게 몸을 돌렸다.

"잠깐만 실례해도 되겠습니까?"

그는 길을 건너 그들에게로 다가갔다.

"우린 지금 영화관에 가는 중인데 당신도 가고 싶어 할 것 같아서 불렀어요." 그레이스가 말했다.

"그거 유감이군." 제임스가 말했다.

"난 지금 에드워드 챔피언 경과 점심을 먹으러 가야 하는데. 알겠어? 저기에 간편하고 낡은 옷을 입고 서 있는 저분이야. 저분이 나를 마라푸트나의 라자를 만나게 해주겠다고 했거든."

그는 점잖게 모자를 약간 들었다 내리며 다시 에드워드 경에게로 돌아갔다.

 **마지막 공연**

1

런던의 5월 어느 날 아침 11시경이었다. 코원 씨는 창밖을 내다보고 있었다. 그의 뒤에는 리츠 호텔의 한 객실에 딸린, 상당히 화려한 장식으로 꾸며져 있는 거실이 있었다. 문제의 그 객실에는 유명한 오페라 가수로 지금 막 런던에 도착한 폴라 나조르코프가 있었다.

그녀의 매니저인 코원 씨는 그녀를 만나려고 기다리는 중이었다. 문이 열리자 그는 얼른 고개를 돌렸다. 그러나 들어온 사람은 나조르코프의 비서인 리드 양이었다. 그녀는 몸이 재고 얼굴이 창백한 아가씨였다.

"오, 당신이었군." 코원 씨가 말했다.

"마담은 아직 일어나지 않으셨나, 응?"

리드 양이 머리를 흔들었다.

"그분이 나에게 10시경에 오라고 했는데, 한 시간도 넘게 기다렸어."

코원 씨는 분노나 놀라움의 표정을 나타내지 않았다. 그는 대부분의 예술가들의 기질인 거만함에 아주 잘 숙달되어 있었다. 그는 키가 크고, 깨끗이 면도를 하고, 줄이 곧게 선 옷을 입고 있었다. 복장은 흠잡을 데 없이 말쑥했다. 그의 머리는 매우 검고 빛났으며, 치아는 공격적이리만큼 희었다.

그는 말할 때 '스스'라는 발음을 끊임없이 하는 버릇에다가, 혀가 짧지는 않았으나 꼭 그와 비슷하게 발음하는 습관이 있었다. 이 점으로 봐서 그의 아버지 이름이 아마 독일계의 코헨(Cohen)이었으리라는 것은 굳이 상상력을 동원하지 않더라도 알 수 있는 일이었다. 그 순간 반대쪽 문이 열리며 연약한 프랑스 처녀가 급히 뛰어들어 왔다.

"마담이 일어나셨나?" 코원이 희망적으로 물었다.

"엘리제, 빨리 얘기 좀 해봐요."

"마담은 오늘 아침엔 열일곱 마리의 마귀 같아요. 아무것도 그분을 즐겁게 해주지 못하고 있어요. 어떤 남자가 어제저녁 보내준 아름다운 노란 장미를 보고는 그런 건 뉴욕에서나 어울린다고 하시는 거예요. 노란 장미를 런던에 있는 자기에게 보내는 건 어리석은 행동이라면서요. 그분은 런던에서는 오로지 붉은 장미만을 원하신다면서 문을 열고는 그대로 그 노란 장미를 길가로 내던졌는데, 불행히도 그 장미가 그곳을 지나가던 어떤 군인의 머리에 떨어지고 말았어요. 상당히 품위가 있는 신사였죠. 제가 보기에는 그분은 매우 화가 난 것 같더군요."

코원은 눈썹을 약간 치켜들었으나 다른 감정 표현은 하지 않았다. 그런 다음 주머니에서 작은 수첩을 꺼내어 거기에다 '붉은 장미'라고 적어 넣었다.

엘리제는 급히 다른 쪽 문으로 나갔다. 코원은 다시 한 번 창문 쪽으로 몸을 돌렸다. 베라 리드는 책상에 앉아 편지들을 뜯어서 분류하기 시작했다.

조용한 침묵 가운데 10분이 흘렀다. 그 뒤에 침실문이 홱 열리며 폴라 나조르코프가 방 안으로 불꽃처럼 들어섰다. 그녀의 갑작스런 출현은 주위의 모든 이들을 왜소하게 만드는 것 같았다. 베라 리드는 더욱 창백해지는 것 같았고, 코원은 뒤쪽으로 한 걸음 물러섰다.

"아하! 여러분, 내가 좀 늦었나요?" 프리마돈나가 말했다.

그녀는 키가 큰 편이었고, 성악가치고는 그리 뚱뚱한 편이 아니었다. 그녀의 팔과 다리는 아직도 가늘었으며, 목은 아름다웠다. 굵게 웨이브가 진 그녀의 머리는 목까지 내려왔고 어두우면서도 불타는 듯한 붉은빛이었다. 만일 그 빛깔이 적어도 햇빛이나 염료의 덕을 좀 보았다면 그 효과는 말할 것도 없이 더욱 좋았을 것이다.

그녀는 젊지 않았다. 적어도 마흔은 되었겠지만 얼굴의 선은 아직도 아름다웠다. 비록 피부는 좀 처지고 빛나는 검은 눈 주위에는 주름이 졌지만 아름다움을 그대로 간직하고 있었다. 그녀는 어린아이 같은 웃음을 지녔고 위장은 매우 튼튼했으며 마녀 같은 기질이 있었다. 게다가 당대에 가장 훌륭한 연기와 소프라노로 인정받고 있었다. 그녀는 코원 쪽으로 몸을 돌렸다.

"내가 부탁한 대로 다하셨나요? 그 괴물 같은 영국산 피아노는 치워버렸겠지요? 템스 강에라도 던져 버렸나요?"

"마담을 위해서 다른 피아노를 준비해놓았습니다."

코원이 말했다. 그러고는 구석에 놓여 있는 피아노를 가리키는 몸짓을 했다. 나조르코프는 그곳으로 달려가서 뚜껑을 열었다.

"에라드로군요. 이게 더 좋아요. 자, 한번 볼까."

아름다운 소프라노 목소리가 아르페지오로 울려 나왔다. 그런 다음 두 음계 사이를 오르락내리락했다. 그러고는 부드러운 목소리로 고음을 유지하더니, 그 음량이 점점 커졌다가는 그 소리가 사라질 때까지 다시 부드러움으로 이어졌다.

"아!"

폴라 나조르코프는 순진한 만족스러운 표정을 지으며 말했다.

"난 정말 아름다운 목소리를 가지고 있어! 런던에서도 내 목소리가 최고야."

"정말 그렇습니다." 코원은 진심으로 축하하는 심정으로 대답했다.

"당신은 뉴욕에서처럼 런던에서도 큰 인기를 얻을 겁니다."

"그렇게 생각하세요?"

그녀가 대꾸했다. 그때 그녀의 입가에 작은 미소가 스쳤다. 그것은 그녀의 질문이 단지 확인하는 것이었음을 보여준다.

"그거야 분명한 일이죠." 코원이 대답했다.

폴라 나조르코프는 피아노 뚜껑을 닫고 마치 무대에서 하듯이 천천히 물결 치듯 테이블 쪽으로 걸어갔다.

"아, 좋아요. 이제 업무적인 일을 얘기하도록 해요. 내가 할 공연을 다 짰나요?"

코원은 의자에 놓아두었던 자신의 손가방에서 몇 장의 서류를 꺼냈다.

"별로 변한 게 없습니다만 코벤트 가든(런던의 중심 지구에 있는 오페라 극장)에서 다섯 번 공연하기로 되어 있는데, 세 번은 토스카(푸치니의 오페라)이고 두 번은 아이다(베르디의 오페라)입니다."

"아이다라고요! 오, 이런." 프리마돈나가 말했다.

"그건 정말로 지루할 거예요. 토스카는 좀 다르겠지만."

"아, 그래요. 토스카가 당신에게 어울리죠." 코원이 말했다.

폴라 나조르코프가 몸을 폈다.

"나는 세상에서 제일 훌륭하게 토스카를 부를 수 있어요."

그녀는 간단하게 말했다.

"그야 그렇죠." 코원도 동의했다.

"아무도 당신을 따를 사람이 없어요."

"스카르피아 역은 로스카리가 맡게 되겠죠?"

코원은 고개를 끄덕였다.

"그리고 에밀리 리피도 함께 합니다."

"뭐라고요?" 나조르코프가 소리쳤다.

"리피? 그 꽥꽥거리는 개구리 같은 사람? 꽥─꽥─꽥. 나는 그 사람하고는 절대로 같이 노래하지 않겠어요. 나는 그를 물어버릴 거예요. 그의 얼굴을 할퀴어버릴 거라고요."

"자, 자 진정하세요." 코원이 부드럽게 말했다.

"그 사람은 노래하는 게 아니에요. 내가 분명히 말하겠는데, 그는 꽥꽥 짖어대는 잡종 개예요."

"알겠어요. 그만 하세요."

코원이 말했다. 그는 한참 기가 올라 있는 가수와 싸우는 것은 헛일이라는 것을 잘 아는 사람이었다.

"그리고 카바라도시는요?" 나조르코프가 물었다.

"미국인 테너인 헨스데일이 맡습니다."

상대방은 고개를 끄덕였다.

"그는 아주 멋진 사람인데다가 아주 아름답게 부르죠."

"그리고 바레르도 한 번은 부를 것 같습니다."

"그 사람은 진짜 예술가죠." 마담이 관대히 말했다.

"그러나 꽥꽥거리는 개구리 리피에게 스카르피아를 시키면, 오, 난 그와는 절대로 함께 부르지 않겠어요."

"그 문젠 나에게 맡기십시오."

코원이 부드럽게 말했다. 그는 목소리를 가다듬고 또 새로운 서류뭉치를 집어들었다.

"지금 앨버트 홀에서 특별 공연을 준비하고 있습니다만."

나조르코프는 흘끗 그를 쳐다보았다.

"알아요, 알아요." 코원이 말했다.

"그러나 모두들 그렇게 하고 있습니다."

"특별 공연을 하는 것이 내게 이롭다 이 말이죠? 손님이 꽉 차게 되면 내가 큰돈을 벌게 된단 뜻 아니에요?" 나조르코프가 말했다.

또다시 코원이 서류를 넘겼다.

"여기에 또 하나 아주 특이한 제안이 들어와 있는데요. 레이디 러스턴베리가 부탁한 건데, 당신에게 그곳으로 내려와서 공연해 달라고 합니다."

"레이디 러스턴베리?"

프리마돈나는 무엇인가 기억해내려고 하는 듯 눈썹을 모았다.

"최근에, 아주 최근에 그 이름을 어디서 들은 것 같은데. 어떤 도시, 아니면 마을 이름 아니에요?"

"맞아요. 허트퍼드셔 군(郡)에 있는 아주 작은 지역 이름입니다. 러스턴베리 경의 저택, 즉 러스턴베리 성은 정말로 아주 오래된 봉건시대풍의 저택입니다. 조상 대대로 내려오는 가족사진들이 있고 비밀 계단도 있지요. 그런가 하면 아주 최신식의 사설극장도 있습니다. 그 사람들은 돈이 많아서 항상 비공식 공연을 하곤 하죠. 그분은 우리가 완전한 오페라, 가능하다면 나비 부인을 해달라고 했습니다."

"나비 부인?"

코원은 고개를 끄덕였다.

"보수는 충분히 주겠답니다. 우린 물론 코벤트 가든에서도 공연해야겠죠. 그러나 그것이 끝난 뒤 그런 특별 공연을 하는 것도 당신의 재정에 큰 도움을 줄 겁니다. 내 예상이긴 하지만 분명히 왕족들도 참석할 것 같습니다. 그렇게 되면 아주 최상의 선전이 될 겁니다."

마담은 아직도 꽤 아름답게 생긴 턱을 치켜들었다.

"내가 선전이 필요해요?" 그녀는 자신만만하게 물었다.

"좋은 걸 한 번에 너무 많이 가질 순 없죠." 코윈이 태연히 말했다.

"러스턴베리라." 가수는 중얼거렸다.

"내가 그 이름을 어디서 봤더라?"

그녀는 갑자기 벌떡 일어나 중간에 놓여 있는 탁자로 뛰어가, 거기에 놓여 있던 주간지를 마구 넘기기 시작했다. 그녀의 손이 한 페이지에 멈추더니 그 페이지를 잠시 뚫어져라 쳐다보고는 잡지를 마루로 떨어뜨렸다. 그러고는 다시 천천히 걸어서 자기 자리로 되돌아왔다. 얼굴에 몇 개의 표정이 엇갈려 지나간 뒤에 그녀는 이제 완전히 다른 인격의 소유자가 된 것 같았다. 그녀의 태도는 매우 차분하고 거의 경건하기조차 하였다.

"러스턴베리 성에서 할 공연을 모두 짜세요. 거기서 노래하겠어요. 그러나 한 가지 조건이 있어요. 오페라는 토스카이어야만 해요."

코윈은 의심스러운 눈으로 쳐다봤다.

"그건 좀 곤란하겠는데요. 왜냐하면 개인적 연주회에서는 당신도 알다시피 배경이라든지 모든 것이 문제가 되거든요."

"토스카가 아니면 하지 않겠어요."

코윈은 그녀를 매우 찬찬히 쳐다보았다. 그러고는 그녀를 설득시킬 수 없다는 것을 알고서는 간단한 목례를 하고 자리에서 일어섰다.

"해보죠. 할 수 있는 데까지." 그는 차분히 말했다.

나조르코프도 따라 일어섰다. 그녀는 평상시보다 더욱 자신이 내린 결정에 대해서 불안해하는 것 같았다.

"그건 내가 제일 훌륭하게 해낼 수 있는 역할이에요. 나는 그 역을 다른 어떤 여성이 불렀던 것보다 더 잘 부를 수 있어요."

"예. 그 역은 당신에게 아주 잘 어울리는 역할이지요." 코윈이 말했다.

"제리차가 작년에 그것을 불러 큰 인기를 얻었죠."

"제리차?"

상대방은 얼굴에 점점 홍조를 띠어가며 외쳤다.

그녀는 제리차에 대한 자기 의견을 상당히 길게 늘어놓기 시작했다. 코윈은 한 성악가가 다른 성악가에 대해 평하는 것을 듣는 데 익숙해져 있었기 때문에 그 공격적인 장광설이 끝날 때까지 주의를 집중하고 있었다. 그런 다음 그는 고집스럽게 말했다.

"어쨌든 그녀는 '비시 다르테'(토스카의 아리아 '노래에 살고, 사랑에 살고')를 복통으로 누워서까지도 불렀답니다."

"아니 왜 못 불러요?" 나조르코프가 물었다.

"그녀가 못 부를 이유가 뭐가 있어요? 난 그것을 누워서 두 다리를 공중에다 흔들면서도 부를 수 있는데."

코원은 아주 심각한 표정으로 머리를 흔들었다.

"그렇게 될 것 같지 않군요." 그가 그녀에게 알려주었다.

"어떻든 그런 종류의 일을 받아들이는 겁니다."

"아무도 나만큼 '비시 다르테'를 부를 순 없어요."

나조르코프가 자신 있게 말했다.

"난 그것을 수도원의 소리로 불러요. 마치 착한 수녀들이 아주 오래전에 나에게 노래 부르는 것을 가르쳐 주었을 때처럼 말이에요. 성가대 소년들이나 천사들의 목소리로, 감정이나 격정을 표현하지 않고 말이에요."

"알고 있어요." 코원이 진심으로 말했다.

"나는 당신이 그것을 부르는 걸 들은 적이 있습니다. 정말 훌륭했지요."

"그것은 예술이에요." 프리마돈나가 말했다.

"그만한 대가를 치르고, 고통을 참아낸 끝에 그에 대한 모든 것을 터득했을 뿐만 아니라 또한 원점으로 다시 돌아가서 잃어버렸던 동심의 아름다움까지 되찾았답니다."

코원은 그녀를 의아한 듯이 쳐다보았다.

그녀는 그를 이상하고도 공허한 눈으로 바라보고 있었다. 그녀의 그러한 눈길은 어딘지 그에게 오싹한 느낌이 들었다. 그녀의 입술이 약간 벌어지며 조그맣게 뭔가를 중얼거렸다. 그가 알아들을 수 있는 것은 바로 이것이었다.

"드디어, 드디어……, 이 '수많은 세월이 흐른 뒤'에야."

레이디 러스턴베리는 야심 있고 예술적 취미가 있는 여성이었다. 그녀는 이두 가지 개성을 완벽하게 성공시키고 있었다. 그녀는 다행스럽게도 야심과 예술에는 관심을 보이지 않는 남편을 가졌고, 그래서 그는 어떠한 방법으로도 아내를 방해하지 않았다.

러스턴베리 백작은 아주 크고 건장한 남성이었는데, 오로지 말에만 관심이 있었다. 그는 자신의 아내에게 감탄했으며, 그녀를 자랑스럽게 여겼다. 그리고 그의 큰 재산으로 그녀로 하여금 모든 계획을 세워서 실천할 수 있게 하는 것을 기쁘게 생각하는 사람이었다.

개인 극장은 100년 전쯤에 백작의 할아버지에 의해 지어졌다. 그 극장이야말로 러스턴베리 백작부인의 아주 주된 소일거리였다. 부인은 벌써 입센의 희곡을 공연했고 이혼, 약물 복용 등에 관한 초현대파의 연극도 공연했다. 또한 입체파의 무대장치를 사용한 환상극도 공연한 적이 있었다.

앞으로 공연할 '토스카'는 주변의 많은 관심을 끌고 있었다. 러스턴베리 백작 부인은 그 공연을 위해 아주 커다란 파티를 준비했다. 그리고 런던에 거주하는 유명 인사들도 차를 타고 내려와서 참석했다.

마담 나조르코프와 그녀의 매니저는 오찬이 시작되기 바로 전에 도착했다. 신진 성악가인 미국인 테너 헨스데일이 카바라도시를, 유명한 이탈리아인 로스카리가 바리톤으로 스카르피아를 부르게 되어 있었다. 이 공연을 위한 예산은 엄청났으나 아무도 그것에 대해 걱정하지 않았다.

폴라 나조르코프도 아주 기분 좋은 태도였고, 귀족적이고 우아했으나 무엇보다도 세계평화주의자적인 면을 보여주었다. 코원은 약간은 놀랐다. 그리고 그녀의 이 상태가 공연이 끝날 때까지 계속 되어주기를 바랐다.

오찬 뒤에 코원은 극장으로 가서 무대와 여러 가지 소도구류들을 점검했다. 오케스트라의 지휘는 영국의 가장 유명한 지휘자 중 한 사람인 새뮤얼 리지 씨가 맡기로 되어 있었다. 모든 것이 아무 탈 없이 술술 잘 풀려가는 것 같았다.

그런데 이상하게도 그 점이 코원 씨의 근심을 샀다. 그는 뭔가 긴장된 분위기 속에서 더 편안함을 느꼈다. 이러한 흔치 않은 평온한 분위기가 어쩐지 그로 하여금 신경이 쓰이게 하는 것이었다.

"모든 것이 너무나 순조롭게 진행되는 것 같군."

코원 씨가 혼자 중얼거렸다.

"마담은 크림을 핥은 고양이 같아. 이런 것들은 오래가기에는 어쩐지 너무나 기분이 좋아. 꼭 무슨 일이 일어날 것만 같은데."

오페라 세계 속에서 오랫동안 일한 관계로 코원 씨는 육감이 발달했으며, 또한 그의 예감은 꽤 잘 들어맞았다.

7시가 되기 바로 전이었다. 프랑스인 하녀 엘리제가 얼굴에 근심을 가득 띠고서 그에게로 달려왔다.

"아, 코원 씨, 빨리 가보세요. 제발 빨리 좀 가보세요."

"무슨 일이지?" 코원이 근심스럽게 물었다.

"마담에게 무슨 일이라도 일어났나? 무슨 싸움이라도? 그런 일이야, 엘리제?"

"아니, 아니, 마담이 아니에요. 문제는 시뇨르 로스카리예요. 그분이 아파요. 죽어간단 말이에요."

"뭐라고? 죽어간다고? 자, 빨리 가봐야겠군."

코원은 서둘러 그녀의 뒤를 따라 그녀가 이끄는 대로 그 이탈리아인의 침실로 갔다. 그 작은 남자는 침대에 누워서 통증이 오는 대로 몸을 이리저리 비틀고 있었다. 그 모습은 심각하다기보다는 좀 우스꽝스러웠다.

폴라 나조르코프는 몸을 굽혀 그를 내려다보고 있다가 코원을 경황없이 반겼다.

"아, 당신 왔군요. 가엾은 로스카리. 오, 끔찍한 고통에 시달리고 있어요. 분명히 뭔가를 잘못 먹었을 거예요."

"오, 이렇게 아플 수가 없어요." 그 작은 남자는 신음했다.

"으—음, 고통이 너무너무 심해요."

그는 두 손으로 배를 움켜잡고서 또다시 침대 위에서 굴렀다.

"의사를 불러와야겠소."

코윈이 말했다. 그가 막 문으로 나가려 할 때 폴라가 그를 붙잡았다.

"의사는 지금 오는 중이에요. 그분이 와서 가엾게도 고통당하는 이분을 위해 할 수 있는 모든 일을 할 거예요. 그것은 해결됐어요. 문제는 로스카리는 오늘 밤엔 결코 부를 수 없다는 거예요."

"나는 이제 영원히 다시는 부를 수 없을 거요, 나는 죽어간단 말이야."

이탈리아인이 신음했다.

"아니에요, 아니에요. 당신은 죽어가는 게 아니에요." 폴라가 말했다.

"단지 소화불량일 뿐이에요. 그래도 오늘은 부를 수가 없어요."

"내 몸에 독이 퍼지고 있어."

"예, 그것은 의심할 것도 없이 푸토마인 중독이에요. 엘리제, 이분을 돌봐드려. 의사가 오실 때까지."

폴라는 코윈을 끌고 방으로 들어갔다.

"우리 지금부터 어떻게 해야 하죠?" 그녀가 물었다.

코윈은 어떻게 할 수가 없다는 듯 머리를 흔들었다. 시간이 너무나 촉박했기 때문에 런던에서 로스카리의 대역을 구해 온다는 것도 불가능한 일이었다.

레이디 러스턴베리가 지금 막 그 소식을 전해 듣고는 복도로 뛰어와 그들과 합세했다. 그녀의 주된 관심사는 폴라 나조르코프와 마찬가지로 토스카를 성공리에 마치는 것이었다.

"이 근처에 누구라도 있으면 얼마나 좋을까."

프리마돈나는 신음하듯 말했다.

"아! 있어요, 브레온이라고."

러스턴베리 백작 부인이 뭔가가 생각난 듯이 소리쳤다.

"브레온?"

"그래요. 에두아르 브레온이라고. 당신도 알지 모르겠는데, 유명한 프랑스인 바리톤 가수지요. 그 사람이 이 근처에 살아요. 요번 주에 컨트리 홈즈라는 잡지에 그의 집이 사진으로 찍혀 실렸더군요. 바로 그 사람이면 될 거예요."

"이것이 하늘에서 내리신 대답이군요." 나조르코프가 소리쳤다.

"스카르피아 역에 브레온이라고요? 난 그 사람을 잘 알아요. 그 역은 그분이 아주 훌륭히 해낼 수 있는 역이죠. 그런데 그분은 은퇴했잖아요. 아닌가요?"

"내가 그분과 교섭해보겠어요. 내게 맡겨요."

레이디 레스턴베리가 말했다. 그녀는 결단력이 있는 여성이었기 때문에 그 즉시 히스파노 수이자 자동차를 대령시켰다.

10분 뒤 에두아르 브레온은 흥분해 있는 백작부인의 방문을 받았다. 레이디 러스턴베리는 한번 마음을 먹으면 실행하는 사람이었다. 고려의 여지도 없이 브레온 씨는 그 제안을 받아들이는 것밖엔 별 방도가 없다는 것을 알게 되었다. 또한 그는 백작부인들에 대해서는 콤플렉스를 가지고 있음을 시인하지 않을 수 없었다. 그는 미천한 태생으로서 자신의 분야에선 정상의 위치에 오른 사람이다. 그러고서 공작과 왕족들과 동등한 교제를 나누게까지 되었으나, 자신의 신분 때문에 불만을 주지는 않았었다.

그러나 그가 이 영국의 한 작은 시골구석으로 은퇴하고 나서는 그의 이름도 점점 희미해져 갔다. 그는 인기와 격찬의 시대를 그리워했다. 하지만 이러한 한적한 시골 생활은 그의 화려한 시대를 곧 잊게 했다. 그래서 그는 레이디 러스턴베리의 은총이 매우 기쁘고 감사했다.

"비천한 재주지만 최선을 다하겠습니다." 그가 웃으면서 말했다.

"부인도 아시겠지만 나는 무대에서 노래 부른 지가 꽤 오래됐어요. 또한 제자조차도 가르치지 않았지요. 그러니 시뇨르 로스카리가 불행히도 그러한 상태에 처해 있다고 하니……."

"정말 끔찍한 충격이랍니다."

레이디 러스턴베리가 말했다.

"그는 진정한 성악가라고 할 수 없죠."

브레온이 말했다. 그는 왜 그런가에 대한 자신의 소견을 그녀에게 꽤 길게 설명했다. 그의 말에 의하면 에두아르 브레온이 은퇴하고 난 뒤론 특기할 만한 바리톤 가수가 없는 것 같다는 것이다.

"마담 나조르코프가 토스카를 부를 거예요." 레이디 러스턴베리가 말했다.

"그녀를 알고 계시죠?"

"그녀를 만난 적은 없습니다만……." 브레온이 말했다.

"그녀가 뉴욕에서 노래 부르는 것을 한 번 들은 적이 있지요. 정말 훌륭하더군요. 그녀는 연극적인 센스가 있어요."

레이디 러스턴베리는 안도의 한숨을 내쉬었다. 이런 성악가들에 대해 도대체 알 수 없는 것은, 이들은 기묘한 질투와 반감을 품고 있다는 사실이다.

그녀는 한 20분 뒤에 승리의 손을 흔들며 성(城)의 홀에 다시 들어섰다.

"내가 이분을 모셔왔어요."

그녀는 웃으면서 외치듯이 말했다.

"브레온 씨는 친절하시게도 내 청을 받아주셨답니다. 난 결코 이 은혜를 잊지 않을 거예요."

모든 사람들이 프랑스인 주위로 모여들었다. 그리고 그에게 감사와 칭찬을 쏟아 부었다. 에두아르 브레온은 비록 이제 예순이 가까웠지만 아직도 잘생긴 남자였고, 몸집이 크고 검었으며, 관대한 인격을 갖추고 있었다.

"자, 그런데……, 마담이 어디 계시지? 아, 저기 있군."

레이디 러스턴베리가 말했다.

폴라 나조르코프는 프랑스인을 환영하는 무리에 끼지 않았다. 그녀는 벽난로 옆에 있는 높은 오동나무 의자에 앉아 있었다. 거기에는 불이 지펴져 있지 않았다. 그날 저녁은 유난히 더웠다. 그녀는 커다란 종려나무 잎으로 만든 부채로 천천히 부채질을 하고 있었다. 그녀가 너무나도 근엄하고 뭔가 동떨어진 것처럼 보였기 때문에 레이디 러스턴베리는 그녀가 혹시 무슨 모욕이라도 받지 않았나 싶어 걱정했다.

"브레온 씨."

그녀는 그를 폴라에게로 이끌었다.

"당신은 마담 나조르코프를 만나본 적이 없다고 하셨죠?"

부채질을 멈추고 우아하게 폴라 나조르코프는 종려 나뭇잎을 무릎에 내려 놓았다. 그리고 그 프랑스인에게 손을 뻗었다. 그는 그 손을 잡고 그 위에 몸을 깊이 굽혔다. 그러나 프리마돈나의 입에서는 희미한 한숨이 흘러나왔다.

"마담, 우리는 함께 노래를 불러 본 적이 없죠. 그것이 바로 내 또래 사람들의 큰 손해랍니다. 그러나 운명은 너무나 자상하셔서 나에게 이런 구원의 기회를 주셨군요." 브레온이 말했다.

폴라는 조용히 웃었다.

"브레온 씨, 당신은 참 친절하시군요. 내가 가난하고 무명의 어린 가수였을 때 나는 당신에게 반해 있었답니다. 당신의 '리골레토', 그것은 너무나 완벽해서 아무도 당신을 따를 사람이 없었어요."

"아, 이제 내 시대는 끝났소. 스카르피아, 리골레토, 라다메스, 샤플레스(토스카, 리골렛토, 아이다, 나비 부인의 각 바리톤 역). 이런 것들을 부르지 않은 지가 얼마나 오래됐는지. 이제는 더 이상 못하겠어요."

브레온은 한숨짓듯이 말했다.

"그러나 오늘 밤엔 하시게 됐군요."

"맞아요. 마담, 내가 잠시 잊었군요. 오늘 밤 내가 다시 노래 부르게 됐어요."

"당신은 토스카를 수없이 부르셨겠지만 나하고는 처음이지요."

나조르코프가 거만하게 말했다.

"내게는 큰 영광이 될 겁니다, 마담." 그는 부드럽게 말하며 고개를 숙였다. "정말 내겐 대단한 역입니다."

"그 역은 가수의 재능뿐 아니라 여배우의 재능도 필요로 해요."

레이디 러스턴베리가 끼어들었다.

"사실입니다." 브레온도 동의했다.

"내가 젊었을 때, 아마 이탈리아에서였던가, 그때 일이 기억나는군요. 밀라노에서 약간 떨어져 있는 극장에 갔었죠. 당시 입장료는 겨우 2리라였답니다. 그때 나는 뉴욕에 있는 메트로폴리탄 오페라하우스에서 듣는 것 같은 그런 훌륭한 노래를 들었어요. 아주 작은 처녀가 토스카를 불렀는데, 그녀는 마치 천사처럼 노래했지요. 나는 '비시 다르테'를 부르던 그녀의 목소리를 결코 잊을 수 없을 겁니다. 그 청아함. 그 깨끗함. 그러나 연기력이 좀 모자랐죠."

"그런 재능은 좀 나중에 이룩되는 법이랍니다."

나조르코프는 고개를 끄덕이며 조용히 말했다.

"맞아요. 그 젊은 처녀, 그녀의 이름은 비앙카 카펠리였는데, 나는 개인적으로 그녀의 경력에 관심이 가더군요. 내가 소개해서 그녀는 큰 공연을 계약하게 되었는데 유감스럽게도 그녀는 아주 어리석었지요."

그는 어깨를 으쓱했다.

"왜 그녀가 어리석었다는 거죠?"

그때 레이디 러스턴베리의 스물네 살 된 딸 블랑셰 아메리가 끼어들며 물었다. 그녀는 커다란 파란 눈을 한 날씬한 아가씨였다.

그 프랑스인은 곧 점잖게 그녀에게 눈을 돌렸다.

"안타깝게도, 마드모아젤. 그때 그녀는 카모라(이탈리아의 범죄적 비밀 결사)에 속해 있는 천한 신분의 남자와 깊이 연관되어 있었다오. 그런데 그 사나이가 경찰과 문제를 일으켜서 사형을 선고받은 겁니다. 그녀는 나에게 와서 자기의 애인을 살리는 데 도와달라고 부탁했지요."

블랑셰 아메리는 그를 뚫어져라 쳐다보았다.

"그래서 도와주셨나요?" 그녀는 심각하게 물었다.

"내가요? 오, 마드무아젤, 내가 무슨 일을 할 수 있겠습니까? 한낱 외국인에 지나지 않는 내가 말이오."

"당신은 뭔가 영향을 미칠 수 있었을 것 아니에요."

나조르코프는 떨리는 목소리로 조용히 말했다.

"설사 그럴만한 힘이 있었더라도 정말로 그랬을지는 의문입니다. 그 사람은 그럴 가치가 없는 사람이었죠. 나는 그 처녀를 위해서 할 수 있는 일을 했답니다."

그는 약간 웃으려다가 뭔가 끔찍이도 불쾌하게 생각하는 백작부인 딸의 표정을 보고는 갑자기 멈췄다. 그 순간 그녀는 그의 말이 그의 본심과는 거리가 멀다는 것을 느꼈던 것이다.

"당신이 할 수 있는 일을 하셨다고 했는데, 무척 자상하셨군요. 그런데 그녀가 감사해 하던가요?"

나조르코프가 물었다.

프랑스인은 어깨를 으쓱했다.

"그 남자는 처형됐지요. 그리고 그 처녀는 수도원으로 들어갔습니다. 아, Voila

(그런 까닭으로)! 안타깝게도 세상은 위대한 가수를 한 사람 잃게 된 겁니다."

나조르코프는 나지막이 웃었다.

"우리 러시아인들은 무척 변덕스러운 데가 있지요."

그녀는 가볍게 말했다.

우연히도 블랑셰 아메리는 그녀가 그 말을 할 때 코원을 쳐다보게 되었다. 그녀는 그의 얼굴에 놀라움의 표정이 스쳐가는 것을 보았다. 그의 입술이 반쯤 열려 무슨 말인가를 하려다 폴라가 경고하는 듯한 표정을 짓자 입을 다물고 말았다. 문에 집사가 나타났다.

"저녁식사가 준비됐나 보군요."

레이디 러스턴베리가 일어서며 말했다.

"아, 가엾은 성악가들, 정말 안됐군요. 노래를 부르기 전에 굶어야만 한다는 것은 정말 끔찍스런 일이에요. 그러나 나중에 훌륭한 저녁식사가 준비되어 있다는 것을 잊지 마세요."

"우리도 그것을 기대하겠어요."

폴라 나조르코프가 부드럽게 웃으며 말했다.

"공연 뒤를요."

3

극장 안에서는 지금 막 토스카의 제1막이 막을 내렸다. 청중들은 옆 사람들에게 소곤거리며 소란했다. 매력적이고 우아한 왕족들이 제일 첫줄 세 개의 벨벳 의자에 앉아 있었다. 모든 사람들이 서로에게 속삭이고 중얼거렸다.

나조르코프가 그녀의 체면을 손상하지 않을 만큼만 불렀다는 것이 일반적인 의견이었다. 대부분의 청중들은 제1막에서는 그녀가 재능을 모두 보여주지 않았다고 말했다. 제1막에서 그녀는 목소리와 힘을 아끼는 것 같았다. 그녀는 아주 가볍고 경박한 분위기의 토스카를 연기했다. 사랑을 장난하며 요염하면서도 질투와 시기심이 있는 모습이었다.

브레온은 비록 전성의 시기는 지났다 할지라도 아직도 스카르피아의 냉소적인 모습을 참 잘 표현했다. 그의 연기에서는 게으르고 방탕한 난봉꾼의 이미지가 전혀 없었다. 그는 스카르피아를 아주 잘생기고 아량이 넓은 사람으로 표현했는데, 그의 외모에서 약간의 야릇한 잔인성도 풍겼다.

마지막 부분에서 피아노와 성가대의 합창 가운데 스카르피아가 정신을 잃고 서서 토스카를 구해낼 방법을 찾으려고 고심하는 장면을 노래할 땐 정말로 훌륭한 재능을 보여주었다. 이제 막이 오르고 제2막이 스카르피아의 아파트 장면에서부터 시작되었다.

토스카가 들어오면서 나조르코프의 재능은 즉시 그 훌륭함을 되찾았다. 그녀는 공포에 질린 표정을 짓고서 훌륭한 배우에 걸맞게 그 역을 연기했다. 스카르피아에게 가볍게 인사하고 냉담하게 웃으며 그에게 대답하는 그 모습이란!

이 장면에서 폴라 나조르코프는 눈으로 연기하며 아주 고요하게, 그리고 인상적으로 미소 지었다. 스카르피아를 쳐다보는 그녀의 눈은 진실한 감정을 나타내고 있었다. 그리고 오페라는 계속되어 고통스러운 장면에서는 토스카가 침착성을 잃고서 스카르피아의 발아래에 엎드려 그에게 자비를 구할 때는 완전히 자포자기한 모습이었다.

음악에 조예가 깊은 리콘미어 경은 깊이 감동된 것 같았다. 그 옆에 앉아 있던 외국의 외교관이 그에게 속삭였다.

"오늘 나조르코프는 자기 기량을 능가하는 연기를 보여주고 있군요. 그녀처럼 무대 위에서 자신을 자유자재로 표현하는 사람도 없을 겁니다."

리콘미어도 고개를 끄덕였다.

이제 스카르피아가 본색을 드러내자, 토스카는 겁에 질려 그에게서 달아나 창가로 갔다. 그때 멀리서 드럼 소리가 들려왔다. 토스카는 힘없이 소파로 몸을 던졌다. 스카르피아는 그녀 옆에 서서 자기 부하들이 교수대를 세우는 것을 보며 노래를 불렀다.

그런 다음 침묵이 흐르고 또다시 멀리서 드럼 소리가 들렸다. 나조르코프는 소파에 납작 엎드려 있었다. 머리가 거의 마루에 닿을 정도였다. 머리가 얼굴을 덮었다.

그때 지금까지의 격정과 긴장의 20분과는 아주 대조적으로 그녀의 목소리가 울려 퍼지기 시작했다. 아주 높게 울려 퍼지는 그 목소리는 그녀가 코원에게 말했듯이 성가대 소년이나 천사의 목소리 같았다.

"Vissi d'arte, vissi d'amore, no feci mai male ad anima vival. Con man furtiva quante miserie conobbi, aiutai(노래에 살고 사랑에 살고, 사악한 길일랑 피해서. 고민하는 사람의 친구라고 나는 불린다)."

그것은 놀라고 당황한 어린애의 목소리였다. 그런 다음 그녀는 다시 한 번 소포렛타가 들어오는 순간까지 무릎을 꿇고 애원했다.

토스카는 지치고 포기해 있는데 스카르피아가 이중의 의미를 내포하는 불길한 말을 내뱉었다. 그런 다음 극적인 순간이 다가온다. 토스카가 떨리는 손으로 포도주잔을 집어들다가 테이블 위에 있는 칼을 보고는 그것을 그녀 뒤로 떨어뜨린다.

당당하고 멋있고 무뚝뚝한 브레온은 격정으로 불타올랐다.

"Tosca, finalmente mia(토스카, 드디어 나의 것이 됐도다)!"

토스카는 칼로 그를 찔러 복수를 했다.

"Questo e il baccio di Tosca(이같이 토스카는 입맞추었다)!"

나조르코프는 토스카의 복수 장면에서 그전에는 결코 지금같이 깊은 의미를 두지 않았었다. 그리고 최후의 격렬한 속삭임이 터져 나왔다.

"Muori dannato(저주받아 죽어라)."

그러고는 기이하고도 조용한 목소리로 극장을 채웠다.

"Or gli perdono(이제 나는 그를 용서한다)!"

토스카는 그의 머리 양편에 의식을 치르기 위한 촛대를 놓고 그의 가슴에 십자가를 긋고는 문쪽을 뒤돌아보며 마지막 한숨을 내쉬면서 조용한 죽음의 노래를 부르기 시작했다. 멀리서 조용한 드럼 소리가 들려오고 막이 내렸다.

이번에는 정말 청중들의 환호가 굉장하게 터져 나왔다. 누군가가 무대 옆에서 뛰어나오더니 러스턴베리 경에게 무슨 말인가를 했다. 그가 일어나서 1~2분간 의논한 끝에 다시 몸을 돌려 도널드 칼소프 경에게 손짓했다. 그는 유명한 내과 의사였다.

곧 청중들 사이에 진실이 알려졌다. 무슨 일인가가 일어났다. 사고가 났다. 누군가가 치명적으로 다쳤다. 가수 중 한 사람이 커튼을 열고 나와 브레온 씨가 불행히도 사고를 당했다고 말했다. 오페라는 더 이상 진행될 수 없다고 했다. 또다시 소문이 돌았다. 브레온이 칼에 찔렸다느니, 나조르코프가 잠시 머리가 돌았다느니, 그녀는 극중 역을 너무 열심히 하다가 그만 함께 공연하는 남자를 정말로 칼로 찔렀다는 것이었다.

리콘미어 경은 외교관 친구와 얘기를 하고 있었는데, 누군가가 팔을 치는 바람에 돌아보니 블랑셰 아메리가 있었다.

"이건 사고가 아니에요." 그 처녀가 말했다.

"분명히 사고가 아니라고요. 선생님은 듣지 못하셨어요? 저녁식사 바로 전에 그분이 이탈리아에서 만난 처녀에 대해 얘기하던 것 말이에요. 그 처녀가 폴라 나조르코프예요. 그런 뒤에 그녀가 러시아인에 대해 얘기했었지만, 그때 전 코윈 씨가 깜짝 놀라는 것도 보았어요. 그분은 그녀가 러시아인 이름을 가졌지만 사실은 이탈리아인이라는 것을 잘 알고 있었을 거예요. 전 그게 분명하다고 봐요. 그녀는 침실에다 잡지를 펴놓았는데, 그 펼쳐진 면은 바로 브레온 씨의 시골집이 소개된 내용이었어요. 그녀는 여기에 내려오기 전에 이미 그 사실을 알고 있었던 거예요. 제 생각엔 그녀는 그 가엾은 로스카리에게도 노래를 못 부르게 하려고 무엇인가를 먹였을 거예요."

"그렇다면 왜, 왜 그랬을까?" 리콘미어 경이 외치듯이 말했다.

"그래도 모르시겠어요? 토스카의 이야기가 모두 다시 한 번 반복된 거예요. 그는 그녀가 이탈리아에 머물길 바랐으나, 그녀는 자기 애인에게 충실했어요. 그녀는 그 사람에게 가서 자기의 애인을 살려달라고 간청했지요. 그는 그렇게 하겠다고 거짓으로 대답했죠. 하지만 그는 그 남자를 죽게 했답니다. 그리고 이제야 그녀의 복수가 이루어진 거예요. '내가 토스카예요.'라고 그녀가 말하는 것을 듣지 못하셨나요? 그리고 그녀가 그렇게 말할 때 전 브레온의 얼굴을 봤어요. 그는 그때야 그것을 안 거예요. 그녀를 알아본 거지요!"

폴라 나조르코프는 의상실에서 움직이지 않고 앉아 있었다. 하얀 담비 외투로 몸을 두르고 있었다. 문에서 노크 소리가 났다.

"들어오세요." 프리마돈나가 말했다.

엘리제가 들어왔다. 그녀는 울고 있었다.

"마담, 마담, 그분이 돌아가셨어요. 그리고……."

"그래 무슨 말이지?"

"마담, 어떻게 말해야 할까요? 경찰에서 두 사람이 왔어요. 마담과 얘기하고 싶대요."

폴라 나조르코프는 똑바로 일어섰다.

"내가 그 사람들에게 가겠어."

그녀가 조용히 말했다. 그러고는 목에서 진주 목걸이를 풀어 프랑스 처녀의 손에 쥐여주었다.

"이것은 네가 가져, 엘리제, 너는 참 좋은 아이야. 내가 가는 곳에서는 이제 이러한 것들이 필요치 않을 거야. 엘리제, 알겠니? '나는 이제 다시는 토스카를 부르지 않을 거야.'"

그녀는 잠시 문가에 서서 자신의 의상실을 쭉 둘러보았다. 마치 지난 30년의 그녀의 지난 세월을 돌이켜보듯 말이다.

그런 다음 아주 조용히 그녀는 다른 오페라의 마지막 마디를 중얼거렸다.

"La commedia e fimita(연극은 이것으로 끝났다—레온 카발로의 '팔리아치(광대)'의 마지막 대사)!"

〈끝〉

여기 소개하는 《리스터데일 미스터리(The Listerdale Mystery, 1934)》는 애거서 크리스티(Agatha Christie, 영국, 1890~1976)의 22번째 추리소설이며 7번째 단편집이다. 크리스티 여사의 단편집 20권을 발행 연도순으로 나열하면 다음과 같다.

1. 포와로 수사집(Poirot Investigates, 1924)

2. 부부 탐정(Partners in Crime, 1929)

3. 수수께끼의 할리 퀸(The Mysterious Mr. Quin, 1930)

4. 화요일 클럽의 살인(The Thirteen Problems, 1923)

5. 죽음의 사냥개(The Hound of Death and Other Stories, 1933)

6. 명탐정 파커 파인(Parker Pyne Investigates, 1934)

7. 리스터데일 미스터리(The Listerdale Mystery, 1934)

8. 죽은 자의 거울(Murder in the Mews and Other Stories, 1937)

9. 리가타 미스터리(The Regatta Mystery and Other Stories, 1939)

10. 헤라클레스의 모험(The Labours of Hercules, 1947)

11. 검찰 측의 증인(The Witness for the Prosecution and Other Stories, 1948)

12. 쥐덫(Three Blind Mice and Other Stories, 1950)

13. 패배한 개(The Underdog and Other Stories, 1952)

14. 크리스마스 푸딩의 모험(The Adventure of Christmas Pudding, 1960)

15. 이중의 죄(Double Sim and Other Stories, 1961)

16. 13 for Luck(1961)

17. Surprise! Surprise!(1965)

18. 13 Clues for Miss Marple(1966)

19. The Golden Ball and Other Stories(1971)

20. Poirot's Early Case(1974)

위의 20권 중 16~20번의 5권은 앞에 나온 단편집을 재편집하여 낸 것이다. 《리스터데일 미스터리》에는 원래 열두 편의 작품이 실려 있었다. 제목은 다음과 같다.

1. 리스터데일 경의 수수께끼
2. 나이팅게일 커티지 별장
3. 기차에서 만난 아가씨
4. 6펜스의 노래
5. 에드워드 로빈슨은 사나이다
6. 우연한 사고
7. 취직자리를 찾는 제인
8. 일요일엔 과일을
9. 이스트우드의 모험
10. 황금의 공
11. 라자의 에메랄드
12. 마지막 공연

이 중에서 '나이팅게일 커티지 별장'과 '우연한 사고'는 본사에서 나온 《검찰 측의 증인》에 수록되어 있어서 여기에서는 제외했다. 이번 《리스터데일 미스터리》에 실린 10개의 단편엔 '6펜스의 노래'와 '마지막 공연'만 제외하고는 살인사건이 등장하지 않는다. 나머지 여덟 편의 작품 중에도 '리스터데일 경의 수수께끼'와 '기차에서 만난 아가씨', '에드워드 로빈슨은 사나이다', '일요일엔 과일을', '황금의 공' 등은 추리소설이라기보다는 오히려 달콤한 연애소설에 가깝다. 그러나 그 각각을 살펴보면 기발한 추리적인 요소를 가진 것을 알 수 있다. 이것이 바로 애거서 크리스티의 독특한 멋이자 그녀의 장점이다. 즉, 위트와 추리와 사랑 이야기가 함께 어우러져 로맨틱 미스터리를 이루는 것이다.